講談社文庫

純喫茶「一服堂」の四季

東川篤哉

講談社

Contents

純喫茶「一服堂」の四季

第一話

春の十字架

1

「えーい、畜生！　あの編集長め、好き放題、いいやがって――」

八つ当たりするようにガラスの扉を押し開けると、俺は会社の玄関を飛び出した。

桜はとうに散り、新緑の季節へ向かうころ。昼下がりの神田神保町界隈《かんだじんぼうちようかいわい》は、普段どおりの賑《にぎ》わいを見せていた。我が物顔で歩道を占拠する学生の群れ。遅い昼食に向かう疲れた表情のサラリーマン。古本屋の店頭には、鋭い眼光で本棚を覗《のぞ》き込む読書家の姿。

十年一日《いちじつ》のごとき日常の風景が、四月の街角のあちこちで繰り広げられている。

だがそんな中、俺の心だけはすでに猛暑の八月のように熱く燃えていた。周囲に溢《あふ》れる春風の爽《さわ》やかさも日差しの柔らかさも、いまの俺には実感できない。

なぜ、俺の心が八月なのか。理由は至極簡単。会社の上司と衝突した。それだけだ。ありがちな話だが、まあ聞いてくれ。

俺の名前は村崎蓮司《むらさきれんじ》、二十七歳。職業は雑誌記者だ。会社は神保町にデンと聳《そび》える大手出版社『小学館《しょうがくかん》』、その本社ビルから徒歩一分のところにひっそり聳える四階建てのビルの中。錆《さ》びついた看板を掲《かか》げる弱小出版社が、俺の職場だ。会社の名前は『放談社《ほうだんしゃ》』という。

いちおう解説すると、放談社は戦後間もなくに創業した歴史と伝統ある総合出版社だ。総合出版社というだけあって、手がけるジャンルは幅広い。売れない純文学に闘わないオピニオン誌、華がないファッション誌、楽しくない児童書、参考にならない参考書、などなど。そういえば、リアリティのない探偵小説、というのも我が社の看板商品だ。もっとも、これは結構な数のマニアがいるらしく、赤字の部署が多い我が社の中では、まあまあ健闘している部類だが。あと、美味《おい》しくないレシピ本ってのも、あったっけ……

ともかく、そんな浮世離れした会社の中、俺の所属は「週刊未来編集部」という部署だ。『週刊未来』は、芸能ネタや事件ネタ、政治経済の裏側、あるいは裏社会の裏の裏（？）まで様々な話題を扱う、我が社の看板雑誌。あり得ない嘘を真実っぽく描き、ありふれた真実を嘘っぽく描く、その絶妙な匙加減《さじ》で成り立っている超一流の週刊誌だ。

俺は、そういった雑誌に嘘八百の記事を載せることに嫌気《いやけ》が差して、上司と衝突、ついに会社を飛び出した——というわけではない。キッカケは俺が自分で書いた事件モノの実録記事だ。辞書を引き引き、鉛筆をなめなめ、徹夜で書き上げた渾身《こんしん》のルポだった。

その事件とは、とあるお屋敷で起こった殺人事件なのだが、実はこの俺自身が関係者のひとりとして名を連ねた事件だった。俺は事件の夜に、偶然その屋敷に居合わせた。そればかりか、翌朝には被害者の身内に混じって、死体発見の場面に立ち会いさえしたのだ。そのとき目にした被害者の印象的な死に様は、いまでも俺の脳裏に焼きついて離れない。その残忍極まりない犯行は、雑誌記者としての俺の琴線《きんせん》を強く刺激した。

——この事件は俺の手で書きたい。いや、俺の手によって書かれるべきなのだ！

そう確信した俺は、一気呵成《いっきかせい》に記事を書き上げると、「どーですか！」とばかりに、完成した原稿を編集長のデスクに気合もろとも叩《たた》きつけてやった。すると、どうだ。ゾウガメのような顔をした編集長は、べっ甲縁の眼鏡《めがね》を指先で押し上げながら、「これはなにかね、村崎君？」と怪訝《けげん》な顔つき。そして彼は俺が三十三時間で書いたルポを僅《わず》か三分三十秒で読み流すと、その原稿をデスクの上に放り投げ、こう吐き捨てた。「——けッ、『週刊現代』かよ！」

「…………」編集長の厳しい言葉に、俺は顔色をなくした。

よその会社はどうか知らないが、「『週刊現代』かよ！」は、週刊未来編集部においてはけっして褒《ほ》め言葉ではない。それの意味するところは、「この手の記事は『週刊現代』に載っているだろ」といったところか。要するに、「他社の雑誌に載っていないような、『週刊未来』らしい、とんがった記事を書け」という意味の叱責《しっせき》の言葉だ。ちなみに放談社は、『週刊現代』を発行している講談社《こうだんしゃ》とは縁もゆかりもない別の会社だが、社名が似ている、というただそれだけの理由で、やたらと講談社をライバル視する傾向がある。

きっと講談社のほうも我が社のことをライバル視しているに違いない、と眼鏡の編集長は日頃からうそぶいているが、そんなわけねえだろ、と俺は思う。もしも『週刊現代』の編集長の口癖が「チッ、『週刊未来』かよ！」だったなら、それは大変愉快《ゆかい》で光栄な話だが、万が一にもそれはあるまい。我が社の存在は、彼らの眼中にはないはずだ。

ともかく、自信満々の原稿を突き返された俺は、必死で編集長に食い下がった。

「待ってください。この記事のなにがいけないのでしょうか？」

俺の問いに、編集長は実にアッサリとした口調でこう答えた。

「まず、文章が古い。昔の探偵小説みたいな大袈裟《おおげさ》な文章は、いまどきの読者にはウケないよ」

その指摘には、なるほど確かに、と頷《うなず》ける部分もあった。「推理小説」という言葉よりも、俺はむしろ「探偵小説」という呼び名を支持する人間である。いまどき流行りのユーモア・ミステリなどは軽すぎて物足りないと思うタイプだ。その偏《かたよ》った愛情ゆえに、俺の書いたルポは、戦後間もないころの探偵小説的な風合いを帯びていたかもしれない。

「で、でも、内容的には問題ないのでは？　なにせ滅多《めった》にない猟奇殺人の体験記ですし……」

「ああ、それは悪くはない」と編集長もその点には一定の評価を与えた。「事件としては残忍かつ不条理、しかも適度にリアリティがないのも『週刊未来』向きの事件といえる」

「さっすが、編集長。雑誌の性格を完璧に理解していらっしゃる」

「まあ、この道、丸七年だからな」と編集長は中途半端な数字をあげて得意顔。そんな彼は、デスクの原稿を指で示しながら、「しかし残念ながら、君のルポには肝心なものが欠けている。なにか判《わか》るかね、村崎君？」

俺は黙ったままアホみたいに首を左右に振る。編集長は得意げな顔のまま、俺の原稿に欠けている肝心なものの正体を明かした。「それは解決篇だ」

「はあ、解決篇!?」

あんた馬鹿か、という本音の呟《つぶや》きを、俺はぐっと飲み込んだ。「解決篇がないって、そりゃそうでしょう。だって、事件はまだ解決していないんですから」

「ほおーぉ、解決してないから解決篇が書けませんだと。ふーん、そうかい、そうかい——けッ、『週刊現代』かよ！」

「…………」

もはや「『週刊現代』かよ！」の使い方が意味不明である。俺は呆《あき》れながら尋《たず》ねた。

「では、どうしろっていうんですか。解決してない事件に解決篇を書けと？　単なる想像で？」

「おいおい、村崎君、言葉に気をつけたまえ。想像とはなんだね。我らが『週刊未来』には、勝手な想像で書かれた記事など、ただの一行も載っておらんよ」

そうだろうか……想像や憶測で書かれた記事が、延々と何ページも載っているような気がするが……いや、むしろその手の記事で成り立っている雑誌のような気がするが……

「なにか、いいたいことでもあるのかね、村崎君？」

「いいえ」俺は慌《あわ》てて首を振った。「要するに、単なる想像ではない、論理的根拠のある謎解きがこの記事の最後に必要であると、そう編集長はおっしゃるんですね」

「そうだ。説得力のある推理と、オリジナリティ溢れる結末。それらが提示されることによって、読者の知的好奇心は満足される。そうじゃないかね？」

「はあ……知的好奇心!?」

まさか、この編集長の口からそのようなハイレベルな単語が飛び出してくるとは！ 新鮮な驚きを覚えながらも、俺の胸には沸々《ふつふつ》と湧《わ》きあがってくる何かがあった。俺はデスクの原稿をひったくるような勢いで手にすると、編集長に向かって叫んだ。

「判りました！ だったら、書きますよ。書けばいいんでしょ、編集長が望むようなオリジナリティ溢れる解決篇ってやつを、書いてやろうじゃありませんか！」

床を鳴らして踵《きびす》を返す俺。その背中に、編集長の激励にならない激励の声が届く。

「ああ、頑張《がんば》ってくれたまえ。ただし、面白いやつを頼むぞ。面白けりゃ単なる想像でも構わん」

結局どっちなんだよ、この三流編集長め！

こうして俺は保留になった原稿と昂《たかぶ》った気持ちを抱えて、放談社のビルを飛び出したのだった——

2

そもそもどのような経緯で、俺が殺人事件と関わることになったのか。キッカケは緑川静子《みどりかわしずこ》から掛かってきた一本の電話だった。電話の向こうで、彼女は声を潜《ひそ》めていった。

「ねえ、蓮司君、今度の週末、空いてる？」

それだけ聞けば、妙齢の女性からのデートの誘いか何かのようだが、事実はそうではない。緑川静子は俺の遠い親戚であり、年齢は今年でついに五十の坂を越える。鎌《かま》倉《くら》の立派な屋敷に住み、女性ながら地元の政財界にも顔が利くという御《ご》仁《じん》である。そんな彼女のことだから、きっとまたなにか雑用でも押し付けてくるのだろう、と悪い予感を覚えつつ、俺は受話器を耳に押し当てた。

「はあ、週末は空いていますけど……」

「実は頼みたいことがあるの。土曜日の夕方にうちへいらっしゃい」

「え、はあ……」

「では、土曜の夕方五時に――詳しい話はそのときにするわね。誰かに聞かれると困るから」

伝えたいことだけ伝えると、電話は一方的に切れた。正直、不満の残る対応だが、そもそも俺に諾《だく》否《ひ》を選ぶ権利はない。なぜなら、大学卒業を間近に控え、就職先の決まらなかった俺を、いまの編集部に押し込んでくれたのは、他ならぬ緑川静子夫人の力なのだ。

そんな関係だから、彼女から「顔を見せろ」といわれれば、俺は「はい、喜んで」

と鎌倉の自宅に顔を出すし、「靴を舐《な》めろ」といわれれば、「まあ、足を直《じか》に舐めるよりはマシか」と呟きながら、舐めるフリぐらいはしなければならない。それが、いまの村崎蓮司の立場なのだ。俺は卑屈に過ぎるのだろうか？

ともかく約束の土曜日、俺は夫人の靴を舐める覚悟で、古都鎌倉を訪れた。

横須賀《よこすか》線鎌倉駅を出ると、左手に赤い鳥居が見える。鶴岡八幡宮《つるがおかはちまんぐう》へと至る小町通《こまちどお》りの入口だ。土産物《みやげもの》屋や飲食店が立ち並ぶ通りへと、大勢の観光客が吸い込まれていく。その喧騒《けんそう》を横目に見ながら、俺は駅前から真っ直ぐ進む。大通りを越えて、さらに歩を進めていくと、そこに広がるのは閑静《かんせい》な住宅街だ。ありふれた木造住宅が立ち並ぶかと思えば、その一方で驚くような古い民家や、立派なお屋敷が点在している。一帯を縦横に走る狭い路地は、まるで迷路のように入り組み、外部からの訪問者を惑わせる。そんな中に目指す緑川邸はあった。

都心では滅多に見られないほどの広々とした敷地。そこにレンガを模した茶色い壁の西洋屋敷が建ち、その傍《かたわ》らには、なだらかな傾斜の三角屋根が特徴的な、山小屋風の離れがある。

まず、どこを取っても豪邸と呼んで差し支《つか》えない、立派なお屋敷だ。

過去に何度も訪れたことのある俺は、平然と門をくぐり玄関に向かう。呼び鈴を鳴らすと、待ち構えていたように扉が開き、小柄な中年女性が俺を出迎えた。もちろん緑川静子夫人である。白いブラウスにブルーのカーディガンを羽織《はお》った静子夫人は、俺の顔を見るなり、「まあ、蓮司君じゃないの！」と、まるで幽霊でも見たかのように目を丸くした。

「どうしたのよ、蓮司君。突然、なんの前触れもなくいきなり顔を見せるなんて、びっくりするじゃない。でも、よくきてくれたわ。さあ、上がってちょうだいな」

「え!? はあ……」

びっくりするのは、こっちのほうである。どうやら俺は、突然顔を見せた疎遠な親戚の役を演じなければならないらしい。呼ばれてやってきたというのに面倒なことだ。早くもウンザリ顔の俺。その腕を引きながら、夫人が向かったのは緑川邸のリビングだ。

そこには屋敷の主である緑川隆文《たかふみ》氏の姿があった。隆文氏の耳にも玄関先で発した夫人の声は届いていたのだろう。まんまと騙《だま》された彼は、満面の笑みで俺にいった。

「よくきたね、蓮司君。突然、顔を見せるなんて、驚いたよ」

いえ、実はそれほど突然ってわけでもないのですが、と申し訳ない思いで一杯になりながらも、俺は何食わぬ顔で、「ども、ご無沙汰《ぶさた》しています」と隆文氏に小さく頭を下げた。

緑川隆文氏は地元の神奈川文化大学の教授で考古学の専門家だ。口許《くちもと》に髭《ひげ》を蓄えた精悍《せいかん》な風貌《ふうぼう》で、世界の遺跡を駆《か》け巡る姿から、女子学生の間では『カナブン大のインディ・ジョーンズ』とも呼ばれている——と、隆文氏自身がそういっている以上、俺には否定する根拠がない。きっとそう呼ぶ女子もいるのだろう。もっとも、身長百六十センチに満たない小柄で痩《や》せたインディ・ジョーンズでは、短編映画にしかならないだろうが。

そんな俺の心の呟きをよそに、隆文氏はにこやかな表情で、「今夜は、ぜひ夕食を一緒したいものだね」といって、静子夫人を見やる。

夫人も笑顔で頷きながら、「ええ、ぜひそうしましょう。なんなら一晩泊まっていってちょうだい。せっかくきてくれたんだもの、ねえ、いいでしょ、蓮司君？」

断るならいまだ。いまならまだ引き返せるぞ！ 俺の中でもうひとりの自分が必死で警報を鳴らす。だが俺の口をついて出た言葉は「ええ、もちろん喜んで」だった。

こうして逃げそこなった俺は、リビングのソファに腰を下ろしながら、緑川夫妻としばし雑談。やがて隆文氏は腰を上げると、「それじゃあ、僕は少し調べ物があるのでね。話の続きは夕食の席にでも」といって、ひとりでリビングを出ていった。

残ったのは俺と静子夫人のみ。すると夫人は急に表情を引き締め、抜け目のない警戒の視線を周囲に巡らせながら、

「壁に耳ありっていうしね。あっちの部屋へいきましょ」

静子夫人は俺を敢《あ》えて別室へと誘《いざな》った。向かった先は緑川邸の応接室だった。

「ここなら、誰にも聞かれる心配はないわ」

彼女は俺にソファを勧め、自分は斜め横のソファに腰を沈めた。俺は胸に秘めていた質問を、ようやく彼女にぶつけた。「いったい何なんです、おばさん、俺に頼みたいことって？」

「ええ、それなんだけど」夫人は声を潜めていった。「実は主人のことなのよ」

「おじさんが、どうかしましたか。今夜、おじさんが若い女と密会するとでも？」

「ええ、今夜、主人は若い女と密会するような気がするの。——なんで判ったの、蓮司君？」

「…………」適当に口にした言葉が、ズバリ的中だったらしい。「いや、なんで判ったかといわれましてもねえ……ははは」

頭を掻《か》いて苦笑いを浮かべる俺。すると夫人は訴えるような目で俺を見ながら、

「もっとも、主人が女を連れ込むのか、それとも主人が女に会いに出掛けるのか、それは判らないわ。ただ最近の主人に女の影を感じるの。それは事実よ」

と一方的に決め付ける。だがそれは、「事実」と名付けられた「女の勘《かん》」ではあるまいか。半信半疑の俺に対して、さらに静子夫人は捲《まく》し立てた。

「相手の女の名前もうすうす判っているの。竹下弓絵《たけしたゆみえ》っていう女よ。竹下弓絵は主人

のゼミの学生なの。彼女と主人が一緒にいる場面を何人もの人が目撃しているわ」

「はあ、しかし女子大生と大学教授の関係なら、一緒にいたってべつにおかしくはないでしょう。考えすぎではありませんかね」

だが静子夫人は「いいえ、そんなことないわ」と断固譲らない態度で続けた。

「私、ひとつ気がついたことがあるの。主人はここ最近、毎週土曜の夜に、ひとりで離れにこもって、ひと晩徹夜するのよ」

「ほう、研究のためですか。まさに学者の鑑《かがみ》ですね」

「とんでもない。浮気のためよ。研究中と称して、家の人間を離れから遠ざけておいて、密《ひそ》かに女を連れ込んでいる。あるいは離れを抜け出して外で女と会っている。そのどちらかね」

「なるほど、そういうことですか」

こうまで一方的に疑念を持たれては、隆文氏も愉快ではあるまい。ここはひとつ、隆文氏のためにも疑惑について明らかにする必要がありそうだ。そう考えた俺は、あらためて静子夫人に尋ねた。「で、俺に頼みたいことって、結局なんですか?」

すると彼女は俺のほうに顔を近づけ、さらにいっそう声を潜めていった。

「今夜、ひと……あのはな……みは……しいの」

俺は耳を澄《す》まして彼女の言葉を聞くと、すぐさま真剣な顔を上げた。

「……おばさん」

「なに？」

「声が小さすぎて、なんていってるのか全然判りません」

あらやだ、ごめんなさい！　と夫人は俺の肩を右手でぶん殴《なぐ》ると、あらためて通常の音量で用件を口にした。「蓮司君には今夜ひと晩、あの離れを見張ってほしいの」

「離れを、俺が？」

「そうよ。だって蓮司君、『週刊未来』の記者だから、浮気現場の張り込みとか得意でしょ。ね、頼むわよ。今夜、あの離れを見張ってちょうだい」

そういって静子夫人は応接室の窓から、真っ直ぐ外を指差した。彼女の示す方角に視線をやると、山小屋風の離れは庭を挟んだ目の前だった。

ここから見張れってことか……

俺は溜《た》め息《いき》をつきながら、それでも靴を舐めるよりはマシ、と思うしかなかった。

3

その日の夜、緑川邸の夕餉《ゆうげ》は賑々《にぎにぎ》しくも、どこか空々しい雰囲気《ふんいき》の中で進んだ。

食卓を囲んだのは、俺を含めて四人。

隆文氏と静子夫人、それに大島圭一《おおしまけいいち》という男だ。

「蓮司君は『週刊未来』の記者さんだよね。じゃあ、有名人の浮気現場を張り込んだりするのかな。あれ、どうしたんだい？　僕、なにか変なことでもいったかい？」

キョトンとする大島圭一の前で、俺は喉《のど》に詰《つ》まった焼肉を無理やり飲み込んだ。

「い、いえ、なんでもありません。気にしないでください……」

ぎこちない笑みで誤魔化《ごまか》そうとする俺を、大島は不思議そうに見詰めていた。

そんな彼は、隆文氏に師事しながら考古学を学ぶ若き研究者だ。俺と似たような年齢、似たような身長。にもかかわらず体重だけは二倍ほどありそうな、かなりの巨漢である。

隆文氏の遠縁に当たる彼は、現在この屋敷で緑川夫妻と同居している。つまり居《い》候《そうろう》というわけだ。そのせいなのかどうなのか、大島は茶碗二杯の白飯を平らげると、三杯目には茶碗をそっと差し出した。「軽くでいいですから、軽くで……」

やがて夕食の時間が終わると、大島は「見たいテレビがあるので」といって、巨体を揺すりながら自室へと戻っていった。

残った三人は珈琲《コーヒー》などを飲みながら、雑談を続ける。だが、時計の針が午後八時半に近づいたころ、隆文氏も食卓の椅子《いす》から立ち上がった。

「悪いが、僕も仕事があるので、これで失礼するよ。蓮司君はゆっくり酒でも楽しむがいい。そうだ静子、彼にとっておきのワインを——そうそう、七八年のシャトー・オーブリオンがあったはずだ。そう、それを差し上げなさい。では、私はこれで」

そう言い残すと、大学教授は悠然とした足取りでリビングを出ていった。

俺と静子夫人はともに笑顔を浮かべながら、隆文氏を見送る素振り。だが彼の姿が扉の向こうに消えた瞬間、夫人の厳しい声がとんだ。「——蓮司君、いよいよだわ！」

「え、七八年モノのシャトー・オーブリオンをいただけるのではないのですかぁ」

「そんな暇ないわよ。急いでちょうだい」

ちぇ、と舌打ちしながら、俺はリビングを出た。夫人も後に続く。

俺と夫人は廊下《ろうか》を小走りに進むと、応接室の扉を開けた。中は暗いが、明かりは敢えて点《つ》けない。暗いままの室内を横切って、俺は窓辺へと歩み寄った。ガラス越しに外の様子に目を凝《こ》らす。

なだらかな傾斜の三角屋根を持つ離れ。その特徴的なシルエットが、前方の暗闇の中に浮かび上がっている。小柄で痩せた男の影が、いままさにその玄関先に到着したところだった。

鍵を開けるような仕草《しぐさ》があった後、彼は離れの扉を開けた。彼の背中が暗い室内へと吸い込まれるように消えていく。やがて扉が閉ざされ、離れの腰高窓に明かりが灯《とも》った。

一連の光景を眺《なが》めながら、俺は背後に立つ静子夫人に尋ねた。

「あの離れで、人が出入りできるのは玄関と、あの窓だけですよね」

「そうよ。トイレや洗面所もあるけれど、そこに窓はないわ。だから、女を連れ込むにせよ、会いに出掛けるにせよ、ここで見張っていれば、絶対その姿を目撃できるはずよ」

「判りました」俺は離れの玄関と窓に視線をむけたまま、夫人に対していまさらのように素朴な疑問を投げた。「で、おばさんは、これからなにを？」

「私!? 私はこれからお風呂《ふろ》に入って、ベッドで休ませていただくわ」と夫人は悪びれもせずにいった。「だって、徹夜はお肌に悪いでしょ」

旦那が浮気に走るか否かという夜に、お肌の具合を気にしても仕方がないと思うのだが、夫人はそのような考えは持ち合わせていないらしい。もっとも彼女のこのような反応は、こちらとしても織り込み済みだ。そもそも、夫人自らが探偵の真似事《まねごと》をする気があるのなら、わざわざ俺を屋敷に呼びつける必要もないのだから。

俺は薄暗い闇に向かって、そっと溜め息をついた。「じゃあ、いいです。ここは俺に任せてください。明日の朝まで、俺はここを一歩も動きませんから。小便もここでしますから」

「それはやめて！」夫人は心底嫌がるように首を振った。「どうしても我慢できないときは、そこの電話でわたしの寝室に掛けてちょうだい。じゃあ、頼んだわよ」

しっかりやんなさい、と俺に活を入れると、静子夫人は応接室を出ていった。

こうして俺の孤独な戦いの夜が幕を開けた。腕時計に目をやる。張り込みの開始時刻は、午後八時半。翌朝までの長く退屈な時間を思えば、気が遠くなりそうだ。

「仕方がない。音楽でも聴きながらやるか」

俺はひとり掛けのソファを窓辺に引き寄せ、腰を沈めた。そしてポケットから某有名メーカーの某有名携帯音楽プレーヤーを取り出すと、イヤホンを耳に突っ込んだ。視線は離れに向けたまま、音楽プレーヤーのスイッチを入れる。流れてくるのは演歌の女王、八代亜紀《やしろあき》の最新ナンバーだ。彼女の心に染み入るような歌声を聴きながら、俺の長く孤独な戦いは続くのだった――

そして翌朝、俺はいきなり両の頰《ほほ》を強く叩かれて目覚めた。――ん、目覚めた!?

変だな。俺は八代演歌を聴きながら一睡もせずに孤独な見張りを続けていたはず、と不思議に思いながら、寝ぼけ眼《まなこ》で身体を起こす。そのとき俺は初めて、自分がロングソファの上で長々と横になっていることに気がついた。目をパチパチさせる俺の前には、まなじりを吊《つ》り上げた静子夫人。腰に手を当て、鬼子母神《きしもじん》の如き形相《ぎょうそう》を浮かべるその姿は、見る者を圧倒する迫力だ。

彼女の様子と両頬の痛みから、俺は一瞬で事態を把握《はあく》した。

どうやら、俺は単独での見張りの退屈さに耐え切れず、また雑誌記者としての日常の疲れなども重なり、深夜に強力な睡魔に襲われ、見事完敗を喫《きっ》したらしい。

俺はバネ仕掛けの人形のようにソファから飛び起きると、すぐさま腕時計を確認。時計の針は、すでに午前七時を示していた。もはや苦笑いを浮かべるしかない。

「は、はは、おはようございます、おばさん」

「…………」この役立たずめえ、といいたげな表情で夫人は俺を睨《にら》みつけた。「蓮司君、なによ、このザマは！　あなた、何時ごろ寝ちゃったの？」

「ええと、確か午前零時ごろまでは起きていた記憶があるのですが、その先はどうも……」

「なんだ。結構、早々と撃沈しちゃったわけね」呆れたように呟くと、結局、彼女はその言葉を俺の顔目掛けて口にした。「まったく、この役立たずめえ！」

「すみません」と頭を掻きながら、俺は身を小さくする。「で、おじさんは？」

「知らないわよ。母屋《おもや》には見当たらないから、まだ離れにいるんじゃないの？　あーあ、せっかく彼の浮気を証明するチャンスだったのに、これじゃなにもかも曖昧《あいまい》なままじゃない。こんな張り込み、まるで意味がないわ」

「はあ、確かに……」

と俺はガックリ肩を落とす。だが、そう完璧な仕事を求められても困る。俺は雑誌記者であって、探偵ではないのだ。

「仕方がないわね。私、主人に声を掛けてくるわ。あなたは朝食の席で、何事もなかったように、自然に振舞ってちょうだい。頼んだわよ」

ふわぁい、と欠伸《あくび》まじりに答える俺を残して、夫人はひとり応接室を出ていった。寝起きの頭でボンヤリ窓の外を眺めていると、間もなく裏庭に夫人の姿が現れた。彼女は真っ直ぐに離れに歩み寄ると、玄関の扉をノックする。だが、どうやら返事がないらしい。その後も何度かノックを繰り返す夫人だったが、やがて諦《あきら》めたように玄関を離れると、首を傾《かし》げながらこちらに向かって歩いてきた。俺は応接室の窓を開けて、裏庭の彼女に尋ねた。

「どうしたんですか、おじさんは？」

「判らないわ。ノックをしても返事がないし、扉には鍵が掛かっているみたいなの」

「それは変ですね。ここから見ると、離れの窓辺には微《かす》かに明かりが見えますよ」

この日の朝は、どんよりとした曇り空で、離れの明かりが点いていることは、窓辺のカーテン越しにも窺《うかが》うことができた。静子夫人は心配そうにその窓を眺めながら、

「確かに変ね。蓮司君、悪いけど、応接室の電話から離れに内線を掛けてみてちょうだい」

彼女の要求に応えて、俺は電話で離れを呼んでみた。だが受話器の向こうでは電話の呼び出し音がむなしく響くばかりである。俺は受話器をフックに戻しながら、首を振った。

「駄目《だめ》です、誰も出ません。出掛けているんでしょうか」

俺が居眠りしている間に、隆文氏が離れを出ていった。その可能性は充分に考えられる。例えば、若い女と密会するために――

だが、もしそうだったとしても、いまはもう午前七時。通常の密会なら、とっくに事を成し終えて、隆文氏は何食わぬ顔で離れに戻っているはずだ。では、やはり隆文氏は離れにいるのだろうか。中にいながら、夫人の呼びかけに応答できない理由でもあるのか。そこまで考えたとき、ひとつの新たな可能性が俺の頭に浮かび上がった。

「あ、ひょっとして！」

「それよ、蓮司君」夫人もピンときたらしい。彼女は指をパチンと鳴らして俺と同じ考えを口にした。「あの離れの中に、連れ込んだ女がまだいるんだわ。だから、あの人は離れから出るに出られない。それで居留守を使っている。そうに違いないわ」

そう決め付けた静子夫人は、再び窓越しに俺に命じた。「蓮司君、すぐに勝手口へいって、離れの鍵を持ってきてちょうだい。さあ、早く」

判りました、と短く頷いて俺は応接室を飛び出した。すぐさま台所に向かい、勝手口の柱に掛かった鍵束を手にする。たたきでサンダルを履《は》き、目の前の扉を開ける。

すると、いきなり扉の向こうに壁のように立ちはだかる大男の姿。緑川家の居候、大島圭一だ。大島は驚いたように目を丸くしながら、飛び出してきた俺に尋ねた。

「おや、どうしたんだい、蓮司君。鍵束なんか持って」

「え!? いやなに、離れの様子がちょっと変で……」

「なんだって。おじさんの身に何か起こったのかい？　そりゃ大変だ。だったら僕も一緒にいこう」

どうやら、俺の言葉は大島に大いなる誤解を与えたらしい。

「え!? いやいや、いいですよ」「はあ!?　君が遠慮することじゃないだろ」「それはそうですが」「モタモタしている場合じゃない」「はあ、しかし……」「さあ、離れはこっちだ……」

結局、誤魔化しきれずに、俺は大島を引き連れて裏庭へと駆けつけた。そこでは静子夫人が恐ろしいほどの形相で、ひとり佇《たたず》んでいた。彼女はひったくるように俺の手から鍵束を受け取ると、さっそく離れへと歩き出した。「よーし、これで決着を付けてやるわ！」

俺は夫人の背後に続いた。大島圭一も首を傾げながら、俺に続く。

夫人は離れの玄関扉の前に立つと、もはや問答無用とばかりに鍵穴にキーを挿し、扉の施錠を解いた。夫人はなんのためらいもなく扉のノブを手前に引いた。

だが次の瞬間、ガツン、と強い衝撃音。扉は十センチほど開いただけで、動きを止めた。

「チェーンロックだわ」静子夫人は彼女の侵入を阻《はば》む一本の鎖を睨みつけると、その僅かな隙間《すきま》に向かって叫んだ。「あなた、そこにいるのは判っているのよ――ん！」

ふいに夫人の声に戸惑いの色が滲《にじ》んだ。彼女はチェーンの隙間から中を覗き込み、そして不思議そうな顔を俺に向けた。「ねえ、蓮司君、あれって、何に見える？」

俺は薄く開いた扉越しに、離れの中を覗き込む。俺の背後に身体を寄せながら、大島も扉へと顔を寄せていく。俺と大島は同じ光景を眺めながら、揃《そろ》って首を傾げた。

「なんだ、あれは？」「人の足ですよね」「ああ、男の足だ」「でも、なんか変ですね？」「あれはロープか？」「俺にもそう見えます」「ひょっとしてロープで？」「縛られている？」

俺はもう一度、扉の隙間から中の様子を眺めた。温かみのある茶色い絨毯《じゅうたん》の上に、黒いズボンを穿《は》いた男の足が見える。二本の足は不自然なほど真っ直ぐに伸びた状態でピタリと揃えられている。よくよく見れば、その二本の足は細長い板の上にロープで縛り付けられているように見える。これはいったい、どういう光景なのだろうか。

「ひょっとして、おじさんが拘束《こうそく》されているのでは？」

俺の呟きに、大島も頷いた。「僕の目にもそう見える。――どうしよう！」

「このチェーンを切断できませんかね？」

「いや、それより窓ガラスを叩き割るほうが早い。窓に回ろう」

いうが早いか、大島は駆け出した。離れの角を曲がって、腰高窓のある側面へと回る。窓枠に嵌《は》められたガラスは透明なタイプ。だがカーテンがピッタリと両側から引かれているため、中の様子を窺うことは叶わなかった。唯一ガラス越しに見て取れるのは、その窓には中からクレセント錠が掛かっている、という事実だけだ。

大島は裏庭に転がる拳骨《げんこつ》ほどの大きさの石を拾い上げると、夫人に確認した。

「いいですよね、おばさん」

「ええ、構わないわ。やってちょうだい」

夫人の許しを得るや否や、大島は手にした石を思いきり窓ガラスに叩きつけた。激しい衝撃音が響き渡り、割れたガラスが落ちて砕《くだ》ける。大島は窓ガラスに開いた穴から片腕を差し入れると、窓のクレセント錠を開錠した。大島はすぐさま窓の片側を全開にし、振り払うようにカーテンを開け放つ。前方の視界が開けた瞬間、三人の口からほぼ同時に「――あッ！」という叫び声があがった。

木製の壁に囲まれた室内は結構な広さがあり、落ち着いた雰囲気。家具は多くない。正面の壁際には分厚い書籍の並ぶ本棚、それに大きな机と椅子がある。机の上には、考古学者が持ち込んだと思われる専門書が数冊ほど乱雑に積まれている。一方、右手の壁際に置かれているのはベッドにもなるソファだ。机の傍《そば》の柱には壁掛け式の電話機が設置されている。

全体としてはガランとした印象の室内。その奥のほうに異様な光景があった。人が横たわっている。両手を大きく真横に広げたポーズだ。これで両足を広げていれば、「大」の字だが、ズボンの両足はピッタリ閉じられているから、これは「十」の字と呼ぶべきだろう。男が、「十」の字を描くような恰好《かっこう》で横たわっている。だが、それだけではない。男は縛り付けられていた。十文字に組まれた細長い板の上に――いや、この際だ。回りくどい言い方はやめよう。このような物体をズバリ言い表す日本語を、俺は知っている。――十字架《じゅうじか》だ。

男は十字架の上に縛り付けられていた。

両手両足を、十字架の縦棒と横棒に、それぞれロープで固定されているのだ。縛られているのは小柄で痩せた男。俺たちのいる窓側に、足を向けている。男の顔は角度的によく見えない。だが特徴的な髭を蓄えていることから見て、それが緑川隆文氏であることは一目瞭然《いちもくりょうぜん》だった。

俺の背後で静子夫人が悲鳴を発した。「――あなた!」

続けて大島圭一も叫び声をあげる。「――おじさん!」

いうが早いか、大島はその巨体からは想像もできない俊敏な動きで、一気に窓枠を乗り越え、靴のまま室内に降り立った。彼は隆文氏のもとに駆け寄り、その傍らにしやがみこむ。

「――うッ」短く呻《うめ》き声を発して、大島は顔を顰《しか》めた。

俺は窓越しに声を掛ける。「大島さん、どうですか、おじさんの様子は！」

すると大島は黙ったまま首を横に振った。そして彼は、十字架に固定された隆文氏の頭のあたりを太い腕で抱えながら、その身体を十字架ごと、五十センチほど持ち上げて見せた。十字架全体が斜めに持ち上がると、いままで角度的に見えなかった隆文氏の顔が、俺たちのいる窓辺からも確認できた。

瞬間、静子夫人は顔を背け、逆に俺は目の前の光景に釘付けになった。

隆文氏の顔からは血の気が失せ、顔は紙のように真っ白だった。その首はロープが何重にも巻かれたまま、十字架の縦棒に固定されていた。すなわち隆文氏は、右手と左手、揃えた両足、そして首の合計四箇所で、十字架に縛り付けられているのだ。

このような状態を言い表した日本語も、俺はよく知っている。――磔《はりつけ》だ。

大学教授、緑川隆文氏は何者かに首を絞められ、なおかつ十字架に磔にされた状態で、息絶えているのだった。なんという凄惨《せいさん》な死に様だろうか！

愕然《がくぜん》とする俺の目の前、大島は磔の死体を再び床に下ろすと、俺を向いた。

「蓮司君、おばさんと一緒に玄関に回ってくれ。僕がチェーンロックを外そう」

「お願いします！」

そういって俺は静子夫人の身体を支えるようにしながら、玄関へといったん引き返す。玄関先で扉が開かれる瞬間を待ちわびる俺と夫人。ジリジリするような微妙な間があった後、ようやくチェーンロックの解かれる音。そしてついに離れの扉が開かれた。俺と夫人はすぐさま室内へと足を踏み入れ、変わり果てた隆文氏との対面を果たした。

「いったい、どういうことなの……」顔に手を当てながら絶句する静子夫人。

「判りません、おばさん」と大島は汗の浮いた顔を横に振る。「ただひとつだけ確実なことは、これが邪悪な者の意思による、殺人であるということです。このような磔にされた死体が、自然死であるはずがありませんから。きっと、おじさんに深い恨みを持つ者の犯行に違いありません」

だが、そんな大島の言葉を聞きながら、俺はふと素朴な疑問を覚えた。

「殺人!?　いや、待ってください。殺人だとすると、犯人はどこに？　玄関の扉にはチェーンロックが掛かっていたし、窓はクレセント錠が掛かっていた。おじさんを殺した犯人は、どこからどうやって逃走したのですか」

俺の頭に浮かぶ「密室」の二文字。

だが、それを打ち消すように、大島が口を開いた。「うん、実は僕も不思議に思ったんだがね。——どうも、あれじゃないかと思うんだ」

死体の傍らに立つ大島は、いきなり真上を指差した。釣られるように天井《てんじょう》を見上げる俺。大島が指差す先に、もうひとつの窓が見えた。俺は驚きと落胆のあまり、小さく叫んだ。

「こ、これは、天窓！　こんなものがあったなんて、聞いてないぞ……」

俺は天井に開いたその小さな窓を、唖然《あぜん》として見詰めるばかりだった——

4

事件の詳細を思い返しながら、俺はいつしか事件の舞台となった鎌倉へと足を向けていた。本職の刑事たちが現場を繰り返し訪れるように、俺もまた現場を見れば、なにか新たな考えが浮かぶかもしれないと、そう考えたからだ。

「なにせ、解決篇を書かなくちゃいけないんだからな……」

久しぶりに訪れた緑川邸は、すでに故人の葬儀なども終わり、落ち着きを取り戻しているように見えた。厳《いか》めしい門の前にもパトカーや警官の姿は見られない。ならば、とばかりに門をくぐり、玄関の呼び鈴を押してみる。だが返事がない。どうやら緑川家の住人は、出払っているらしかった。

「くそ、おばさんが在宅かどうかぐらいは、確認してからくるんだったな……」

事件の進展について情報を得るという目論見《もくろみ》は脆《もろ》くも崩れ去り、俺は鎌倉の街でひとり呆然と立ち尽くした。すると、弱り目に祟《たた》り目とはこのことか。先ほどまで日差しが溢れていた四月の空に、突如として広がる黒い雲。

「こりゃ、ひと雨きそうだな……」と上空を見上げたときには、すでに天から零《こぼ》れ落ちた最初の雨粒が、俺の額《ひたい》を濡らしていた。「畜生！　ツイてねえ」

俺は慌てて駆け出した。どこか雨宿りに相応《ふさわ》しい喫茶店などないか、とキョロキョロあたりを見渡しながら、複雑な迷路を思わせる路地を進む。

すると、さすが古都鎌倉だ。路地をひとつ曲がれば鄙《ひな》びた神社の小さな鳥居、さらに進めば意外に名のある古いお寺。こちらが望んでもいないのに、隠れた名所旧跡が次々と俺の前に姿を現す。

「だけど、俺が探してんのは、お寺じゃなくて喫茶店なんだよなあ……」

ブツブツと呟きながら右往左往していると、ようやく洒落《しやれ》た外観をした一軒の喫茶店を発見。渡りに船、とばかりにガラス扉を開け、俺はさっそく店内に飛び込んだ。

そこには俺と同じように服を濡らした男性サラリーマンが四、五名いた。遅れて現れた俺の姿を見た瞬間、彼らの間に緊張が走る。目視で素早く空席の数を数える彼らと俺。その直後、誰がホイッスルを鳴らしたわけでもなく、椅子取りゲームが自動的にスタート。彼らは奪い合うように空いている椅子を確保し、腰を落ち着ける。一瞬にして俺はゲームの敗者に成り下がった。

するとポニーテールの若い女性店員が、申し訳なさそうに頭を下げながら、「あのー、申し訳ありませんが、ただいま満席でしてー」

「……そのようですね」まさに、ただいま満席になったのだ。仕方がないので、俺は次善の策を講じる。「すみませんが、この近所で他に喫茶店などは？」

「それでしたら、少し歩いたところに、もう一軒。ちょっと判りにくいんですけど」

そういって、彼女は俺にその店へと向かう道順を教えてくれた。「この通りの先を右、さらに右、そして左、また左、で真っ直ぐいって右……」

「ふんふん、なるほどなるほど。いや、ありがとうございました」

教えられた道順を頭に叩き込むと、俺は再び小雨降る町へと飛び出した。

止みそうで止まない雨の中、「右、右、左、左！　真っ直ぐ、右！」と呟きながら路地を小走りに進む俺の姿は、さながら丹下段平《たんげだんぺい》なみの拳闘《けんとう》マニアに映ったかもしれない。

と、そのとき、俺は自分の進む方向に、ひとりの女性の姿を発見した。

黒いパンツスーツ姿で、赤い折り畳《たた》み傘を差している。背丈は女性としては高いほうか。背中に流れる黒髪が美しい。キビキビとした脚捌《あしさば》きが美しい。ピンと伸びた真っ直ぐな背中が美しい。ならば顔だってきっと美しいに違いない。そう確信した俺は、いっそ全力ダッシュで彼女を追い越してから、いきなり振り返って、彼女の顔を拝ませてもらおうか——と、そんな男らしいことまで考えた。

気がつけば俺は、教えられた道順などすっかり忘れ去り、ただ単に彼女の赤い傘を追うようにして歩いていた。そんな俺の前で、彼女が路地の角を右に曲がる。それを見て、俺も同じ角を右に曲がった。瞬間、俺は「——わ！」と小さく声をあげて、思わず足を止めた。

目の前には、黒いパンツスーツの女が立っていた。右手に傘の柄《え》を持ちながら、両脚を肩幅くらいに広げた恰好で、正面から俺を睨みつける彼女。年齢は俺と同じ程度だろうか。口許はきつく結ばれ、表情には甘さの欠片《かけら》さえも見当たらない。その凛々《りり》しく勇ましげな姿に、俺は思わずぐっときた。——『ぐっときた』とは、すなわち『好意を持った』の意味だ。

そんな俺の思いをよそに、彼女はなおも厳しい視線を俺に向けると、「あなた、誰？」と、綺麗《きれい》な眉《まゆ》を吊り上げた。「あたしの後をつけてこないでくれるかしら。気持ち悪いから」

「つけてる!?　俺が君を!?」まあ、事実だが。でも、それは途中からそうなっただけの話。気持ち悪がられても困る。俺はその点を彼女に訴えた。「どっちかっていうと、君が俺の前を歩いていたというのが、正しいと思うんだけど。俺はただ喫茶店を探していただけで……」

「喫茶店!? へえ、そうなんだ」彼女はニンマリとした笑顔で頷くと、黒髪を揺らしながら踵を返した。「だったら、こっちよ。案内してあげる。ついていらっしゃい」

「え!? ああ……」

まったく、『つけてこないで』といったり『ついていらっしゃい』といったり、いったいどっちなんだ？ 釈然としない思いを抱きつつも、俺は黒髪の魅力に導かれるように彼女の後を追った。まるで餌《えさ》に釣られる空腹な犬のようで、我ながら情けない。

いつしか雨は小止みになっていた。しばらく歩くと、一軒の古びた民家の軒下で彼女は足を止めた。「――ここよ」彼女はそういいながら、手際よく赤い傘をたたんだ。

「ふうん、ここが君の家？」

「んなわけないでしょ！」彼女は再び眉を吊り上げる。「なんで、あたしが初対面の男を自宅に案内するわけ？ 違うわよ。喫茶店よ、あなたが探していた喫茶店」

「ここが!?」俺は目の前の古い木造家屋を、しげしげと見上げた。二階建ての和風建築だ。由緒あるお屋敷とか歴史的建造物とか、そういう類《たぐい》のものではない。いわば昔ながらの庶民の家だ。いまにも玄関の引き戸を開けて、箒《ほうき》を持ったおばさんが姉さん被《かぶ》りで姿を現しそうな、そんな雰囲気の建物である。「これって喫茶店じゃなくて、古民家だろ」

「いいえ、純喫茶よ。まあ、確かに古民家にも見えるけど」

むしろ、古民家にしか見えない、というべきである。「それに、お店の看板だって出てないじゃないか」

喫茶店の店頭には、よく《鍵のマークのナントカコーヒー》みたいな看板が出ているもの。だが俺がざっと眺める限りでは、そのようなものはどこにも見当たらない。ところが彼女は「看板なら、ちゃんと出てるでしょ」と強引に言い張る。「ほら、見えない!? 玄関脇に小さな板切れが掲げてあるじゃない。ほら、そこよ、そこ」

「え、どこどこ!?」視線を泳がせる俺は、次の瞬間、その物体を目にして思わず叫んだ。「これ、表札じゃん！　看板じゃねーじゃん。こんなちっこい看板、誰が目に留めるんだよ」

「でも、ちゃんと店名が書かれているわよ」そういって、彼女は看板（表札）に書かれた店の名前を読み上げた。「ほら、『一服堂《いっぷくどう》』って、なかなか喫茶店っぽいでしょ」

「まあ、確かに名前はそれっぽいな」

俺は彼女の言葉に納得せざるを得なかった。「純喫茶『一服堂』か……」

気がつけば、いつの間にか雨はすっかり上がっていた。もはや雨宿りのために喫茶店に入るという当初の目的は失われている。だが俺はせっかく出会えたこの美女と、この奇妙な古民家風の喫茶店で、一杯の珈琲と束《つか》の間《ま》の会話を楽しみたいと考えた。

俺は充分な下心を持って、さりげなく彼女にいった。

「せっかくだから、ちょっと一服していかないか」

「いいけど、べつにあなたに誘われたから入るんじゃないわよ。あたしは最初から、この店を目指して歩いていたんだから」

「へえ、それは奇遇だな。ところで君、名前なんていうんだ？　いや、他人に名前を聞くなら、まず自分から名乗るのが礼儀だな。俺の名前は村崎蓮司だ」

「あたしは夕月茜《ゆうづきあかね》」と彼女は笑顔で俺の問いに答え、それから何事か企《たくら》むような表情を浮かべながらいった。「ねえ、いちおう職業も聞いとく？」

ぜひ、と答える俺の前に、彼女は慣れた手つきで黒革の手帳を差し出した。

「神奈川県警横須賀署、刑事課勤務よ。――じゃ、入りましょ、村崎君」

そういいながら、茜さんは「一服堂」のガタつく引き戸を開けるのだった。

5

店内に一歩足を踏み入れると、そこはまるで昭和の初期にタイムスリップしたかのようなレトロな雰囲気。蠟燭《ろうそく》を灯したほどの薄暗い間接照明。黒光りする重厚な柱。天井を走る太い梁《はり》なども、最近の住宅では見かけないものだ。民家の土間を改造したかのような店内は、あまり広くはない。四人掛けのテーブルが三つ、カウンターには椅子が四つ。すなわち定員は十六名ということになるが、まず満席になる瞬間が訪れることはあるまい。そう思わせるほどに、店内は閑散としていた。客は俺と夕月茜さんの二人だけだ。きっと珈琲を欲する大勢の人々が、あの小さな看板を見落として、店先を通り過ぎていったに違いない。

そんな店内に、店員と思《おぼ》しき人物はエプロンドレス姿の女性がひとりいるだけだ。彼女はカウンターの中に置かれた背の高い椅子にちょこんと腰を下ろし、手許の文庫本を読んでいる。そんな彼女は、いまやっと来客に気がついたかのように、おもむろに文庫本から顔を上げると、照れくさそうな表情を覗かせた。

透き通るような白い肌の若い女性だ。前髪はおデコが隠れる長さ、サイドは肩に掛からない程度で切り揃えた古風なヘアスタイル。つんとした高い鼻は高慢な印象を、尖《とが》った顎《あご》のラインは儚《はかな》げな印象を与える。美しく澄んだ眸《ひとみ》は、真っ直ぐ俺に——ではなく、隣の夕月刑事に向けられていた。

「まあ、茜さんじゃありませんか。いらっしゃってくださったんですね」

彼女は手許の文庫本を置くと、ぴょんと椅子から降りて、大きな目をさらに見開いた。そんな彼女の眸に、俺の姿がいっさい映っていないかのように思えるのは気のせいだろうか？

若干《じゃっかん》の寂しさを味わう俺をよそに、茜さんは親しげな様子で軽く右手を挙げた。

「ヨリ子、お久しぶり。相変わらず、開店休業状態みたいね」

「あら、相変わらずとは、いきなりご挨拶《あいさつ》ですわね、茜さん」ヨリ子と呼ばれた彼女は、まるで貴婦人のような古風な言葉遣《づか》いと仕草で、微かな笑みを浮かべた。「茜さんこそ、ここしばらくお顔をお見せになりませんでしたけど、どうかいたしましたの？　また、横須賀でなにやら凶悪な事件でも？」

「ええ、あったわよ。この二月に、三浦《みうら》半島の片田舎《かたいなか》で密室バラバラ殺人事件がね。男が全身を六分割されて、鍵の掛かった民家で発見されたの。その後も立て続けに小さな事件があって、おかげでこの二ヵ月ほど、全然休みがなかったってわけ」

「まあ、密室バラバラ殺人だなんて！」ヨリ子さんは恐怖心と好奇心がない交《ま》ぜになったような表情で聞き返す。「その事件、解決したんですの？」

「ええ、なんとかケリが付いたわ。なんなら、詳しい話を聞かせてあげてもいいんだけど、ああ、でも今日のところは他のお客さんがいるから無理ね」

「他のお客さん!?」

「いるでしょ、ほら、ここに影の薄い男がひとり」

そういって茜さんは背後に立つ俺を指差す。その瞬間、いま初めてその存在に気が付いたとばかりに、ヨリ子さんの顔にハッという驚きの色が広がった。俺はそんなに影の薄い存在だろうか。釈然としない俺をよそに、茜さんは淡々と説明した。

「ここにくる途中で偶然一緒になったの。彼、あたしの友達でもなんでもない、普通のお客さんよ。歓迎してあげてね」

「——お客さん!?」ヨリ子さんはその言葉の意味を確かめるように、『お客』という言葉を、口の中で数回繰り返した。「お、お客……お客……ってことは!」

彼女は大きな目を一杯に見開き、初めて俺を真っ直ぐ見詰めると、震えを帯びた唇《くちびる》から世にも不思議な問いを発した。「——ってことは、あ、あなたは、こ、この店に、こ、珈琲を、お、お飲みにいらっしゃったのでございますか!」

正直、珈琲にするか、カフェオレにするかは、まだ決めていない。だが彼女とて、ご注文の品を伺《うかが》っているわけではあるまい。彼女は俺に対して、『あんたは客か、本当に客なのか』と確認しているのだ。ならば、俺は客だ。黙って頷くより他はない。

そんな俺を見て、ヨリ子さんは顔に火が点いたかのように白い頬を赤く染めた。

「い、い、い、いらっしゃいませ、い、い、『一服堂』へ、よ、ようこそ、さあ、どうぞ、おか、おか、お掛けになってくださいませッ」

まるで出来損ないのロボットが接客しているかのようだ。彼女の言葉は滑《なめ》らかさを欠き、イントネーションもバラバラ。視線は定まらず、目の焦点も合っていないように見える。

「緊張しないで、ヨリ子！　大丈夫よ、ただのお客さんだから、怖がらないで」

突如として挙動不審《きょどうふしん》に陥《おちい》ったヨリ子さんに、励《はげ》ましのエールを送る茜さん。そんな彼女はカウンターの端の席に腰を下ろすと、「ほら、あんたもぼうっと突っ立ってないで、適当に座りなさいよ」

「あ、ああ、そうだな……ならばお言葉に甘えて……」

俺は彼女のすぐ隣の椅子に腰を下ろした。女刑事は横目で俺を睨みつけながら、

「あんたも、なかなか図々しいわね」

「そんなことはない。ただ適当に座っただけだ。——ところで注文いいかい、ヨリ子さん？」

「い、いえ、駄目ですわ」彼女はエプロンドレスの胸を両手で押さえて荒い呼吸を繰り返す。「い、いましばらく、お時間をいただけますか。ま、まだ心の準備が……」

注文を取るのに、なぜ心の準備が必要なのだろうか？

怪訝な顔の俺に、茜さんが耳打ちした。

「見てのとおりヨリ子は極度の人見知りでアガリ性なの。だから接客が苦手なのよ」

「だったら、なぜ接客業に従事しているんだ？　職業の選択を間違えてるぞ」

「そこなんだけど、実は彼女、単なる接客業じゃないのよね。彼女はこの店のオーナーでありマスター。要するに、この『一服堂』は彼女がひとりで切り盛りする店なの。死んだ父親から彼女が受け継いだ遺産のひとつなのよ。だからそう簡単に潰すわけにはいかないの。人見知りでアガリ性で接客が苦手でも、彼女は客の前に立ち続けなくてはならない。それが彼女の背負わされた宿命ってわけ」

なんという過酷な宿命だろうか。

俺はヨリ子さんの苦しい立場に、深い同情を覚えた。

そんな俺の耳許で、茜さんはあっけらかんとした口調でいった。

「でも大丈夫。問題ないわ。だってこの店、滅多に客こないもん」

「なるほど、だったら問題ないな——って、問題あるだろ！」

客のこない喫茶店の問題はさておき——。ようやく心の準備が整ったヨリ子さんに対して、俺はブレンド珈琲を注文した。本当はメニューに太字で載っている特製ウィンナー珈琲にも惹《ひ》かれたのだが、ヨリ子さんの不安定な精神状態を鑑《かんが》みるに、あまり複雑な注文は避けるほうが無難と、俺なりに配慮したのだ。

「ブブ、ブレンド珈琲でございますね、しょ、承知いたしました」震える声で注文を繰り返したヨリ子さんは、女刑事のほうを向くと一転して澱《よど》みのない口調で、「茜さ

ん は何になさいますか？」

「あたし、特製ウィンナー珈琲」といって、彼女は俺の配慮をアッサリ無駄にした。

カウンターの中のヨリ子さんは俺たちに背を向け、さっそく仕事に取り掛かる。

俺は先ほどから感じていた素朴な疑問を口にした。「ヨリ子さんは、俺に対しては異常なくらい緊張してるのに、なぜ君に対しては普通――というか、普通よりもかなり親密な態度なんだ？　いくらなんでも差がありすぎると思うんだが」

「うーん、それは、仲良くなるキッカケがあったからなんだけど……」

長い黒髪を掻き上げながら、彼女は口ごもる。俺は首を傾げて話題を変えた。

「ところで、君は刑事なんだってな。じゃあ、鎌倉で起こった事件にも関わっているのか」

「いいえ、鎌倉は管轄外よ。あたしは横須賀署」

「そうか。でも刑事は刑事だし、緑川邸で起こった殺人事件のことは知ってるよな」

「大学教授が十字架に磔にされて殺害された事件ね。もちろん耳に入っているわよ。テレビや新聞でも『現代の猟奇殺人』って散々話題になっているしね。――ん、ひょっとして、あなた週刊誌の記者かなにか？　ひょっとして『週刊現代』とか？」

「まあ、そんなところだ」と俺は曖昧な嘘をついた。「確かに、俺はあの事件について調べている。あの十字架の意味について、君に何か考えがあるなら、ぜひ聞かせてほしいな」

「そんなこといわれても無理ね。あたしは、あの事件の詳細を知らないもの」

「それなら問題ない。あの事件を偶然間近で見ていた重要人物がいる。——なにを隠そう、この俺だ」

俺は親指で自分の胸を指差す。茜さんは意外そうな顔で、俺を見やった。

「あなたが!? なんで、あなたが猟奇殺人なんかに関わっているのよ。あなた本当に講談社の人? 本当は放談社なんじゃないの?」

「…………」なんという鋭い洞察力だろうか。俺は事件に対する彼女の見解を、ぜひとも聞きたくなった。「ともかく君、俺の話、聞く気ある?」

「まあ、正直いって興味はあるわね。あくまでも部外者としての野次馬的な関心に過ぎないけどね。いいわ、話してみてよ。あたしだってプロの刑事。何か気づいたことがあったら、可能な範囲で参考意見を述べさせてもらうわ」

こうして俺は夕月茜刑事を巧みに自分の仕事に取り込むことに成功した。古民家風の喫茶店のカウンターにて、さっそく俺は口を開いた。「そもそも、俺が緑川邸の事件と関わるようになったキッカケはだなあ……」

重々しい口調で、俺は十字架殺人事件の顚末《てんまつ》について語りはじめる。するとそのとき、話の腰を折るように、カウンターの向こうからいきなりヨリ子さんの手が伸びる。その手には琥珀色《こはくいろ》の液体がなみなみと注がれた珈琲カップ。それと同時に、彼女の震えを帯びた細い声が「一服堂」の高い天井に響き渡った。

「おおお、お待たせいたしました。ブブブ、ブレンド珈琲でございます……」

6

素朴な備前焼《びぜんやき》のカップに注がれたヨリ子さんの珈琲は、口にしてみるといまひとつの味わい。だが、文句をいうほど不味《まず》くはなく、飲めば飲むほど曖昧な気分に浸《ひた》れる奇妙な珈琲だった。

そんな珈琲を啜《すす》りながら、俺は緑川隆文氏殺害事件について茜さんに語った。

死体発見時の状況まで説明を終えたところで、彼女は俺に尋ねた。

「で、その天窓っていうのは、実際、犯人の通り道になりそうな窓だったわけ？」

「ああ、うってつけだな。天窓は長方形で、大きさは三十センチ×八十センチ程度。中肉中背の俺でも、なんとか通り抜けできるサイズだ。普通のサッシ窓のように真横にスライドさせて開け閉めすることができる。鍵も掛かっていなかった。しかも、その天窓は俺がいた応接室から見て、反対側の屋根の斜面にあった。つまり俺から見て死角だったってわけだ。だから犯人がその天窓から出入りしたとしても、俺の視界には入らない。この天窓を利用して、犯人が隆文氏殺害に及んだことは間違いない」

「ちなみに、犯行時刻は何時ごろだったの？」

「前の晩の午後八時から十時の間の二時間。要するに午後九時前後ってことだ。その時間帯のことを警察にしつこく聞かれたから、それが犯行時刻なんだろう。もっとも隆文氏が離れに入ったのが午後八時半。その時点まで彼は間違いなく生きていたわけだから、実際の犯行時刻は午後八時半から十時までの一時間半に絞られるな」

「つまり、あなたが居眠りを始める前に、隆文氏はすでに殺害されていたってことね」茜さんは呟きながら、特製ウィンナー珈琲のカップを傾ける。「ところで、死因は絞殺《こうさつ》で間違いないのかしら？」

「たぶんね。俺が見た限りでは、死体の首にロープが食い込んでいた以外に、目立つ外傷はなかった。犯人は隆文氏の首にロープを巻いて絞め殺した後、その死体を十字架に縛り付けたんだな」

「その点は、間違いないわけ？　犯人は被害者を殺した後で、その死体を磔にした。逆じゃないのね？」

「逆ってことは、つまり被害者を生きたまま磔にして、その後で首を絞めて殺害したってことかい？　いや、警察はそういう言い方はしていなかったな。犯人は被害者を絞め殺した後で、十字架に縛り付けたんだよ。現代の科学捜査でもって死体を調べれば、簡単に判るんだろ。殺されてから縛られたか、縛られてから殺されたのか、ぐらいは」

「ええ、判るはずよ。生きた相手を十字架に縛り付けようとすれば、被害者の身体には抵抗の跡が残るはず。もし抵抗されたくなければ、犯人は被害者を薬で眠らせるか、殴って気絶させるか、なんらかの方法を講じなければならない。いずれにしても、痕跡《こんせき》は残る。そういった点を科学的に調べれば、殺人と磔の順番を間違えることはないわ」

「じゃあ、やっぱり磔は殺人の後におこなわれたんだな。――それ、なにか重要かい？」

「ええ、とても不思議だと思う」女刑事は顎に手を当てて思索のポーズ。「仮に犯人の動機が復讐などの場合、被害者をなんらかの物体に縛り付けて、ジワジワと恐怖を与えながら死に至らしめる、というやり方は考えられると思うの。そのなんらかの物体が十字架だということも、充分あり得る話だわ。人間を固定するのに、十字架ほど相応しい形状はないものね」

「確かに。だが、この犯人は恐怖を与えるために、被害者を磔にしたのではない」

「そう。この犯人はすでに息絶えた被害者を、わざわざ十字架に縛り付けている。いったい犯人は何のために、そんな面倒な真似をしたの？　宗教的な儀式の意味合いでも、あるというのかしら。——ねえ、その十字架って、どんなものだった？　教会にあるようなやつ？」

「いやいや、全然そんな神聖なものじゃない。問題の十字架は、細長い板二枚を十字形に組み合わせて、交差する部分をロープで結びつけただけの代物だ。結び方は雑で、結び目はまるで団子のよう。二枚の板も、そのへんの建築現場に転がっているようなやつで塗装もされていない。要するに、お粗末極まりない十字架だ。まあ、死体を固定するには、それで充分だったんだろうが」

「死体を固定することが、犯人にとって重要だったってことかしら。——ねえ、死体の縛られ方は、どんな具合だった？　ロープは死体に食い込むほどきつく巻かれていたの？」

「いや、俺の見た感じでは、そうでもなかったな。首と両足の部分は、かなりきつく縛り付けられていたが、左右の手は、割と緩《ゆる》めに縛られていたみたいだった。まあ、緩いといっても、手首がすっぽり抜けるほど緩くはなかったけどね」

「そうなんだ。なにか意味があるのかしらね」

呟きながら茜さんはウィンナー珈琲をひと口啜ると、唐突に話題を変えた。

「ところで容疑者としては、どういった名前が挙がったのかしら？」

「あくまでもこれは、俺自身がおこなった独自の調査をもとにして、動機などの面から怪しいと睨んだ人物に過ぎないんだが……」

そう前置きしてから、俺は指を一本立てた。「有力な容疑者のひとり目は緑川静子夫人だ」

「あなた、夫人にはお世話になってるんじゃなかったの？」

「世話にはなっているが、しかし静子夫人は、なんといっても隆文氏の妻だ。夫が殺されたんだから、まずはその妻に容疑を向けてやらないと、失礼に当たるだろ」

「失礼ってことはないけど……」茜さんは小さく肩をすくめた。「で、夫人を疑う根拠は？」

「まず動機だ。当然ながら、隆文氏が死ねば、彼の遺産は彼女のものになる。それに犯行機会の問題だ。事件の夜、夫人は隆文氏の見張り役を俺に押し付け、自分はひとりで自室にいた。おかげで彼女のアリバイを証明してくれる人物は誰もいない。彼女は暗闇に乗じて、自由に旦那を殺しにいけた。そもそも犯行の夜に、わざわざ俺に離れを見張らせていたこと自体、妙に作為的じゃないか。なんとなくクサいと思わないか？」

「確かに意味ありげに映るわね。でも、見張りなんか立てたら、自分の犯行がやりにくくなるだけじゃないかしら。意味ないと思うけど。――で、二人目の容疑者は？」

「二人目は、もちろん隆文氏の不倫相手、竹下弓絵だ。彼女は神奈川文化大学の四年生で、緑川教授のゼミを取っている。弓絵は指導教官である緑川教授に卒論や進路などについて、度々《たびたび》相談を持ちかけるうちに、やがて親密になり関係を持つに至った。

——と、弓絵本人がそういっているから、たぶん間違いはないと思う」

「本人がいってるの!?　呆れた。ずいぶんアッケラカンとしたものね、いまどきの女子大生って」

「君の学生時代だって、そんなに昔の話じゃないはずだけど……」

「いいえ、あたしたちのころは、もっと慎ましかったわ」茜さんは遥か遠くを眺めるような目で、喫茶店の壁を見やった。「ところで、竹下弓絵が緑川教授を殺害する動機は何？」

「そりゃあ、いろいろ考えられるだろ。教授に別れ話を切り出されてカッとなったとか、あるいは弓絵に本当の意味の交際相手が現れて、教授の存在が邪魔になったとか」

「想像の域を出ない話ね。弓絵のアリバイは、どうなっているの？」

「竹下弓絵は、事件の夜は自宅で家族と一緒だった、と証言している。だが証人が身内だけでは、アリバイとしては弱いな。それに家族とはまったく違う、別の証言もあってね」

「別の証言!?」

「事件の夜に、竹下弓絵と思しき若い女性の姿を、現場付近の路上で見かけた、という証言があるんだ。証言したのは、その夜、塾の帰りにたまたま現場付近を通りかかった高校生の男子だ。彼の話によれば、午後九時ごろ、緑川邸から歩いてすぐの路上に一台の軽自動車が停まっていたそうだ。運転席には若い女性が座っていた。当然ながら、その高校生も女の顔までは記憶していない。だが彼は車種を憶えていた。その車種は竹下弓絵が通学に使っている軽自動車と一致していた。どうだい、怪しいだろ。午後九時ごろといえば、犯行があったとされる時間帯だ。ひょっとするとその女、犯行の機会を窺う竹下弓絵だったのかもだ」

「でも、彼女の愛車と同じ車種の車が、偶然停まっていただけかもよ。——で、三人目の容疑者は、村崎蓮司君ね？」

「なんで、俺なんだよ！」

憮然《ぶぜん》として聞き返すと、女刑事はむしろ不思議そうな表情を浮かべた。

「だって、警察は容疑者としてリストアップしたはずでしょ。あなたの名前を」

「ま、まあな」正直、その事実は否定できない。俺はいっそ開き直るように胸を張った。「自慢じゃないが、かなり重要な人物として、大勢の刑事さんから懇切丁寧に扱われたよ」

「無理もないわね。事件のあった緑川邸に、ひとりだけ部外者みたいな男が紛れ込んでいたんだもの。容疑者扱いされるのは当然だわ」

「ああ。だが俺は犯人じゃない。自分で自分の無実は証明しづらいが、とにかく、そういう前提で話を進めさせてもらおう。三人目の容疑者は俺じゃなくて、鶴間《つるま》雅之《まさゆき》という名の大学生だ。彼もまた神奈川文化大学の四年生で、緑川教授のゼミ生だ」

「つまり教授の教え子であり、竹下弓絵にとってはゼミ仲間ってことね」

「そう。そして、この鶴間という男、実は竹下弓絵の元恋人だ。鶴間雅之は恋人だった弓絵を緑川教授に奪われた、と感じていたようだ。これは教授を殺害する動機になるだろ」

「そうかしら。教授を殺しても、恋人が自分のもとに戻ってくるとは、限らないと思うけど。ちなみに、その鶴間って男にもアリバイはないのね」

「ご想像のとおりだ。鶴間はアパートの部屋にいたと証言しているが、それを裏付ける証人はいない。まあ、ひとり暮らしの大学生だから、無理もないんだけどな」

「ふうん——で、四人目は？」

女刑事の言葉に、俺は首を振った。「いや、俺の調べた限り、疑わしい人物は三人だけだな。緑川隆文氏を殺害した人物は、この三人の中にきっといる」

宣言するような俺の声が、喫茶店の高い天井に響き渡る。しばしの余韻に浸る俺に、茜さんが小首を傾げながら質問を投げた。「仮に三人の中の誰かが犯人だとして、実際の犯行の流れは、どんな具合になるのかしら？」

「まず、事件の夜の八時半、俺との会食を終えた隆文氏がひとりで離れに入る。その後に、犯人が天窓から離れに侵入した……」

「あら、そうかしら？　隆文氏がいる離れに、天窓から犯人が忍び込んだりしたら、その場で大騒ぎになると思うわ。むしろ犯人は午後八時半より前に、すでに天窓から離れに侵入を果たしていたんじゃないかしら」

「な、なるほど。そっちのほうが自然かもな」

俺は慌てて自分の考えを微調整した。「そう、犯人は前もって離れの片隅で息を潜め、隆文氏を待ち伏せしていたわけだ。そこに、なにも知らない隆文氏がやってきた。犯人は隆文氏の首をロープで絞めて殺害。それから犯人は、あらかじめ持ち込んでいた二枚の板をロープで結びつけて十字架を作り、それに隆文氏の死体を縛り付けた。犯行を終えた犯人は、再び天窓を通り屋根に上がった。前もって縄梯子《なわばしご》か何かを天窓から垂らしておけば、そう難しいことではないはずだ。屋根の上の犯人は、応接室の俺に見つからないように、離れの反対側に飛び降りて、夜の闇に乗じてまんまと逃げ去った。――と、まあ、こんな流れじゃないかな」

「なるほどね。いちおう筋は通っているような気がするけど」

といって女刑事はカウンターの向こう側に視線を送ると「どう思う、ヨリ子？」と、なぜか喫茶店の女主人に意見を求めた。「黙って珈琲飲んでないで、なにかいいなさいよ」

——ん、珈琲!?

首を傾げてヨリ子さんを見やった俺の視線の先に、そのとき思いがけない光景。

ヨリ子さんは、背の高い椅子に腰を下ろしながら、悠然と珈琲カップを傾けていた。仮にも接客中であるはずの喫茶店経営者が、自分で淹《い》れた珈琲片手に、くつろぎのひとときを過ごしていいものだろうか。普通なら文句をいうべき場面だが、なんら悪びれたところのない彼女の態度を見るにつけ、文句をいうことは憚《はばか》られた。その代わりといってはナンだが、俺もヨリ子さんに、こう尋ねてみた。

「あのー、いまの俺の推理、どう思います?」

すると、ほんのり頬を染めたヨリ子さんは、手許のカップをぐっと傾けて、呷《あお》るように珈琲を飲み干すと、空になったカップを「ガチャン!」と音を立てて、受け皿に置いた。衝撃で受け皿が割れ、破片が飛び散る。その破片が床に落ち、また「パキン!」と音を立て、さらに小さな破片となって、あたりに散乱した。唖然とする俺をよそに、ヨリ子さんは割れた皿などいっさい気にする素振りもなく、こちらに向かって睨むような視線を向けた。

「はあ!? あなたの推理を、どう思うかですって!?」

先ほどまで俺に対して見せていたオドオドした様子は微塵《みじん》もない。むしろ高い位置から見下ろすがごとき態度。彼女の顔面には、「極めて不機嫌！」「大いに不満足！」とでもいいたげな表情が歴然と浮かんでいる。そんな彼女は実に上品丁寧な彼女独特の言葉遣いで、俺に対してこのように言い放った。

「甘いですわね！　まるで『一服堂』のブレンド珈琲のように甘すぎますわ。もう少し苦味の利いた推理をお聞きしたかったのですが、わたくし、すっかり失望いたしました！」

7

「あ、甘いですわね……って」

俺は突然のヨリ子さんの豹変《ひょうへん》ぶりについていけず、カウンターのこちら側で無駄に口をパクパクさせるばかり。だが隣に座る夕月茜さんは、彼女の変貌にもなんら驚きを感じていないかのように、静かに珈琲を啜っている。そのこともまた、俺の頭を激しく混乱させた。仮にも客であるはずの俺が、なぜ喫茶店サイドの人間であるヨリ子さんから、このような酷評を受けなければならないのか。

事態を冷静に分析した俺は、ようやくムッとした表情をヨリ子さんに向けた。

「なるほど確かに、この店のブレンド珈琲は甘いな。要するに苦味に欠ける。最初に飲んだ瞬間から、ひと味足りないと思っていたが、まあ、それはヨリ子さんが自分で淹れた珈琲だから、今後のブレンドを考えてもらえればいいとして——」

俺はカウンター越しに彼女を睨み返していった。「で、俺の推理が甘いとは、いったいどういう意味だい？　事と次第によっては、俺も黙っちゃいないよ」

「あら、甘い推理を甘いと申し上げて、何が悪いとおっしゃるのですか。甘い珈琲のほうが、まだ多少はマシというものでございますわよ」

「だ、だから俺は、いったいどこが甘いのかとお尋ねして差し上げていらっしゃるんですがね！」

激怒する俺の隣で茜さんが溜め息を吐《つ》く。「あんた敬語の使い方、下手《へた》クソねー」

俺は彼女の呟きを無視して、ヨリ子さんを真っ直ぐ睨みつけた。

「さあ、ぜひとも、答えてもらおうか」

「判りましたわ。では、いわせていただきますわね。村崎さんは、いま三人の容疑者をお挙げになりましたけど、その中になぜ大島圭一の名前が含まれていないのでございますか？　なぜ彼の名は容疑者リストから外されたのでございましょう？」

「なぜって、それは簡単な話だ。まず大島圭一には隆文氏を殺害する動機がない」

「はん、動機ですって!?」ヨリ子さんは小馬鹿にするように鼻を鳴らした。「わたくし、動機は、まったく重要視しておりませんの。一見、殺す理由がないように見えても、どこに殺意の種が転がっているか、判ったものではありませんもの」

「なるほど。それはそうかもしれない。ならば動機の問題は脇に置こう。だが、それでも彼が犯人であるはずがない。なぜなら大島圭一の身体は……」

「天窓を通れないのでございますね」ヨリ子さんは先回りしていった。「村崎さんとほぼ同じ背丈でありながら二倍ほどの体重がある大島は、かなりの巨漢。一方、天窓は中肉中背の村崎さんが通れる程度の大きさしかございません。つまり大島の体型では、お尻やお腹が引っ掛かってしまうために天窓を通ることができない。それゆえに大島は犯人ではあり得ない。——と、そうおっしゃりたいのでございますね？」

「ああ、そうだ。これは推理というより、むしろ動かしようのない事実だな。大島だけは絶対に犯人ではないってことさ」

そんな俺の言葉に抗《あらが》うように、ヨリ子さんは髪を揺らしながら大きく首を振った。

「ああ、もう！　ですから、あなたは甘いというのですわ。まるで『一服堂』のブレンド珈琲のように！」

「だから、その『一服堂』の珈琲を淹れてんのは、あんただろーが！」

俺はヨリ子さんに真っ直ぐ指を突きつけて、猛然と要求した。「そんなにいうのなら、思いっきり苦味を利かせたやつを、ひとつお願いしようじゃないか」

「ええ、判りましたわ。とびっきり苦いのをお見舞いして差し上げますとも！」

いうが早いか、彼女はカウンターの向こう側ですぐさま新しい珈琲のドリップに取り掛かる。「うちの珈琲は、深煎《い》りした豆を粗挽《あらび》きにしてネルドリップ方式で抽出しておりますの……」

そんな注釈を加えながら、彼女はコーヒー豆をフィルターに投入する。だが深煎りした豆が粗挽きだと、何がどうなるというのか。ネルドリップとは、どういう方法なのか、正確なところは俺もよく知らない。ただ、銀のポットからフィルターへとお湯を注《そそ》ぐヨリ子さんの表情は真剣そのもの。その手つきは優雅で繊細、そして自信に満ち溢れたものだった。

間もなく、カウンターに再び備前焼の珈琲カップが二つ並べられた。俺と茜さんは指先でカップを持ち上げ、なみなみと注がれた黒褐色の液体を慎重にひと口啜る。二人の表情が同時に歪《ゆが》み、茜さんの口から率直な感想が漏《も》れる。「――に、苦い！」

「ううむ、確かに苦い」俺は思わず唸《うな》った。「だが、苦いけど美味《うま》い。美味いけど苦い。まさしく、これぞ喫茶店の本格珈琲。苦みばしった大人の味だ――けど、ヨリ子さん」

俺はエプロンドレス姿の彼女に、あらためて不満げな顔を向けた。「俺は苦い珈琲を飲ませろといってるんじゃなくて、甘くない推理を聞かせてくれと、そういってるんだがな」

「ええ、判っておりますわ。そう慌てないでくださいませ」

ヨリ子さんは自分のカップを手にし、再びカウンター内にある背の高い椅子に腰を下ろすと、こちらを向いた。そして彼女は自分で淹れた二杯目の珈琲をひと口啜り、その苦味に顔を顰める。それから静かにカップを受け皿へと戻し、おもむろに口を開いた。

「本当に、大島圭一が隆文氏を殺害することは、不可能だったのでございましょうか？」

あまりにも素朴な質問に、俺は思わず肩をすくめた。

「ああ、不可能だな。天窓を通れない大島は、離れの中に入れない。その大島が、どうやって離れにいる隆文氏を殺害できるんだい。無理だね。いわば、あの離れは大島にとっては、密室状態にあった。大島が犯人ならば、これは密室殺人ということになる。——違うかい？」

「ええ、おっしゃるとおりですわ。しかし、いうまでもなく密室殺人というものは、常に密室に入れない者の利益。その利益を享受する者こそが、真犯人に違いないのですわ」

「——うッ」ヨリ子さんの単純かつ鋭い指摘に、俺はドキリとなった。「そ、それはそうかもしれないが、しかし大島がどうやって……」

「離れの中に入れないのなら、離れの外で殺すしかございませんわね。でしたら、可能性はございますわよ。事件の夜の八時半、いったん離れに入った隆文氏は、自分の意思で天窓を通って屋根へと上がったのですわ。そして屋根の上で何者かに殺害された……」

「ちょ、ちょっと待て。なぜ隆文氏が、そんなコソ泥みたいな真似をする必要があるんだ？」

「もちろん通常は、そんな必要ありませんわね。ですが、もし応接室の見張りの存在を、隆文氏がすでに知っていたとすれば？　なおかつ、せっかくの恋人との密会の約束を、棒に振りたくはないと、そう考えたなら？　そして、そんな彼の願望につけ込んで、離れからの脱出の手伝いをする人物が、いたとしたなら……？」

「そっか。ヨリ子がいいたいのは、こういうことね」

茜さんがヨリ子さんの言葉を嚙み砕いていった。「事件の夜に緑川邸の傍で目撃された若い女性の正体は、やはり竹下弓絵だった。弓絵と隆文氏との間には、あの夜の密会の約束が交わされていたのね。離れをこっそり脱け出した隆文氏を弓絵が車で拾ってホテルへ向かう、というような約束が。その気配を察した静子夫人は、前もって村崎君に離れを見張らせた。一方で隆文氏も、そんな夫人の動きに実は気づいていた。それでも密会を果たしたいと願う隆文氏に、何者かが知恵を授ける。『だったら天窓からこっそり抜け出せばいい。なんなら僕が、天窓の外から縄梯子を垂らしてあげますよ』とかなんとか、上手いことをいって……」

「なるほど」と俺も彼女の推論に頷いた。「確かにそういう話なら、隆文氏が自分の意思で天窓から屋根に上がることは考えられる。隆文氏に協力した何者かの正体が実は大島圭一で、その大島が天窓から出てきた隆文氏を、屋根の上で殺害した。そういうことも、あり得るかもだ。だが、それからどうする？　隆文氏は離れの中で十字架に磔にされた状態で発見されたんだぞ。死体を磔にするには、結局、離れの中に入らなくちゃならない。そうだろ？」

「あら、なぜですの？」ヨリ子さんが真顔で尋ね返す。「屋根の上で磔にすることだって、可能ですわよ。屋根の上に二枚の細長い板とロープを用意しておけば、その場で作業できますわ。屋根の勾配は、きついものではないのでございましょう？」

「それはそうだが、しかし屋根の上で死体を磔にしたら、その死体をどこから離れの中に運び込むんだよ？」

「もちろん天窓ですわ。他には、ございませんもの」

「なにをいってるんだ、ヨリ子さん!?　十字架に磔にされた死体が、あの小さな天窓を通れるわけがない。大島が通れないという以上に、絶対に通れない。考えるまでもない話だ」

「そう、まさしくそれですわ！」ヨリ子さんはパチンと指を弾き、その指先を真っ直ぐ俺に向けた。「磔にされた死体は天窓を通れない。だから殺人は離れの中でおこなわれたに違いない。誰だって、そう考えますわね。しかし、それこそ犯人の思う壺《つぼ》。大島圭一が隆文氏を十字架に磔にした理由は、まさしくそれだったのですわ」

確信を持って訴えるヨリ子さんに、俺は納得いかない顔を向けた。

「判らないな。実際、十字架に磔にされた死体は天窓を通れない。これは絶対の事実じゃないか」

「確かに、十字架の形状では天窓を通りませんわね。ならば、こう考えるしかございませんわ。天窓から死体を通す時点で、十字架は、まだ十字架の形をしていなかった――と」

「ん、十字架の形をしていない十字架!?　どういうことだ!?」

混乱する俺に対して、ヨリ子さんは悠然と口を開いた。

「ご説明いたしますわ。まず大島は細長い板の一枚に死体の左右の手を縛り付けます。それから、もう一枚の細長い板に、死体の両足と首を縛り付けます」

「だから、それがまさしく十字架だろ。磔そのものじゃないか」

「いいえ、違いますわ。なぜなら、この時点では、二枚の板はまだ互いの板同士、結び付けられておりません。二枚の板はバラバラのまま。まだ十字の形を成していないのですわ」

「十字の形を成していない……ということは？」

「ということは、両手を縛り付けた横の板と、両足や首を縛り付けた縦の板は、死体の形状によって、まだ多少は動くということです」

そういって、ヨリ子さんは椅子から降りた。そして真っ直ぐに立った彼女は、そのまま両腕を大きく真横に広げた。

「このように、死体が両手を横に広げた状態なら、天窓を通ることは絶対できませんわね。両手が窓枠につかえますから。しかしながら――」

ヨリ子さんは右腕を耳にぴったり押しつけるように真っ直ぐ上に挙げ、その一方で左手を腰にくっつけるように真下に下ろした。

「このように、死体の片腕を上にして、もう片方の腕を下にした状態なら、いかがでございますか。この恰好ならば、縦の板と横の板、二枚の板は角度がほぼなくなり、死体は真っ直ぐな棒状の物体に等しくなりますわ。これでしたら、小さな天窓からでも死体を通すことが可能ではありませんこと？」

ヨリ子さんの指摘に、俺は目から鱗《うろこ》が落ちる気分だった。「確かに、その恰好ならば……」

「もちろん、天窓から床に向かって死体をそのまま落としたなら、大きな音がします。そこは犯人も気を遣って、ロープなどを用いて慎重にそっと下ろしたのでございましょうが」

「そ、そうかもしれない。実際、死体は天窓のほぼ真下にあった……。だが、そのやり方だと、死体は一方の腕を上にして、もう一方の腕を下にしたままだ。十字形じゃない」

「ええ、確かにこれだと十字架に磔にされているようには見えませんわね。ならば、そう見えるように、両腕の角度を変えてやればいいのですわ。やり方は簡単。天窓から物干し竿なり、枝切りバサミなり、なにか長いものを差し入れます。それを使って、死体の両腕を真横に広げた状態になるよう調整してやるのですわ。死体が動くにしたがって、両腕に縛り付けられた板も一緒になって動きます。面倒な作業ですが、慎重にやれば難しくはないはずですわ」

なるほど確かに、と頷く俺の隣で、いきなり茜さんがパチンと手を叩いた。

「あ、そっか！　それで犯人は死体の両手を緩めに縛っていたのね。きつく縛り付けていたら、後から死体の両手と板を動かすことが難しくなる。だから、両手の縛り方にわざと余裕を持たせていた。そういうことなのね、ヨリ子」

茜さんの問い掛けに、ヨリ子さんは「そのとおりですわ」と嬉しそうに頷いた。

俺はヨリ子さんに推理の続きを促《うなが》した。「で、大島はその作業をやり終えた後、なにを？」

「犯行の夜の仕事は、これで終了ですわ。大島は天窓を閉めて、屋根を下り、暗闇に乗じて現場を立ち去ったのでございましょう。ですが、彼にはまだ重要な仕事が残っておりました。それは翌朝におこなわれたのですわ」

「死体が発見された朝だな。静子夫人が離れの異変を察知して、俺が離れの合鍵を取りにいった。それじゃあ、あのとき勝手口で大島と出くわしたことも、偶然じゃなかったんだな」

「ええ、もちろん計算ずくの行動ですわ。大島には、誰かが合鍵を取りにくる展開が予想できていた。そこで、彼はあらかじめ勝手口の傍にいて、巧みにあなたがたの騒動に加わったのですわ。彼はあなたや静子夫人と一緒に離れへと向かいました。鍵を開けたのは、静子夫人。ですが、玄関にチェーンロックが掛かっているのを見て、『窓を破ろう』と提案したのは大島でした。自ら石ころを握って窓ガラスを割ったのも彼。窓を開けたのも彼でしたわね。彼がカーテンを開け放ったとき、村崎さんの目には何が映りました？」

「そ、それは、十字架に磔になった男性の姿が……」

「ええ、そう見えたはずですわね。ですが、それは思い込みですわ。その時点で、まだ十字架は完成していなかったのです。あなたの目の前には、二枚の板に縛り付けられた隆文氏の死体があっただけなのですわ」

「ん、でも待てよ」俺はあることを思い出して、首を捻《ひね》った。「それは変だ。あのとき、大島は窓から離れの中へひとり飛び込んだ。そして彼は、死体を床から五十センチほど持ち上げて、俺たちにそれが隆文氏の死体だということを示したんだ。あの場面、もし君がいうように、二枚の板がバラバラで十字の形を成していなかったというのなら、死体を持ち上げた瞬間、二枚の板も死体も、それまでの十字形を保てなくなるはずでは？」

だが俺の問い掛けに、ヨリ子さんはキッパリと首を左右に振った。

「いいえ、死体をちょっと持ち上げたくらいでは、十字の形は崩れませんわ。確かに、二枚の板はまだ十字形に結ばれてはおりません。ですが、二枚の板はちゃんと十字形に固定されているのですわ。――他ならぬ隆文氏の死体によって」

「し、死体によって⁉　どういうことだ⁉」

首を捻る俺の隣で、またしても茜さんが手を叩いた。「判ったわ。死後硬直ね！」

「え、死後硬直って……」

「そうよ。一般に死体は死後二、三時間で硬直が始まり、夏なら六時間程度、冬なら約半日で硬直は全身に達するわ。いまは春だから、たぶん八時間から十時間程度で死体は全身カチカチの状態になる。隆文氏が殺されたのが、前の晩の午後九時前後だったとするなら、翌朝の七時にはすでに死体の硬直は全身にいきわたっていたはずよ」

「そうか」俺はヨリ子さんの言葉の意味を、ようやく理解した。「隆文氏の死体は身体を真っ直ぐにして、両手を横に広げたポーズで硬直していた。だから、その身体に縛り付けられていた二枚の板は、そのポーズのままで固定された。――つまり十字形ってわけだ」

「そのとおりですわ。村崎さんや静子夫人の目には、死体は十字架によって固定されているように見えたはず。ですが、現実はその逆でした。硬直した死体によって、バラバラの二枚の板は、辛《かろ》うじて十字架の形状を維持していたのですわ」

ヨリ子さんの推理によって俺の愚かな思い込みは打ち破られた。真実は反転した。

「ということは、その二枚の板がロープで結びつけられ、真の意味で十字架として完成したのは、死体発見の後のことだったのか……」

「ええ、それをおこなう機会が大島にはありましたわ。彼は窓から離れの中に飛び込み、隆文氏の死体を確認。その一方で、村崎さんと静子夫人には玄関に回るように命じたのですわ。もとより、夫人は窓から飛び込むような真似はできないでしょうし、村崎さんは客人であるという立場上、やはり窓を乗り越えることは憚られる。ですから二人は、大島の言葉に当然のように従い、玄関へと回りました。このとき、ほんの僅かな時間ですが、大島は誰の目にも触れることなく、仕上げの作業がおこなえたはず。そうではありませんか？」

「そうか。その隙に大島は十字架を完成させたってわけだ。大島はいったん死体を裏返し、二枚の板の交差する部分を、用意していたロープで結び付けた。結び方が雑で、結び目が団子みたいに不恰好だったのは、その作業が大急ぎでおこなわれたことの証明だ。それが済むと、大島は死体を元通りに上向きに寝かせた。それらのことをやり終えてから、彼は玄関のチェーンロックを解き、何食わぬ顔で俺と夫人を迎え入れた。だから、あのとき俺と夫人は、玄関の前で微妙に待たされたんだな」

「ええ、そうですわ。村崎さんと静子夫人、それに後からきた警察関係者のみなさんも、十字架に磔にされた隆文氏の死体をご覧になりました。二枚の板は雑にではありますが、確かにロープで十字形に結ばれており、その十字架と死体もまた、ロープで縛り付けられています。まさに十字架に磔にされた死体そのものですわ。その結果、誰もがこれを猟奇的な殺人事件だと思い、そして犯人は天窓から侵入し逃走したものと考えました。実は巨漢の真犯人が離れの外にいて、死体のほうを天窓から中に入れたとは、誰も思いません。お陰《かげ》で、天窓を通れない大島圭一は、現在に至るまで容疑を逃れ続けている。これは、そういう事件なのですわ。——いかがでございますか。わたくしのお話、お判りいただけましたかしら？」

黙ったままで首を縦に振る俺。その隣で夕月茜さんが溜め息まじりに呟いた。

「さすが、ヨリ子さんだわ。まさしく安楽椅子探偵ね……」

8

確かに、ヨリ子さんの推理によれば、大島圭一の犯行は可能だ。死体発見時に大島が取った不自然な行動にも、ちゃんと説明がつく。なにより、死体が十字架に磔にされていたという、今回の事件の猟奇性について、合理的な意味合いが与えられる。この事件の猟奇性は、人々を震えあがらせるための虚仮《こけ》おどしではなかった。狡猾《こうかつ》な真犯人が、捜査の網から逃れるために周到に企んだものだったのだ。

「いやはや、それにしても、凄《すご》いな……」

カウンターの向こう側を眺めながら嘆息《たんそく》する俺に、ヨリ子さんが深々と頷く。

「ええ、実に驚くべき大胆さを持った犯罪者ですわ。大島圭一という男」

いや、そうではない。俺が感心しているのは、ヨリ子さんのことだ。警察も頭を抱える難事件を、喫茶店のカウンターの中で瞬《また》く間に解いてみせた彼女。俺は彼女の明《めい》晰《せき》な頭脳、特にその優れた推理力に、尊敬と畏怖の二つの念を抱いた。

と同時に、俺は内心小躍《こおど》りせんばかりに喜んでいた。これで記事が書けるではないか。あの編集長がいっていた、独自の解決篇が書けるのだ。正直なところ、ヨリ子さんの推理が正鵠《せいこく》を射ているか否か、現段階で確証はない。大島以外の真犯人の可能性も、いちおうは考えられる。だが、それでもいい。ヨリ子さんの推理には、編集長が求めてやまないオリジナリティがある。これなら、あのうるさ型の編集長だって、「チッ、『週刊現代』かよ！」などといって、机を叩くこともあるまい。

――よし、こうしちゃいられない！

俺はいますぐにでも、この喫茶店を飛び出して、解決篇の原稿執筆に取り掛かりたい、と願った。俺はカウンターの椅子を立ち、隣の女刑事を指差しながら、ヨリ子さんにいった。

「お勘定、頼む。彼女の分も、俺が一緒に払うよ」

「あら、駄目よ。あなたに奢《おご》ってもらう理由がないもの」

自分の財布を取り出す茜さんに、俺は強く首を振った。「なーに、いいんだって。俺をこの店に連れてきてくれたお礼だよ」

俺は二人分の珈琲代を気前よく支払った。特ダネの取材費と思えば安いものだ。

「また、いらしてくださいませ。お待ちしておりますわよ」

ヨリ子さんの声を背中で聞きながら、俺は駆け出すような勢いで店を出た。直後に、茜さんのヒールを鳴らす音が続く。俺は歩く速度を落とさないまま、彼女のほうを向いた。

「なんだ、君はゆっくりしていて良かったんだぜ」

「そうはいかないわ。あたしだって刑事だもの。緑川邸の事件は、横須賀署の管轄じゃないけど、鎌倉署にも知り合いが何人かいるわ。さっきのヨリ子の推理を教えてあげなくちゃ」

「なるほど。だったら、犯人逮捕は『週刊未来』の発売日に合わせてほしいな」

「あ、なんだ。やっぱり、あなた放談社の人間だったのね。この、嘘つき記者め！」

――シマッタ、バレたか！

思わず舌を出しながら、俺はこの際とばかり彼女に聞いた。

「ところでヨリ子さんって、いったい何者なんだ？　喫茶店のオーナー兼マスターって聞いたけど、彼女、どう見ても只者《ただもの》じゃないな。君は彼女のことには多少なりと詳しいんだろ」

俺の問いに、茜さんは足早に歩きながら答える。

「べつに詳しいってほどじゃないけどね。具体的に何が知りたいの？」

「そうだな」俺は一瞬考えて、至極根本的な疑問を思いついた。「そういえば、彼女のフルネームを聞くのを忘れた。彼女の名字は、なんていうんだい？」

ああ、そのことね、と呟きながら彼女は丁寧に説明してくれた。

「彼女の名字は『アンラク』っていうの。『アン』は安心の『安』で、『ラク』は楽チンの『楽』よ」

「へえ、『安楽』さんか。珍しい名字だな。じゃあ、彼女のフルネームは安楽ヨリ子さん？」

「そうよ。ヨリ子の『ヨリ』は、木偏に奇跡の『奇』って書くの。——判る？」

馬鹿にするな、と俺は彼女を横目で睨んで、その漢字を頭の中に思い浮かべた。

「ふむ、木偏に奇跡の『奇』ね……『椅』に『子』で『椅子』か……安楽椅子……え！」

俺は思わず足の動きをピタリと止めた。振り返れば、遥か遠くに純喫茶「一服堂」の古民家風の入口が見える。あらためて俺はエプロンドレスを着たヨリ子さんの姿を思い浮かべ、それからあの店のカウンターで聞いたばかりの、彼女の鋭い推理を思い返した。

俺は信じられない思いで、茜さんに確認する。

「それって、本名!? 本当に『安楽椅子』と書いて、『アンラクヨリコ』と読ませるのかい？」

「ええ、そうよ。彼女の名前は安楽椅子。大抵の人は『ヨリ子』とか『安楽さん』とか呼んでいるわ。中には、『安楽椅子探偵』って呼ぶ人もいるけど。——あたしだけかしら」

夕月茜さんは「一服堂」の方角を見やりながら、悪戯《いたずら》っ子のような表情で微笑《ほほえ》む。

そんな彼女の隣で、俺は啞然とした顔で呟いた。

「安楽椅子……まさしく安楽椅子探偵ってわけか……」

路上に立ち尽くす俺は、「一服堂」の古民家風の佇まいを眺め続けるばかりだった。

第二話

もっとも猟奇的な夏

1

古都鎌倉《かまくら》といえば、関東では指折りの観光地。風情《ふぜい》ある街並みが、お年寄りから若いカップルに至るまで幅広い年齢層の人々から支持を集める、憧《あこが》れの街——

そんな鎌倉にお出掛けということで、少しばかり張り切りすぎたのかもしれない。

この日の私は清楚《せいそ》な白いワンピースに白いサンダル。頭上にはピンクのリボンを飾った麦わら帽をちょんと載せ、半袖《はんそで》から覗《のぞ》く腕には、これまたピンクのバッグをぶら下げている。その可憐な姿は、さながら懐かしの八〇年代清純派アイドルの装いだ。

そんな私に街ゆく野郎どもの視線は釘付けになっているに違いない。うっかり車道を横切ったなら、いきなり現れた美女の姿に目を奪われた運転手がハンドル捌《さば》きを誤って、思わぬ事故を引き起こすかも——

と、余計な心配をする私の名前は天童美幸《てんどうみゆき》、二十五歳。鎌倉から横須賀《よこすか》線で一駅先の逗子《ずし》駅から、さらにバスで十五分ほどいった田園地帯に暮らす独身乙女だ。

もっとも横浜あたりに遊びにいって、若い男から「君、どこに住んでるの？」と聞かれた際は、結構な確率で「あたし鎌倉ぁ〜」と答えているので、ほぼ鎌倉在住といっても過言ではないと、最近の私は本気でそう思うのだが、実際の住所は葉山《はやま》町だ。しかもお洒落《しゃれ》なマリーナで有名な海沿いではなく、田んぼと畑が延々と広がる内陸部。そんな田舎《いなか》の国道沿いに建つ寂れたガソリンスタンドが、普段の仕事場だ。もちろん白いワンピースなんか着ない。大手石油会社のロゴの入った赤いつなぎが、働く私の定番ファッションだ。——でも、自分でいうのもナンだけど、この赤いつなぎの私に似合うことといったら！

通りすがりの湘南《しょうなん》爆走族まがいのヤンキーどもに、いったい何度、声を掛けられたことか。

そんな彼らの不埒《ふらち》な誘惑を振り切り、親戚の持ち込む見合い話を断りながら、いつか白馬に乗った王子様が、このド田舎のガソリンスタンドに現れる日を心待ちにしながら毎日を過ごす。それが私の退屈な日常だ（いや、もちろん白馬でガソリンスタンドにこられても困るわけで、あくまでこれは比喩《ひゆ》だ。馬に与えるガソリンは、うちでは売っていない）。

そんな私が赤いつなぎを脱ぎ捨て、慣れないお嬢様ファッションで鎌倉の街へと繰り出すには、もちろん相応の理由がある。とある人物と面談する約束なのだ。

その人物とは電話で話しただけで、まだ直接顔を合わせたことはない。電話での会話の冒頭、その人物は自らについて「講談社《こうだんしゃ》の雑誌編集部の者です」と説明した。

私は耳を疑った。

――講談社!? それって、『週刊現代』と『FRIDAY』と『新本格ミステリ』でお馴染《なじ》みの、あの講談社のことかいな? 嘘ッ、あたし全部、愛読してるやん! 信じがたい思いで受話器を持つ私の耳に、その雑誌編集部の人間は、「あなたにぜひお会いしたい。会って話が聞きたい」と熱烈な口調で訴えてきた。

私は素早く推測する。

その人物は男性で、声の感じからすると年齢は三十前後。顔はおそらく凛々《りり》しい二枚目だ。背は高いほうで、百八十センチくらいか。慶應《けいおう》か早稲田《わせだ》、もしくはそれに準ずる有名私立大学の出身で、収入は当然ながら高いに決まっている。なにしろ講談社といえば日本一の大手出版社だ。仮に入社数年目のヒラ社員だとしても、月収五十万は下るまい。それは、そうだろう。なにせ編集部といえば出版社の中でも特に花形といわれる職場。ましてや超一流出版社の超有名雑誌となれば、それだけでもう充分エリートと判断して間違いはない。――ないったら、ないの!

私は電話の向こうの彼に「ひょっとして、独身?」という、もっとも重要な質問事項をいますぐ投げかけたいという欲求を持った。だが、そのはしたない質問を僅《わず》かばかりの理性で辛《かろ》うじて呑《の》み込んだ私は、確実に一オクターブ高い声で、彼の要求に答えていった。

「ええ、喜んでお会いいたしますとも!」

こうして、私はエリート社員との約束を取り付けたのだった。

だが、ここで困った問題がひとつ。相応《ふさわ》しい待ち合わせ場所が思い当たらない。東京在住の彼は葉山の土地勘《とちかん》がないし、私も判《わか》りやすい場所を提示できない。ガソリンスタンドで対面するのは論外だ。電話口で躊躇《ちゅうちょ》する私。すると彼のほうから鎌倉のとある喫茶店の名前を告げてきた。彼の馴染みの店らしい。もちろん私は二つ返事で了解した。葉山と鎌倉は多少離れているが、なにしろ私は『ほぼ鎌倉在住』なのだから、なにも問題はない。

そんなこんなで仕事が休みのこの日、期待に燃える心を純白の衣装に包みながら、私は鎌倉の街を訪れた。駅前は普段どおり大勢の観光客で賑《にぎ》わいを見せている。私は飲食店や土産物屋《みやげものや》が立ち並ぶ舗道《ほどう》を進んだ。手許《てもと》には一枚のファクス用紙。そこには、待ち合わせ場所を判りやすく示した地図が印刷されている。私は意気揚々《いきようよう》と目的地を目指した。

だが駅から歩くこと約二十分。私は狭い路地の一角に立ち尽くしながら、小首を傾《かし》げていた。

「待ち合わせの喫茶店って、確かこのへんのはずなんやけど……」

呟《つぶや》きながら再度、手にした地図を覗き込む。地図の一箇所に星印が打ってあって、その横には店の正式名称が書かれている。――純喫茶「一服堂《いっぷくどう》」と。

「まあ、講談社のスーパーエリート編集者がわざわざ指定するんやから、きっと超の付く高級店か雑誌で人気の行列店に間違いないわ……」

胸の中の期待感は半ば暴走気味に膨《ふく》らむ一方。だが、そんな私に意地悪《いじわる》するかのように、「一服堂」という名前の喫茶店は、いっこうに見つからないのだった。

「くそ、どないなってんねん！　絶対このあたりにあるはずやのに、なんで看板のひとつも出てへんねん！　この地図、間違ってんのとちゃうかぁ！」

怒り心頭の私は、自分がお嬢様っぽい装いであることも忘れて、地団太《じだんだ》踏みながら激しく毒づいた。ちなみに、私の怪しい関西弁はそっち方面で育った母の影響だ。

と、そのとき――

目の前に建つ古民家の玄関。その古びた引き戸がガラガラッと音を立てて開いた。

虚を衝《つ》かれて思わず「――わ！」と後ずさりする私。すると、引き戸の向こう側から姿を現したのは、ワイシャツ姿の若い男。どこといって特徴のない、すなわち二枚目でも高身長でも高学歴でもない――いや、学歴の高い低いは、見た目じゃ判断できないが――とにかくパッとしない感じの中肉中背の男だった。当然のことながら、そんな彼に私は全然なんの用もない。だが、目を合わせずに通り過ぎようとする私に対して、「あ、ちょっと、君！」

意外なことに、彼のほうから声を掛けてきた。「ひょっとして君、天童美幸さん？」

「え!?」いきなりフルネームを呼ばれて私は混乱した。「うん、そやけど……いや、はい、そうですけど……」

「やっぱりそうか」男はホッとしたように表情を緩《ゆる》めた。「いやね、判りにくい店だから道に迷っているんじゃないかと心配になってね。それで店の外で待っていようと思って玄関を出たところ、ファクス用紙を手にした君とバッタリ遭遇した——ってわけなんだよ」

「はあ……では、あなたがお電話をくださった村崎《むらさき》さん？」

「ああ、そのとおりだよ。放談社《ほうだんしゃ》の村崎蓮司《れんじ》です」

「そうですか。あなたが、講談社の村崎蓮司さん」

名前を呼びながら、私はあらためて相手の容姿を確認。だが何度見返したところで、最初のパッとしない印象に変化はない。この人、本当に講談社の編集部の人間なのだろうか。正直そうは見えない。一流出版社の編集部員は、もう少し才気を感じさせる容貌《ようぼう》をしているはずだ。でも、いま間違いなく彼、「講談社の村崎蓮司」と名乗ったし……

まあ、いいか。考えてみれば、電話で話しただけの相手に対して、二枚目だとか高身長だとか、勝手なイメージを膨らませたのは、私のほうなのだ。べつに彼が悪いわけじゃない。

気を取り直した私は、あらためて引き戸の玄関に訝《いぶか》しげな視線を送った。

「ところで、ここって、お店なんですか？　じゃあ、ここが純喫茶『一服堂』ってこと？」

「ああ、そうだよ。僕が送った地図にもそう書いてあっただろ」

「ええ、確かに。でも、これって普通の古民家なんじゃ……」

本当に喫茶店か？　と首を傾げる私に、村崎さんは確かな口調で頷《うなず》いた。

「もちろん喫茶店さ。ほら、ちゃんと看板も出てる」

「え、どこどこ!?」私はキョロキョロと玄関先を見回す。

「ほら、そこそこ」村崎さんは玄関の片隅に掲《かか》げられた小さな木片を指差した。

それは民家の表札か、もしくは上等な蒲鉾板《かまぼこいた》にしか見えない、実にちっぽけな代物。だが、その表面には達者な筆遣《づか》いで「一服堂」という店名が記されていた。私は頷くしかない。

「な、なるほど、確かにここが純喫茶『一服堂』なのですね……」

これ以上ないほど素敵な看板が出ているのだから、もはや疑問の余地はなかった。

「なかなか面白い店なんだよ。まあ、とにかく外は暑い。さあ、さっそく中へ――」

彼は再び玄関の引き戸を開けると、私を店の中へと誘《いざな》った。私は、なにか騙《だま》されているような気分を抱きながら、恐る恐る「一服堂」の店内に足を踏み入れた。

2

ところで、平凡な田舎の労働者に過ぎない私が、なぜ大手出版社の雑誌取材を受けることになったのか。その理由は一週間前に私が遭遇した、とある事件にある。

それは永遠に続くと思われた夏の暑さにも、若干《じゃっかん》の陰《かげ》りが見えはじめた八月下旬の出来事だ。

その日は平日だったのだが、私にとっては遅めの夏期休暇の一日だった。せっかくの休みなので、どこか遊びにいきたいと願う私のもとに、いきなり掛かってきた一本の電話。相手は、地元葉山で細々と農家を営む関谷《せきや》家のひとり息子、関谷耕作《こうさく》だ。

関谷と私は同い年。家も近所なので小学校から高校まで同じ学校に通った仲だ。彼は学校を出ると、そのまま家業を引き継ぐ形で農業従事者となった。いまでは老境に差し掛かった両親とともに、先祖代々受け継いだ田んぼを守り続ける毎日だ。

そんな彼は当然のように、うちのガソリンスタンドの常連客であり、いまでも時間が合えば一緒に飲みに出かけたりする。好きな酒は焼酎《しょうちゅう》のお湯割りで、嫌いな肴《さかな》はイカの塩辛。広い心と優しい目で眺《なが》めてやれば、ルックスは織田裕二《おだゆうじ》に似ていなくもない（もちろん、『湘南爆走族』のころのじゃなくて、ここ最近の織田裕二だ）。

そんな関谷は電話の向こうから、私のことをいきなり「おい」と呼んだ。

「おい天童、今日の夕方、約束どおり、きてくれるんだろうな？」

「…………」あれ、私、なにかコイツと約束したかいな？

受話器片手に口ごもっていると、関谷は急に不安を覚えたように、「おいおい、忘れてもらっちゃ困るんだよ」と抗議するような口調で私にいった。「今日の夕方、うちの田んぼの草刈りを手伝ってくれるって約束だろ。そもそも天童のほうから、そういったんだぞ。ほら、この前の飲み会の席で約束しただろ――って、おい、まさか本当に忘れてんのか？」

「え!? ううん、わ、忘れてへんよ。忘れるわけないいやん。いや、ホンマホンマ！」

私は懸命に嘘をついた。実際には霧に包まれたような曖昧《あいまい》な記憶しかない。「夏場は草刈りが大変でよー」と焼酎片手にボヤく関谷に対して、「ほな、あたしが手伝ったるわー」と安請《やすう》け合いしたような、しなかったような、そんな感じなのだ。きっと酔った勢いでうっかり交わした約束だったのだろう。だが、憶えていなくても約束は約束。そして私、天童美幸は友人との約束は必ず守る女である。

そんなわけで、その日の夕刻、私は赤いバッグひとつを自転車の籠《かご》に放り込み、関谷家の田んぼを目指した。お盆を過ぎたとはいえ、まだまだ暑いこの季節。真昼の炎天下に作業すると日射病になる恐れがあるので、草刈り作業は敢《あ》えて夕方におこなうらしい。

西日を浴びながら懸命にペダルを漕《こ》ぐ私は、白いワンピースに麦わら帽――ではなくて、この場合はもちろん自分にとっての戦闘服とも呼ぶべき真っ赤なつなぎ姿。その恰好《かっこう》で県道を自転車で突っ走る私。それを見た近所のガキが、「あッ、赤い彗星《すいせい》だ！」と指を差す。――誰がシャアやねん！

ガキの視線を振り切るようにペダルを踏み込み、やがて私は目的地に到着した。

関谷家の田んぼは、四本の畦道《あぜみち》によって区切られた真四角の形状。田んぼの北側は二車線の県道に隣接し、田んぼの東側は砂利道《じゃりみち》に接している。県道を飛ばしてきた私は、直角に折れて砂利道へと入ったところで自転車を降りた。見れば、砂利道の路肩に一本の松の木。その傍《そば》に一台の軽トラックが停車中だ。運転席に男の後ろ姿を発見した私は、自転車を押しながら背後から軽トラに接近。開いた窓からいきなり顔を覗かせて、「――わッ」と軽めのご挨拶《あいさつ》。

カーステレオから流れるサザンの新曲に耳を傾けていた彼は、「――うわッ」と驚きの声を発して、運転席で確実に五センチほど飛び上がる。してやったりの私は邪気のない笑顔を向けながら、「よッ、関谷、お待たせ」と片手を挙げた。「応援にきてやったでー、感謝しいやー」

するとと関谷耕作は憮然《ぶぜん》とした表情で、「馬鹿、おどかすんじゃねー」と吐き捨てながら、運転席から降りてきた。見れば、彼もまた私に合わせたかのようなつなぎ姿だ。私の赤に対して、彼のそれは真新しい青のつなぎだ。なんだか色違いのペアルックっぽい。気恥ずかしさを感じる私は、若干挙動不審《きょどうふしん》な態度で、彼の軽トラの陰に自分の自転車を停めた。

彼も気まずそうに黙りこむと、ひとりで軽トラの後部に回る。そして荷台から草刈り機と一本の熊手《くまで》を取り出し、その両方を私の前に示した。

「どっちにするか選べよ、天童」

「うーん、そやなー」首を捻《ひね》る私は、二つの道具を交互に指差しながら、「ど・ち・ら・に・し・よ・う・か・な――って、アホ！　こっちにきまってるやんか！」

私は草刈り機ではなく、熊手のほうを摑《つか》む。

関谷はニヤリと笑って草刈り機を抱えた。

「じゃあ、とっとと始めよーぜ。日が暮れねえうちによ」

こうして私たちの草刈り作業は開始された。時刻はちょうど午後四時だった。

ちなみに関谷耕作の手にする草刈り機とは、長い棒の先端でギザギザの歯を持つ円盤が「ウイィィ――ィン！」と高速回転して雑草を刈り取る機械のこと。スプラッター・ムービーの中で、主に殺人鬼が手にするようなアレだ（といっても、具体的な映画名は思い浮かばない。そもそも、そんな映画はなかったかもしれない）。関谷はその草刈り機で、畦道に生い茂る雑草を、親の敵のごとくバッサバッサと刈って刈って刈りまくる。そうして散乱した草を熊手で掻《か》き集めるのが、私の役目というわけだ。

関谷は鼻歌まじりに機械を操《あやつ》りながら、「なかなか順調じゃねーか、俺たち。初めての共同作業にしちゃあ、上出来じゃん」と軽口を叩《たた》く。

「アホなこというとらんと、前向いとれやー。足切っても知らんでー」

私は彼を睨《にら》む。

だが確かに私と関谷の共同作業は、思いのほか順調だった。慣れてくると、お互いに会話を交わしながらでも作業できる。夕暮れ時の静かな田園風景の中、私たちの会話を阻《はば》むのは、時折どこか遠くで鳴り響く奇妙な破裂音だけだった。私は気になって彼に尋《たず》ねる。

「なあ関谷、あれって猟銃の音か何か？　誰かが、鹿《しか》や猪《いのしし》でも撃ってるとか？」

「いや、そうじゃない。猟銃の音には違いないけど、べつに動物を撃っているわけじゃない。あれは銃で空砲を撃って、その音でスズメを追い払っているんだ」

「ああ、そっか。そろそろ収穫の季節やもんな」

頷きながら、私は畦道の端に立ち、田んぼの稲を眺める。稲はまだ全体に鮮やかな緑色を保っているが、その先端にはすでに実が付きはじめている。その稲穂を狙《ねら》ってスズメが飛来してくるのだ。そう思って、あらためて見渡せば、関谷家の田んぼはもちろんのこと、隣接するよその田んぼでもスズメの被害に遭《あ》わないように、対策に頭を悩ませている様子が窺《うかが》える。ならば関谷も猟銃でスズメを追い払ったりするのだろうか？

そんな質問を口にしようとした矢先、県道の端を通って、眼鏡《めがね》を掛けた見知らぬ男がやってきた。田園風景の中では場違いに思えるような、きっちりとした背広姿の中年だ。県道と私たちのいる畦道は接しているので、その距離はごく近い。男は関谷に向かって、「やあ、これはどうも。精が出ますね」と当たり障《さわ》りのない言葉をかけながら、私たちのすぐ傍を通り過ぎていく。そして男は角を曲がって砂利道に入っていくと、軽トラの脇を通って真っ直ぐに歩いていった。

そんな眼鏡男の背中を見送りながら、私は関谷に尋ねた。

「誰、あの人？　このへんじゃ見かけへん顔やけど、関谷の知り合いかいな？」

「ああ、あの人は紺野《こんの》進一《しんいち》さんといってな、スーパー伊原屋《いはらや》の渉外《しょうがい》担当の人だ。たぶん中園《なかぞの》さんの家にいくんだろう。——ほら、中園さんちの門を入っていくのが見えるだろ」

関谷の指差す方角に目をやると、そこに見えるのは砂利道に面した一軒家。重厚な瓦屋根《かわらやね》の母屋《おもや》と若干傾きかけた納屋《なや》を持つ、典型的な昔の農家だ。住人のことは、私もよく知っている。中園勘次《かんじ》さんという、ひとり暮らしのお年寄りだ。この人もまた、この地で長年農業を営んでいる。

「けど、スーパー伊原屋の社員さんが、中園のじいさんになんの用があんねん？」

「なに、用地買収の交渉だろ。中園さんの所有する土地を買収して、そこに大型の商業施設を建設する。そういう計画があるらしいんだな」

あくまで計画だけどよ、と付け加えながら彼は、関谷家の田んぼに隣接する田んぼを指差した。中園家の田んぼは、関谷家のそれよりも広大な面積を誇り、一軒家の周囲をぐるりと取り囲むように広がっている。その農地を眺めながら、私は思わず声を潜《ひそ》めていった。

「渉外担当とかいって、ホンマは地上げ屋とかやったりして……」

「それは穿《うが》ちすぎってもんだな。だがまあ、中園さんが徹底してゴネたりすりゃあ、地上げ屋の出番もあるかもだ。――おや、変だな⁉　紺野さん、もう出てきたぞ」

見ると、先ほど門を入っていったばかりの紺野進一が、困りきった表情を浮かべながら、同じ門からひとりで出てきたところだ。紺野進一は重そうな足取りで砂利道を引き返し、県道まで戻ってきた。肩を落とす彼に、関谷が畦道の側から気さくな調子で声をかける。

「中園さんに、会ってもらえなかったんですか？」

「会ってもらえなかったというか、どうもお留守なようで。何度も呼んだのですが、返事がありませんでした。――でも変だなあ。夕方に伺《うかが》うとアポを取っていたのに」

そう呟くと、紺野進一は気を取り直すように、顔の眼鏡を指先で押し上げた。

「まあ、仕方がない。また出直します」

そして彼はそのまま真っ直ぐ県道を進んでいった。どこかに車でも停めてあるのだろう。

私は中年男の背中を見送ると、いくらか不審な思いを抱きながら口を開いた。

「変やな。中園のじいさん、約束すっぽかすような人やないと思うけど」

「確かにな。でもまあ、歳も歳だし、うっかり忘れることもあるんだろーよ」

それもそっか、と頷いた私は、あらためて熊手を握り直し、自分の作業に戻る。関谷も停止させていた草刈り機を再びスタートさせた。県道沿いの畦道を攻略した私たちは、続いて砂利道沿いの畦道に取り掛かった。

しばらくは黙々と作業に没頭する私たち。

すると、また別の人物が県道のほうから砂利道へと姿を現した。半袖のポロシャツに、くたびれたジーンズ姿。ぼさぼさの長髪がだらしない印象を与える。その人物には私も見覚えがあった。中園勘次さんの甥《おい》っ子で、中園俊介《しゅんすけ》さんという人だ。

奥さんに先立たれ、子供もいない勘次さんにとって、俊介さんは唯一の肉親といっていい。見た目は若者っぽいが、実年齢はもう四十の坂を越えている。いくつかの職を転々としながら、いつのまにか現在の年齢になってしまった。そんな暮らしぶりだから、妻子はいない。最近、自動車整備工場をクビになったそうで、たぶんいまは無職のはずだ。

そんな俊介さんは、叔父《おじ》である勘次さんの家を訪問するところらしい。彼は畦道に佇《たたず》む私たちの姿には見向きもしないまま、田んぼの角に立つカカシの横を通り過ぎ、そのまま勘次さんの家へ向かって歩を進めていった。

遠ざかるポロシャツの背中を眺めながら、私は隣の関谷に小声で囁《ささや》いた。

「俊介さん、なにしにいくんやろ？　勘次さんの甥っ子っていうても、二人の間に、ほとんど付き合いはなかったはず。むしろ俊介さんのほうが、じいさんを遠ざけている印象やったのに」

「ああ確かに、じいさんが貧乏な農家であるうちは、そうだったろうな。だけど、そのじいさんの所有する農地が、スーパー伊原屋に高値で買ってもらえるとなれば、話は別だ。甥っ子としても、無関心ではいられなくなるんだろうよ」

「なーるほど。関谷、いろいろ詳しいんやなー」

「まあ、中園のじいさんと俺の家とは、いってみりゃお隣さんだしよ」

実際には中園勘次さんの家と、関谷家は離れている。だが、お互いの田んぼが隣接しているので、お隣さんというわけだ。見ると、ポロシャツ姿の俊介さんは、いままさに勘次さんの家の前にたどり着いたところだ。

「ん!? そやけど、中園のじいさんは留守のはずやなあ」

「あ、そういや、そうだったな」

思わず顔を見合わせる私と関谷。すると案の定、いったん門を入っていった俊介さんは、間もなく同じ門を出てきた。先ほどの伊原屋の紺野進一と同様に、困惑の表情だ。そんな彼は砂利道を引き返してくると、今度は自ら私たち二人に向かって話しかけてきた。

「どうも叔父貴が留守みたいなんだけど、いつごろどこに出掛けたのか、判るかい？」

さあ、と畦道の上で首を傾げる私。その隣で、関谷が口を開いた。

「俺たちは、小一時間ほど前からここにいますけど、おじいさんの姿は見ていません。俺たちがここにくる前に、おじいさんはもう出掛けていたんじゃないですか」

「だとすると結構、長い時間、家を空けていることになるな。だが、それにしちゃ玄関の鍵が開きっぱなしなんだよなあ。まあ、田舎のことだから、泥棒に入られる心配はないと思うけど」

　自分に言い聞かせるように呟くと、俊介さんは私たちに片手を振り、県道へと姿を消した。

「なんやねん、いまの？」私は意味深な笑みを浮かべながら関谷を見やった。「泥棒に入るならいまだぞ――って、あたしたちを、そそのかしてるんやろか？」

「んな、馬鹿な」関谷は真顔でそういうと、手にした草刈り機を止めた。「それより天童、だいぶ疲れただろ。ちょっと休憩しようぜ」

「ああ、そやな。そういや、あたしサンドイッチ、作ってきてん。一緒に食べよ」

　私の何気ないひと言は、関谷に激しい衝撃を与えたらしい。彼は一瞬雷《かみなり》に打たれたかのように立ちすくむと、「え、おまえが!?」と私の顔を指差し、今度はその指を自分の顔に向けながら、「俺のために!?」と心底驚きの表情。私は慌《あわ》てて顔の前で両手を振った。

「べ、べつに、あんたのためにつくってやったんと、ちゃうねんからな！」

　私はあまりの照れくささに俯《うつむ》き、彼に背中を向けた。「は、腹が減ったら仕事にならへん、と思ったから作ってきただけで……べつにコンビニのでも全然よかったんやけど……そ、そんなことどーだってええやないか。とにかく一緒に食べ――ん!?」

　勇気を出して振り返ると、畦道を遠ざかっていく関谷の背中が見えた。

「こら、関谷、どこいくねん？」

関谷は畦道の途中で振り返ると、私の問いにムッとした顔で答えた。

「馬鹿、小便だよ。覗くんじゃねーぞ」

「あ、アホか！　覗くわけないやん！」

私は思わず顔を赤らめながら、「やるんなら、うんと離れたところでしいやー」

「ああ、判ってる、おまえは車の向こうに隠れてろ」

絶対、覗くなよ、ともう一度念を押した関谷は、ひとり畦道を進む。田んぼの角に立つ一体のカカシの横あたりで、彼は用足す構えだ。私は慌てて踵《きびす》を返し、砂利道の路肩に停まった軽トラックのもとへ歩き出す。軽トラの陰に停めた自転車の籠の中から、赤いバッグを取り出す。中身は天童美幸ちゃん特製サンドイッチだ。果たして彼は、どんな顔をするだろうか？

そう思いながら、ちらりと車の陰から顔を覗かせて関谷の様子を窺ってみると、彼は誰にも見られていないと思ったのだろう。カカシの首に巻かれたタオルで、両手を拭《ふ》いているところだった。私には手を汚しているとしか思えない。

やれやれ男って奴は、と首を振りながら、私は軽トラの傍に立つ一本の松の木へと移動する。枝を張った松の木の下には、小さな木陰ができている。休憩には恰好の場所だ。

私は松の木陰に腰を下ろし、関谷が戻ってくるのを待った。

用事を終えた関谷は、何食わぬ顔で私のもとへと歩みより、私と向き合う位置で腰を下ろした。ランチボックスを見るなり、「おっ、美味《うま》そーじゃん」と彼の口から賞賛の声。そして関谷はなんの躊躇《ためら》いもなく、「いっただっきまーす」とサンドイッチに手を伸ばす。そんな彼の手を、私の右手が間一髪のところでピシリと払いのけた。

「あかん、関谷！」私は用意したウェットティッシュを彼の眼前に突き出した。「まず、その汚れた手を拭きーな。サンドイッチは、その後や！」

「え!?」関谷は一瞬、驚いた表情。そして彼は小さく肩をすくめると、「ああ、判った判った」といいながら、清潔なウェットティッシュで両手を拭いた。「ほら、これで、いいだろ？」

よっしゃ、と微笑《ほほえ》みながら頷く私。

松の木陰に、再び彼の「いっただっきまーす」の陽気な声が響き渡った——

3

軽い食事と休憩で三十分ほどを費《つい》やした私たちは、再び作業に戻った。時刻は五時半だ。

真四角な田んぼの四辺のうち二辺までは、休憩前に草を刈り終えている。残る作業は、もうあと半分だ。関谷は草刈り機を操りながら、西に傾いた太陽を見やった。

「この調子なら、あと一時間ほどで終わりそうだ。なんとか日暮れ前に帰れるぞ」

私も熊手を振るいながら、「そうやな」と頷く。私たちは例のカカシが立つ畦道の角あたりから作業を再開した。

するとそこに、この日三人目の通行人が現れた。今回は女性、それも七十代と思《おぼ》しき老婆だ。その老婆は薄汚れた朱袴《しゆばかま》に袖の長い白い着物を羽織《はお》っていた。落ちぶれた巫女《みこ》を思わせる彼女の姿を見た瞬間、関谷が舌打ちした。「ちッ、ヤバイ。小梅《こうめ》ばあさんだ」

小梅ばあさんというのは、地元では知らない者がいない、ある種の有名人だ。職業は宗教家。『蛇真教《じやしんきよう》』なる怪しげな宗教を布教すべく、町民たちに声掛けする姿を、よく見かける。ちなみに『蛇真教』というのは、小梅ばあさんが起こした、まったく新しい宗教なのだとか。なんでも、いまから十数年前のとある夜に、彼女の枕元に一匹の白い蛇が現れ、彼女に『西の方角に蛇神《へびがみ》様を祀《まつ》れ。さすれば、来世はそなたの意のままとならん』といったらしい。――蛇が？　いったい、どの口で？　んなわけ、あるかいな！

私なら確実にツッコミを入れるところだが、なにしろ蛇の声を聞いてしまった小梅ばあさんは、そんな些細《ささい》な疑問点にはこだわらない。さっそく彼女は自宅の西に祠《ほこら》を建て、そこに蛇神様を祀った。以来、彼女は『蛇神様の使い』を名乗るようになった。いまでは、蛇神様にお祈りを捧げつつ、その御霊験《ごれいげん》をひとりでも多くの人々に広げるべく独自の布教活動に勤《いそ》しむ毎日だ。そんな常識の通じない人だから、私たちも思わず警戒態勢をとる。

「いいな、天童、知らんフリして、やり過ごすんだぞ」

「判ってる。関わり合いになったら、面倒やもんな」

私たちは、『脇目も振らず懸命の除草作業に勤しむ仕事熱心な男女』を、それこそ脇目も振らずに演じた。そんな私たちの努力を無視するかのように、小梅ばあさんは砂利道を進み、私たちのもとに接近してくる。その右手には白い数珠《じゆず》、左手には十字架《じゆうじか》が握られていた。数珠と十字架？　それって仏様と神様が喧嘩《けんか》せーへんの？　私は小さな疑問を抱くが、そもそもオリジナリティ溢《あふ》れる彼女の宗教に、一般的な神や仏は関係ないのだろう。そう思って、私はツッコミを自重する。

すると小梅ばあさんは何を思ったのか、砂利道から私たちのいる畦道へと、自ら足を踏み入れてきた。彼女の低くしわがれた声が、私に話し掛けてくる。

「ほう、田んぼの草刈りとは、感心じゃな……」

「…………」

「しかし、くれぐれも蛇を殺すでないぞ。蛇神様に祟《たた》られたくなかったら、蛇は殺さんことじゃ。特に白い蛇は霊力が強いでな」

「…………」

私は機械化された人形のように、無言のまま熊手を左右に動かす。小梅ばあさんの言葉は完全無視だ。相槌《あいづち》も打たない。目も合わせない。もちろん蛇も殺さない。

小梅ばあさんは私との対話を諦《あきら》めたのか、今度は関谷のほうに声を掛けた。

「ところで、お主の肩のあたりに、親子連れのアオダイショウの霊が憑《つ》いておるようじゃが……」

瞬間、関谷の肩がピクリと反応したが、それだけだった。関谷は無視を決め込む。

「……ふむ」小梅ばあさんは不満げに鼻を鳴らして、私たちに背中を向けた。「まあ、よいわ。今日はおぬしらに会いにきたのではない。さて、中園のじいさんは在宅かな……」

残念でした。勘次さんは、たぶんいまも留守ですよ。しかし、教えてあげるのも面倒なので、私は黙って『蛇神様の使い』をやり過ごす。すると、そんな私たちの態度が癇《かん》に障ったのだろうか。

「――ふん！」

彼女は畦道に立つカカシを、手にした十字架で軽く殴《なぐ》る仕草《しぐさ》。八つ当たりとは大人げない。そう思った瞬間、私の隣にいた関谷が血相変えて、小梅ばあさんを怒鳴りつけた。

「てめえ、なにしやがんだ！　ふざけたことしてんじゃねえぞ、こら！」

関谷が追いかける素振りで威嚇《いかく》すると、小梅ばあさんは袴の裾《すそ》を持ち上げ、意外な速さで畦道から砂利道へと逃げていく。そのままの勢いで彼女は中園さんちの門へと姿を消していった。

「まったく……あーいう婆さんに関わると、ロクなことがねえからよ……」

関谷は自らの振る舞いを弁解するようにいうと、苦笑いを浮かべた。

「とにかく、さっさと残りの仕事を片付けちまおうぜ。それが済んだらビールで軽く一杯――な！」

「よっしゃ、ほんなら、もうひと頑張《がんば》りや！」

西日に照らされた田んぼの端。私と関谷は草刈り作業のラストスパートに入った。

すべての作業が終わったのは、午後六時半だった。関谷は軽トラに草刈り機と私の自転車を乗っけると、県道沿いのとある定食屋へと車を走らせた。ビールで乾杯のつもりだったが、考えてみると関谷は軽トラの運転があるので、アルコールはご法度《はっと》だ。結局、定食屋の片隅に陣取った私たちは、コーラとウーロン茶のグラスを陽気にぶつけ合った。

「乾杯ぁ〜い！」「ぷっふぁ〜！」「この最初のひと口がたまんねえ」「まるで天国やなぁ〜」と精一杯『冷えたビールで乾杯』の雰囲気《ふんいき》を出しつつ、私たちは互いにグラスを傾けた。

一時間ほど飲み食いしながら雑談を交わした後、私たちは店を出た。夏の日はすでにとっぷりと暮れて、あたりは涼やかな風が流れていた。私たちは店の駐車場で別れた。別れ際、関谷は私に「これ、今日のバイト代だけどよ……」といって、おずおずと白い封筒を差し出してきた。だが、自ら買って出たお手伝いでカネを貰《もら》う私ではない。私はやんわりと、しかしキッパリと、その封筒を彼に押し返した。

「そんなん、ええわ、関谷。今日のは特別サービスや。このカネで、また今度ガソリン入れにきてやー」

すると関谷はぎこちない笑顔を浮かべながら、「そうか」と照れくさそうに頷き、その封筒を青いつなぎのポケットに突っ込んだ。「じゃあ、そうさせてもらうよ。ありがとな」

こうして私は貴重な休日の夕べを友人への勤労奉仕に費やした。汗はかいたが気持ちのいい汗だ。と同時に、なぜか印象に残るのは、中園さんちを訪問した三人の男女のことだ。その一方で結局、勘次さんの姿は一度も見かけへんかったなぁ——とそんなことを考えながら、私はひとり自転車を漕いで自宅への帰還を果たしたのだった。

4

帰宅した私は、とりあえず風呂《ふろ》に入って汗を流し、短パンにタンクトップという恰好に着替えた。だが、濡れた髪を拭きながら茶の間に現れた私に、いきなり母がスーパーのレジ袋を手渡す。袋の中身は、金属でできた筒状の奇妙な道具。それとメロンが一個だ。

不思議そうな顔の私に向かって、母は彼女独自の関西弁で説明した。「それなー、中園のおじいさんからの借り物なんよー」

「…………」まさかメロンを借りたわけではあるまい。借りたのは筒状の道具のほうで、メロンは感謝の印だろう。私は道具のほうを摘《つま》みあげて首を傾げる。「なんやねん、これ？」

「え!? なにって、あんた、これ見て判らんのかいなー？」

「全然判らん。こんな道具、初めて見た」

「アホやなー。パイナップルの芯《しん》をくり抜く道具やないかー」

――判るか！　というより、なぜそんな道具が必要なのか、それが不思議。しかも他人に借りてまで。そもそも我が家の食卓にパイナップルが登場した例《ためし》なんて、一度もないのに。

いいたいことは沢山あったが、結局、私が口にした質問はただひとつ。

「なんで、こんなしょーもないもん、中園のおじいさんから借りたんや？」

「だって、こんなしょーもないもん持ってんの、あの人だけやったもん！」

これで充分説明したつもりなのだから、うちの母は最強だ。これでよく神奈川県民の父と一緒になれたものだと感心する。そんな母は、「はァ」と溜《た》め息《いき》をつく私に向けてズイと顔を近づけると、極秘事項でも口にするような囁き声を発した。

「まあ、ええやないの。いまのうちに中園のおじいさんと仲良くしてたら、将来ええことあるかもしれへんで。あんたは知らんやろうけど、中園さんの持ってはる土地が、近い将来『井村屋《いむらや》』になるっていう噂があってなあ……」

知ってる知ってる！　さっき聞いたばかりだ。それとあと、「井村屋」じゃなくてスーパー「伊原屋」だろ。なんで肉まんあんまんの有名企業が、田んぼを買いにくるねん！

母との会話を諦めた私はレジ袋を持ち、外に飛び出した。自転車の籠に袋を放り込み、夜の闇へとペダルを漕ぎ出す。

私は中園勘次さんの家へ向けて、再び自転車を走らせた。

私は県道から砂利道へと入り、中園さんちにたどり着いた。昼間、田んぼの側から繰り返し眺めた門。その門柱の前に、自転車を停める。古い農家なので門扉《もんぴ》などはない。そもそもこの田舎町では、そんなもの必要ない。私はレジ袋を片手にしながら、堂々と門の中へと足を踏み入れた。

門を入ると、あまり手入れの行き届いていない庭。その向こうに母屋があり、母屋と向き合う恰好で古い納屋がある。私は迷わず母屋に向かった。だが母屋に明かりはない。試しに呼び鈴を鳴らしてみたが、案の定、母屋からはウンともスンとも反応はなかった。

「そういや中園のじいさん、夕方もずっと留守やったなあ」

時計を見ると、午後八時半だ。夕方も留守で、この時間も留守だとすると、いったい中園勘次さんは、どこに出掛けているのか？　そして私は、このパイナップルの芯をくり抜く道具を、いったいどうすればいいのか？

私はすっかり途方に暮れてしまった。

「ホンマどないしよ？」

玄関先に置いて帰ろうか。だがレジ袋の中にはメロンも一緒に入っている。朝になれば、カラスやスズメどもの恰好の餌《えさ》になるかもしれない。いや、待てよ――

「そういや玄関に鍵が掛かっていないって、俊介さんが不思議がっとった……」

一縷《いちる》の望みを求めて、玄関の引き戸に手を掛ける。確かに鍵は掛かっていない。引き戸は滑《なめ》らかに動いた。私は暗い玄関に足を踏み入れ、上がり框《がまち》にそっとレジ袋を置いた。

「しっかし、いくら田舎の農家ちゅうても、無用心すぎるんちゃうか？」

まあ、お陰で助かったけど。そう呟きながら私は玄関を出る。だが引き戸を閉めて、そのまま門に向かおうとした、ちょうどそのときだ。背後の暗闇になにかが動く気配。私は思わずそちらを振り向いた。暗闇の中、廃墟と見紛《みまご》うばかりの古い外観を晒《さら》す納屋。そこに何者かの気配を感じて、私は恐る恐るその建物に歩み寄っていった。普通は怖がって逃げるべきところなのだ。私は好奇心がありすぎるのか、あるいはちょっとだけアホなのだと思う。

「だ、誰か、いてるんか？　おったら、返事してや……」

すると次の瞬間、誰かの返事は強烈な体当たりとなって、私の身体を弾き飛ばした。私は「きゃあ！」と悲鳴をあげながら地べたにドスンと尻餅《しりもち》をつく。

一方、私を突き飛ばした何者かも、衝撃のあまり地面に転がった。怪しい奴だが、さほどの運動神経ではないらしい。四つん這《ば》いになりながら、「眼鏡、眼鏡……」と往年の漫才師のように両手で地面を探っている。私は相手よりも先に体勢を立て直すと、背後からその人影に掴み掛かった。

「なにすんねん、われ！　いきなり、出てきおって！　ほれ、ツラ見せんかい！」

私は強引に相手の顔を、こちらに向けた。見覚えのある男の顔がそこにあった。昼間に会ったばかりの背広姿の中年男。眼鏡を掛けたサラリーマン。スーパー伊原屋の渉外担当で、名前は確か紺野進一とかいったはずだ。「――あ、あんた、こんなところで、なにしてんの？」

すると紺野進一はいきなり「違うんだ、僕じゃないんだ」と何かを強く否定する素振り。「僕がきたときには、もうアレはあんなふうになっていたんだ。信じてくれ！」

「はあ!?」私は訳が判らず、暗闇の中で首を傾げる。「なにいってんねん、おっちゃん？　アレがあんなふうって、いったいなんのことなん？」

「アレっていったら、アレだよ。ほら、君の後ろに――ほら、そこそこ！」

紺野進一は唇《くちびる》を震わせながら、私の背後を指で示す。私は振り返って、暗がりに目を凝《こ》らした。

納屋のほぼ中央の太い柱。確かにそこに何かがあった。人の大きさほどの十字形をした何かが。

いや、違う。何かではない。「あれは……まさか、人かいな……？」

そう、それは確かに人だった。人間が太い柱に括《くく》りつけられている。それも両手を左右に大きく広げた恰好で、十字形に固定されているのだ。まるで磔《はりつけ》にされた罪人のようなシルエット。というより、これは磔そのものではないのか。事実、その人物は不自然な恰好を強いられているにもかかわらず、指一本動かす気配はない。その左胸からは棒の端のようなものが、にょきりと突き出ているのが判る。「――な、なんやねん、あれ？」

声を震わせる私の背後で、そのときカチリという小さな音。瞬間、納屋の天井の裸電球に明かりが灯《とも》った。紺野進一が照明のスイッチを探り当てたらしい。それはとてもありがたく、そしてとても余計なことだった。私は否応なく、目の前の異常な光景を直視させられた。

「きゃあああああぁぁぁ――ッ」

心の底から湧《わ》きあがってくる驚きと恐怖。それは私自身びっくりするような大絶叫となって、倒壊寸前の納屋を確実に数ミリほど揺らした。

磔にされているのは、中園勘次さんに間違いなかった。ベージュの半袖シャツに膝《ひざ》丈《たけ》のズボン。白髪《はくはつ》に覆われた顔には血の気がない。彼がすでに息絶えていることは明白だった。

だが真に驚くべきは、その死体の惨状だった。

死体の左胸から、にょっきり生えていたのは、短刀の柄《つか》だった。勘次さんは、左胸を刺されているのだ。だが、それればかりではない。死体はその全身に数え切れないほどの傷を負っていた。半袖シャツの、そこかしこに破れ目があり、そこから赤い血が滲《にじ》み出ているのが見える。

『惨殺』という二文字が私の脳裏に浮かんだ。

そのとき、私の背後にいた紺野氏が震える指先を目の前の死体に向けた。

「む!? あれはなんだ。あ、あの首に巻きついている、黒い紐《ひも》みたいなものは……」

いわれて私も初めて気がついた。勘次さんの死体の首に、確かに黒い紐状の物体が巻きついている。だが、紐ではない。それは裸電球の頼りない明かりを受けて、ぬらぬらと気色の悪い光沢《こうたく》を放っている。私は死体に一歩近づき、その正体を確認した。

「ひッ」という引き攣《つ》った悲鳴が、私の口を衝いて飛び出した。

それは死体の首に絡《から》みつく、一匹の黒い蛇だった――

5

「――どうかしたのかい、天童さん?」

突然、呼びかけられて、私はふと我に返った。そこは「一服堂」の玄関を入ったばかりのところ。隣を見れば、超一流出版社のエリート編集部員、村崎蓮司さんが心配そうに私の顔を覗き込んでいる。「ぼんやりしているようだけど、何か気になることでも？」

「え!?　ううん、なんでも、あらへ——いえ、なんでもありませんから！」

私は首を左右に振って関西弁を追い払い、正気を取り戻した。

確かに、ぼんやりしていたようだ。というか、喫茶店の玄関をくぐるだけの短い時間に、もの凄《すご》く長い回想シーンが私の脳内スクリーンに延々と上映されていたような、そんな感じがしたんやけれど……いや、錯覚、錯覚。きっと気のせいだ。

私はそう自分に言い聞かせながら、あらためて「一服堂」の店内に歩を進めた。

確かにそこは純喫茶の名に恥じない、極上の雰囲気を湛《たた》えた空間だった。古民家の土間を改造したような狭いスペースに、香ばしい珈琲《コーヒー》の香りが濃密に漂っている。天井《てんじょう》を走る太い梁《はり》や黒光りする柱のひとつひとつには、長い年月によって培《つちか》われた独特の味わいがある。蠟燭《ろうそく》のような薄暗い間接照明に照らされた店内は、昼間でありながらすでに夕暮れどきの雰囲気だ。

座席の数は多くない。小さなカウンター席と四人掛けのテーブル席が三つあるだけ。だが、おそらくそれで充分なのだろう。事実、店内にいる客は私と村崎さんの二人だけ。完全に貸し切り状態だ。看板がアレでは無理もない、と私は妙に納得した。

そんな店内には、私たちの他に、もうひとり女性の姿があった。

古い外国映画に出てくるメイドを思わせるような、クラシックなエプロンドレスの女性だ。ガラスのような透明感を思わせる白い肌。肩のラインで切り揃《そろ》えたお人形のようなヘアスタイル。ツンと澄《す》ましたような顔立ちは美しく整っているが、どこか他人を拒絶するような冷たい印象もある。

そんな彼女はカウンターの向こう側で、静かに珈琲カップを磨いていた。見た目どおりなら、彼女はこの店の従業員に違いない。だが、この「一服堂」で働いている人物は、彼女を措《お》いて他にはいないようだ。ひょっとすると彼女は従業員ではなく、この店の女主人と呼ぶべき存在なのかもしれない。

そんな彼女は戻ってきた村崎さんの姿を一瞥《いちべつ》すると、訝しげな表情を浮かべた。

「あら、どうなさったんですの、村崎さん？　久しぶりにいらっしゃったかと思ったら、すぐに出ていかれて、またすぐお戻りになるなんて。随分と忙しいんですのね。ところで、お隣にいらっしゃるお方は、どなたですの？　ひょっとして村崎さんの、新しい彼女？」

彼女、という言葉に私のほうがドキリとなる。

そんな私の隣で村崎さんは「違う違う」と素早く右手を振ると、「彼女は、ただのお客さんだ。ちょっと、この店で取材させてもらおうと思ってね。どうせ店はいつもガラガラに空いているんだし、べつに構わないだろ、ヨリ子さん」

その瞬間、ヨリ子さんと呼ばれた彼女の手許から、珈琲カップが突然するりと滑り落ちる。アッと声をあげる間もなく、カップは床に叩きつけられ、衝撃音とともに砕《くだ》け散った。

『店はいつもガラガラ』という彼の遠慮のない言動が彼女の動揺を誘ったものと、私はそう解釈した。だがヨリ子さんの反応は、私の想像を超える意外なものだった。

「…………」舞い降りた静寂の中、ヨリ子さんはワナワナと唇を震わせながら、「お客……お客……お客ですって……」と同じ言葉を繰り返す。まるで「お客」という存在が、にわかには信じがたいかのようだ。そんな彼女は切れ長の目で村崎さんを睨みつけると、彼に対して非常に丁寧な口調で強い抗議の意思を表明した。「わ、わたくし、なにも聞いておりませんわ！　こ、この店に新しいお客様を連れていらっしゃるなんて！　そんな、そんな、そんなッ……」

「……？」いったい何が『そんなッ』なのか。私にはサッパリだ。

「だ、だってヨリ子さん、ここ喫茶店だろ……い、いや、悪かった！　確かに僕が悪い。ゴメン、謝る！」

「……？」いったい村崎さんは、なにを謝っているのか。これも全然、判らない。

キョトンとする私の隣で、村崎さんは必死の弁明を試みた。「彼女は天童美幸さんといってね、僕の取材対象なんだ。つまり彼女は僕のお客さん。この店の客じゃない。あくまでも僕の客だから、ヨリ子さんはなにも気にしなくていい。いっそ彼女の存在はないものと思ってくれ。ほら、そう考えれば、なにも緊張しなくて済む。そうだろ、ヨリ子さん？」

「あ、ああ、そういうことですの。でしたら、え、ええ、村崎さんの、おっしゃるとおりですわね」

納得したヨリ子さんは、両手を胸に押し当てながら青ざめた顔で頷いた。「わ、判りました。取材を許可いたしますわ」

よく判らないが、村崎さんとヨリ子さんとの間で、なんらかの交渉が纏《まと》まったらしい。村崎さんはホッと胸を撫《な》で下《お》ろすと、私を店の奥のテーブル席へと誘った。そして私に椅子《いす》を勧めながら、小声で解説を加えた。「ヨリ子さんは、ああ見えて、この店のオーナーなんだ。だけど極度の人見知りでね。知らない人と接することを大の苦手としている。それが彼女にとっての最大の弱点ってわけさ」

「そ、それは大変ですねえ」というより、接客業に従事する人間としては致命的だな、と私は呆《あき》れる。「だけど彼女、村崎さんとは普通に話していたみたいですが」

「それは、まあ、うち解けるキッカケがあったからなんだけどね」そういって村崎さんは、私に向けてメニューを差し出した。「僕はアイス珈琲。君は何にする？」

「あ、私も同じものを――」いうが早いか、せっかちな私は右手を挙げ、カウンターの向こう側に注文の声を響かせた。「すみませーん、アイス珈琲、二つ！」

するとヨリ子さんの口から、たちまち「――ヒッ！」と怯《おび》えたような叫び声。その瞬間、彼女の手からガラスのコップがするりと滑り落ちる。再び床の上で鳴り響く盛大な衝撃音。

再び訪れた深い静寂の中で、あらためて私は悟った。

自分が「一服堂」の客として振舞うことは、人見知りのヨリ子さんを無闇に怖がらせるだけなのだ、ということを――

水の入ったコップとおしぼりが並べられたテーブル。正面に座る村崎さんは、ようやく本題を切り出した。「取材を申し込んだ理由については電話でも話したけど、了解してもらえているね？」

「ええ、伺っています……」

答えながら、私は心の中で少し首を傾げた。一流出版社の編集部員というのは、誰もが皆、こんなふうなのだろうか？　初対面の女性に対して妙に親しげ――というか、異常に馴れ馴れしい。べつに不愉快な感じはしないのだが、ヨリ子さんのオドオドした態度を見た直後だけに、その対比が際立つ。だがまあ、自信過剰《じしんかじょう》な態度もエリートの証《あかし》と思えなくもない。そう好意的に解釈して、私は彼にいった。

「先日、私が遭遇した猟奇殺人。あの事件について知りたいのですね」

「そうそう、その話だ。うちの雑誌に詳しいルポを載せたいと思ってね」

「ええ、判ります。あれはいかにも週刊誌のネタになりそうな事件でしたから」

私は頷きながら、その一方で躊躇いを覚えずにはいられなかった。

「だけど、いいのかしら？　お話しするのは構いませんけど、ほら、週刊誌の記事って有ること無いこと面白おかしく書くじゃないですか。で、適当な憶測や無理やりな推理を付け加えて、最後はお決まりの文句、『一刻も早い真相の解明が待たれる』みたいな感じで締める、みたいな。私、そういう記事はちょっと……」

「好きじゃない？」

「…………」いや、本音をいえばメッチャ大好き！　だが初対面の男性の前なので、当然のように私は自分を偽った。「うーん、そういうのって、なんだか抵抗が……」

「はは、ははは。なるほど、よく判るよ。週刊誌に対して、なかなか辛辣《しんらつ》な意見をお持ちのようだ。ふむ、『一刻も早い真相の解明が待たれる』か。はは、ははは」

村崎さんは乾いた笑い声を薄暗い店内に響かせると、今度はなにを思ったのか、いきなり手許のおしぼりをテーブルにバシッと叩きつけて、こう叫んだ。

「――はん、『週刊現代』かよ！」

「……？」なんやねん、いまの？

呆気《あっけ》に取られる私に向かって、彼は滔々《とうとう》と捲《まく》し立てた。「悪いけどね、君。うちは『週刊現代』みたいな通常の事件記事は書かないんだ。そりゃ面白い記事のためには、有ること無いこと書くこともある。いや、どっちかっていうと6：4で有ることよりも、無いことのほうが多い」

「…………」あかんやろ、それじゃ！

「だが、『一刻も早い真相の解明が待たれる』みたいな常套句《じょうとうく》でお茶を濁《にご》すようなルポは、うちの雑誌ではやらない。うちがやるのは、もっと鋭くとんがった記事だ。それがうちの雑誌の売りであり、編集方針だからだ」

「は、はあ……」私は唖然《あぜん》とした顔のまま、相手の顔を覗きこんだ。「あの、つかぬことを伺うようですが、おたくの雑誌というのは、『週刊現代』――ですよね？」

「ん、僕、そんなふうにいったかい？　いってないよね。うん、違うよ。うちは『週刊現代』じゃない。うちは現代の一歩先ゆく『週刊未来』だ。あれ、いわなかったっけ？　そうか。そう、そりゃ悪かった。じゃあ、あらためて名刺を渡しておこう。――はい、これ」

いきなり名刺を差し出してくる彼。渡された名刺を穴の開くほど凝視する私。

そこに書かれているのは、「週刊未来編集部、村崎蓮司」の文字。もちろん社名は講談社ではなくて、それとよく似た名前の――

「くそ、『放談社』かいな！　アホらし！」

貰った名刺をメンコのようにテーブルに叩きつけ、すぐさま私は席を立つ。

「相手が放談社と知っとったら、普段と違うお洒落なんかせんでよかったし、わざわざ鎌倉までくることもなかったわ」それとあと、無理して標準語を使う必要も全然なかった。何よりそれがいちばん悔しい。「――ほな、あたし、帰る。さいなら」

「まあまあ、そう慌てなくてもいいじゃないか。もう珈琲も頼んじゃったし」

村崎さんは――いや、もはや「さん付け」で呼ぶ値打ちはない。村崎で充分だ。村崎は立ち上がった私を宥《なだ》めるように、こんなことをいった。「とりあえず、話だけでもしていきなよ。そうすりゃ、奇妙な事件の謎が解けるかもだ」

「事件の謎が!?　あの猟奇殺人の謎が解けるっていうんかいな。嘘やろ。そもそも誰が解くん？　まさか、あんたやないやろーし。そんなら他に誰が――？」

とそのとき、お盆にグラスを載せたヨリ子さんが、私たちのテーブルの傍《かたわ》らから、「あッあッ、あのッ」と切羽《せっぱ》詰《つま》った声を発した。「アアア、アイス珈琲で、ござござ、ございますです、はい」

ブルブルと震える指先で、二杯のアイス珈琲をテーブルに並べるヨリ子さん。そんな彼女の姿に、『週刊未来』の編集者が意味深な視線を送る。私は咄嗟《とっさ》に彼の視線の意味を理解した。

「…………」まさかヨリ子さんが謎を解くとでも？　この人見知りの国の女王様みたいな彼女が？

信じがたい思いを抱きつつも、私は若干の興味を引かれて再び椅子に座りなおす。ヨリ子さんは空のお盆を胸にしながら、またカウンターの向こう側に戻っていく。それを見ながら村崎はペーパーナプキンをテーブルの上に一枚広げると、ボールペンで四つの文字を書き、私に向けた。そこには「安楽椅子」と書かれている。

私は怪訝《けげん》な顔つきで、「アームチェアが、どうかしたんかいな？」

すると村崎はカウンターの向こうの彼女を視線で示しながら、

「アームチェアではない。『安楽椅子』と書いて『アンラクヨリコ』と読む。ヨリ子さんのフルネームだ」

「嘘……『安楽椅子』って、そんなオモロイ名前やなんて……」なんか可哀想《かわいそう》！　子供のころに絶対いじめられるタイプやん！　と心の中で呟く私。

すると彼は人差し指を顔の前に立てながら、「だが、オモロイだけじゃないんだ。実は彼女、名前どおりの名探偵でね」

「へえ、名探偵……」安楽椅子さんが名探偵で、これが本当の『安楽椅子探偵』というわけか。――んなアホな！

半信半疑、いや九割九分、彼の言葉に疑いを抱く私は、目の前のアイス珈琲をひと啜《すす》り。その若干のぬるさと苦さに顔を顰《しか》めながら、おもむろに口を開いた。

「まあ、ええわ。どうせ、ここまできたんやからな。事件のこと、あんたに話したるわ。耳の穴ほじくりかえして、よーく聞きやー」

こうして私は目の前に座る村崎蓮司と、そしてカウンターの向こうに佇むヨリ子さんに向かって、自分の体験した猟奇殺人の詳細を語りはじめるのだった——

6

瞬《また》く間に時計の針は飛び、ヨリ子さんの淹《い》れたアイス珈琲も、グラスの底にあと僅かとなったころ。私は、あの凄惨《せいさん》な事件の経緯を、ようやく語り終えた。

「なるほど」村崎はすべて理解したとばかりに頷いた。「君たちが一一〇番に通報して、やがて警察が到着。それから本格的な捜査が始まった。第一発見者である君や紺野氏も、取調べを受けたというわけだ。君、刑事さんからアリバイを聞かれたりしなかったかい？」

「もちろん聞かれた。夕方四時から六時ごろのアリバイを散々にな。紺野氏も同じようなこと聞かれたみたいやから、たぶん、その二時間が被害者の死亡推定時刻なんやろな」

「ほう、それは良かったじゃないか。午後四時から六時の二時間といえば、君が関谷家の田んぼで草刈りを手伝っていたころだろ。アリバイ証明に苦労しなくて済む」

「確かに、関谷耕作の証言のおかげで、あたしの容疑は一瞬で晴れた。ホンマ、その点はラッキーやった」

「じゃあ、もうひとりの紺野氏のほうは——？」

村崎の問いに、私は苦笑いしながら肩をすくめた。

「アリバイの証明かいな。それは無理ちゅうもんや。だってアリバイって『現場不在証明』のことやろ。紺野氏はまさしく午後四時過ぎに勘次さんの家をひとりで訪れてるんやから」

「それもそうか。現場不在証明どころか、彼は確実に現場に存在していた人物だ」

村崎はゆったりと頷き、それから話題を転じた。

「まあ、容疑者の話は後で詳しく聞かせてもらうとしよう。それより現場と死体の状況について、もう少し教えてほしいな。君は死体の様子を詳しく観察したかい？」

「もちろんや。悲鳴をあげて怖がったのは最初だけ。あとは警察がくるまでの時間、じっくりと拝見させてもろうたわ。こんな機会は滅多《めった》にないもんなあ」

「こんな機会って⁉」

「あれ、前にいわへんかった⁉　あたし『週刊現代』と『ＦＲＩＤＡＹ』と『新本格ミステリ』の愛読者やねん。こう見えて、殺人事件とかメッチャ興味あんねん」

「そ、そうかい。意外に活字好きなんだね、君」

願わくば、そこに『週刊未来』を加えてもらえると有難いんだが——と村崎は本音を吐露《とろ》すると、あらためて私を向いた。「じゃあ聞くけど、中園勘次さんの死体は、どんなふうに柱に固定されていたんだい？　磔にもいろいろあると思うんだけど」

「勘次さんは十字架にロープで括り付けられてた。その十字架は人の背丈ほどの角材二本を、クロスさせて釘かなにかで固定したもんや。犯人はそれに勘次さんを括り付けて、そうしたうえでその十字架を納屋の柱に立て掛けて、それをロープで固定したらしい」

「ん、なになに!?　犯人はまず十字架を作り、そこに死体を括って、その十字架を……どうしたって!?」

「ちょい待ち！」私は咄嗟に右手を挙げて、村崎の話を遮《さえぎ》った。「あんた、なにか勘違いしてへん？　あるいは勝手に決め付けてるちゅうか。——あたし、犯人が死体を十字架に括り付けたとは、ひと言もいってへんよ。勘次さんを括り付けたといっただけで」

「え!?　じゃあ、ひょっとして勘次さんは生きたまま磔の状態に!?」

「どうも、そうらしいんやなあ」私が声を潜めて頷くと、

「そうか……」村崎は顎《あご》に手を当てながら意外そうに呟いた。「前回とは逆だな……」

前回ってなんのこと？　十字架磔殺人に前回とか今回とか、あるんやろか？

私は首を傾げながら説明を続ける。「詳しいことは知らんけど、生きた状態で縛られるのと、死んでから縛られるのとでは、肌に残るロープの痕跡《こんせき》とかが違ってくるんやろ。刑事さんの話では、勘次さんは生きたまま手首足首それに太腿《ふともも》や胴体を、角材に括り付けられていたんやて」

「そうか。で、勘次さんを括り付けた十字架を、さらに犯人は納屋の柱に括り付けたってわけか。しかし、なんで犯人はそんな二度手間みたいな真似《まね》をしたんだろうな」

村崎の素朴な問い掛けに、私は肩をすくめながら、「――んなこと知るかいな」

ところが、私の言葉に被《かぶ》せるように、カウンターの向こうから答える声があった。

「それは、単独犯による犯行だったからでは、ありませんこと？」

馬鹿がつくほど丁寧な言葉遣い。それを発したのは、もちろんヨリ子さんだ。

カウンターの向こうで背の高い椅子にちょこんと座ったヨリ子さんは、左手に受け皿、右手に湯気《ゆげ》の立ち昇る珈琲カップという体勢で、私たちの会話に割って入ってきた。そんな彼女は、涼しげな視線を私たちのテーブルに向けながら、透明感のある美しい声で『死体を上手に磔にする方法』について語った。

「納屋の柱に横木を釘で打ち付けて十字架を作る。これだと十字架のほうは動かせませんわね。そこに生きた人間を磔にしようとすると、これは結構大変な作業になりますわ。仮に、頭を殴打《おうだ》して相手を気絶させた状態でおこなうとしても、犯人にとっては重労働でしょう。意識を失った人間というものは、死体や泥酔者と同じ。非常に重たく扱いづらいもの。犯人は複数いなければ、まず不可能ではありませんかしら？」

なるほど確かに、と村崎が頷く。ヨリ子さんはカップを傾けながら説明を続けた。

「ですが、納屋の柱から独立した、もうひとつの十字架があれば、作業はより簡単ですわ。まずは地面に転がした人間に十字架をあてがい、手や足などを括り付けます。その状態で十字架を持ち上げて、納屋の柱に立て掛け、今度は柱と十字架を括り付けるのです。これならば、単独犯でも充分可能ですわ。――いかがですか、わたくしの推理は？」

呆気に取られながら聞いていた私は、我に返ったように慌てて首を縦に振った。

「ヨリ子さんのいうとおりや。犯人はひとりやった。そやから、そういう手段を選んだんやな」

「ああ、確かに筋は通っている。だが、ヨリ子さんの推理は単独犯の可能性を示しているだけで、複数犯を否定するものではない。単独犯と決め付けるのは危険だな」

村崎の慎重な発言に、カウンターの向こうのヨリ子さんは静かに微笑んだ。

「おっしゃるとおりですわ、村崎さん。さすがでいらっしゃいますわね」

そういって、ヨリ子さんは自分の手にした珈琲カップを悠然と口にした。この人、お客さんには凡庸《ぼんよう》なアイス珈琲を出しておきながら、自分はいちばん美味そうにホット珈琲を飲んでいる。これでいいのか「一服堂」？

首を傾げながら、私は事件の話を先に進めた。「犯人は生きたままの勘次さんを磔にした。やり方は、いまヨリ子さんが説明してくれた通りだとして、問題はその後や。犯人は磔にした勘次さんの首を絞めて殺害した――」

「そうだ、その点を確認しておきたい」

村崎もテーブルの向こうで身を乗り出した。「新聞報道でも読んだが、被害者の死因は絞殺《こうさつ》なんだね？　君の話によれば、死体の全身にはたくさんの傷があり、左胸に短刀が刺さっていたというけど、それは直接の死因ではない。そうなんだね？」

「そや。勘次さんは刺されて死んだんやない。首を絞められて窒息死したらしい。凶器は紐みたいなものやって、刑事さん、いうてはったわ」

「紐っていっても、まさか黒い蛇が凶器ってわけじゃないよな？」

「蛇が凶器って、あんた」私は正面に座る彼にズイと顔を寄せて、「蛇で人の首、絞められるって本気で思うてんの？　あんた正気か？　それともただのアホかいな？」

「いや、判ってる。もちろん無理だ。ていうか、誰もそんな凶器は選ばないよな」

「当たり前やん。死体の首に絡まってた黒い蛇は、ただの死骸《しがい》。死んだ蛇を死体の首に絡ませてあっただけ。なんで犯人がそんな真似したんかは、よう知らんけど」

「ふむ、いずれにしても絞殺であることは事実なんだね。だとすると、犯人が被害者の全身を傷つけたり、左胸を短刀で刺したりしたのは、なぜなんだ？」

村崎は腑《ふ》に落ちない表情で、私に視線を向けた。「君は被害者の死体を間近で観察したんだろ。じゃあ、死体の全身の傷や刺された左胸の様子をよく見たんだね。それは、どんな具合だった？　派手に出血していたかい？」

「被害者の身体の傷は服の上から刃物で刺したような細い傷やった。それが胴体やら腕やら太腿やらに、数えきれんほどあった。それから左胸の短刀は柄の根元の部分まで、深く突き刺さっとった。けど、あたしの見る限りでは、刺された左胸や全身の小さな傷からは、じんわり血が滲んでる程度で、それほど出血した様子はなかった。たぶん、被害者の心臓が止まってから、犯人は死体を傷つけたんと違うやろか。そやから、出血があまりなかった――」

「うむ、確かにそう考えられる。だが、もしそうだとすると、犯人の行動は非常に奇妙なものになるな。犯人はまず被害者を生きたまま納屋の柱に磔にする。それからなにか紐状の凶器で首を絞めて殺害。その後で、短刀を持った犯人が死体にたくさんの傷をつけ、最後にその短刀で左胸を刺し貫いた。――これって、いったいなんの意味があるんだ？」

「死者への冒瀆《ぼうとく》行為やないの？　犯人は勘次さんに強い恨みを抱いとった。だから、絞め殺すだけでは飽き足らず、さらに短刀で死体を傷つけ、左胸を刺した。そうすることで、犯人自身は恨みを晴らしたような気分を味わったんと違うか？」

「ふむ、確かに君のいうとおりなのかもしれない。だが、もしそうなら被害者の首に巻かれた蛇の死骸は、どう説明できるのかな？　それも犯人にとっての鬱憤《うっぷん》晴らしのひとつかい？」

「かもしれへんし、あるいは――」

私は声を潜めていった。「犯人には蛇に対する強いこだわりがあったんかもよ」

私の発言を聞き、村崎は唇の端にニヤリとした笑みを浮かべた。

「小梅ばあさんのことだね。ふふん、誰でも考えることは同じだな」

というわけで事件を巡る対話は、いよいよ容疑者たちの話へと移行していった。

議論の口火を切ったのは村崎蓮司だった。「犯行の時刻は午後四時から六時らしい。そして君の話によると、まさしくその時間帯に被害者宅を訪れた三人の人物がいた。最初がスーパー伊原屋の紺野進一、次が被害者の甥っ子、中園俊介、最後にやってきたのが『蛇神様の使い』小梅ばあさんだ。とりあえず、この三人に疑いを向けるのが自然な流れだと思うんだが、君はどう思う？」

「異議なしや。べつにあたしも関谷も、中園さんちをじーっと見張ってたわけやないから、その三人以外の人物が真犯人っていう可能性もなくはない。けど、時間帯が時間帯やし、他の容疑者も思い浮かばへんから、とりあえずはその三人を疑ってみるんが筋やと思う」

「ふむ、ならば第一の容疑者は紺野進一だな。彼は伊原屋の渉外担当として、勘次さんと用地買収の交渉中だった。その中で二人の間になんらかのトラブルが起こって、殺人事件に発展したとも考えられる。おまけに、紺野氏は事件の第一発見者でもあるし——」

「そやな。『殺人事件においては第一発見者を疑うのが捜査の鉄則』——新本格ミステリの作品中にも、ちょいちょい出てくる黄金律《おうごんりつ》や」

「だが、『いかにも疑わしく見える第一発見者は大抵の場合、真犯人ではない』というのも、ミステリではお決まりのパターンだぞ。まあ、それはともかく、事件が発覚した夜の八時半ごろ、なぜ紺野氏は中園さんちの納屋にいたんだ？　実は彼が真犯人で、ちょうど納屋の柱に死体を括り付けたところだった——というのなら話は簡単だが、もちろん本人は否定してるんだろ？」

「当然やな。紺野氏は、自分は犯人じゃないといってる。納屋におったのも、勘次さんに電話で呼び出されたからだと、そういってたわ」

「電話で呼び出された？　それ、本当に勘次さんからの電話だったのか？」

「いや、それがどうも怪しいねん。電話は紺野氏の働く東京本社に掛かってきて、本社にいる彼の部下が、それを受けたそうや。紺野氏はその部下から伝言だけを電話で聞かされたんやて。『昼間は留守にして済まなかった。今夜八時半に、あらためて家にきてくれ』と、そんな内容の伝言やったらしい。紺野氏はその伝言を信じて、午後八時半に中園さんちへ出向いたそうや。そしたら、母屋には人の気配がない。けれど、納屋には裸電球の明かりが点《つ》いていたんやて」

「――ん!?　紺野氏が現場に着いたとき、あらかじめ納屋には明かりがあったというのかい？」

「そや。それで当然、紺野氏は納屋に足を向ける。そこで彼は例の惨殺死体を発見して、びっくり仰天。どうしようかと思案しているところに、偶然、このあたしが自転車で乗りつけた。咄嗟に彼は、納屋の明かりを消して、あたしをやり過ごそうとしたんやけど――」

「結局、君に見つかってしまった。それで慌てた彼は、君に体当たりを敢行《かんこう》したってわけだ」

「そや。彼がいうには、殺人事件に関わるのが嫌で、あたしを突き飛ばして逃げようとしたんやて」

「なるほど。いちおう筋の通った弁明だな。おそらく、本社に掛かってきた電話は犯人が勘次さんのフリをして掛けてきた偽電話だろう。紺野氏が電話で直接会話をすれば、犯人の声真似に気付いたはずだ。それを恐れた犯人は、あえて本社にいる部下に伝言を頼んだんだな。なかなか狡猾《こうかつ》な手を使う犯人じゃないか」

「てことは、紺野氏は犯人やない。ただ犯人に利用されただけ——」

「——と見せかけて、実は紺野氏が真犯人。偽電話も彼の自作自演だった。そういうケースも考えられるな」

「どっちやねん!?」

「なに、両方の可能性があるってことさ」アッサリそういって村崎は話を先に進めた。「次——二人目の容疑者は勘次さんの甥っ子、中園俊介だ。彼にも動機がありそうだな。なにしろ俊介は勘次さんの唯一の肉親だっていうじゃないか。勘次さんが死ねば、彼の全財産が俊介のもとに転がり込む。そういう遺言状が書かれていたのかもしれない」

「そんなこと、刑事さんは、なんともいうてなかったけど」

「そりゃ刑事はそんなこといわないさ。あくまで可能性の問題だ。勘次さんが死ねば、彼の土地が俊介のものになる。スーパー伊原屋が高値で買ってくれるはずの土地だ。これは殺人の動機に充分なり得るだろ」

「そういや、あの人、職も転々としてるし、カネに困ってる感じやもんなあ。確かに、勘次さんが死んでいちばん得をする人物は、俊介さんかもしれへんなあ」

「――と見せかけて、単に甥っ子が叔父貴の家を訪問しただけなのかもしれない」

村崎は自分の立てた仮説を自分で否定すると、「次――三人目の容疑者！」

「小梅ばあさんやな。確かに怪しい人や。けど、あの人を犯人と考えるのは、無理があるんと違うか？　だってあの人、もう歳やで。勘次さんを絞め殺すぐらいは、まあ出来るとしても、その死体を磔にするのは、たぶん無理や。ヨリ子さんの説明したような方法を採《と》ったとしても、それなりの体力は必要なはずやろ。小梅ばあさん、歳の割には元気やけど、そこまでの体力はないと思う」

「なるほど、もっともな意見だ。だが、さっき僕がいったはずだ。犯行はひとりでもおこなえるが、複数犯の可能性が否定されたわけではない」

「ほな、小梅ばあさんに共犯者がおったいうんかいな」

「べつにおかしくはないはずだ。事件の日の午後五時過ぎ、小梅ばあさんは君たちと畦道で顔を合わせた。その後、彼女は勘次さんの家を訪れ、そこで勘次さんを絞め殺した。その後、君たちが田んぼを立ち去った後に、今度は小梅ばあさんの共犯者が中園家を訪れた。そいつが、死体を納屋の柱に磔にした。偽電話で紺野氏を現場におびき寄せたのも、その共犯者の仕業《しわざ》。そう考えることも不可能じゃないだろ」

「不可能やないけど、殺人の共犯なんて、誰が都合よく引き受けてくれるねん？」

「普通は難しいだろうな。だが、なにしろ小梅ばあさんは『蛇神様の使い』だ。まあ、君はそんな怪しい神様を信じたりしないだろうが、世の中いろんな人がいるからね。小梅ばあさんを本気で神の使者と信じる人がいても不思議じゃない。その意味で小梅ばあさんは共犯者を得やすい立場といえる。――え、動機？　それは正直よく判らないけど、探せばなにか出てくるかもよ。小梅ばあさんの大切な白蛇を、勘次さんが踏んづけて殺してしまった、その恨み――とかなんとか、そういう変な動機がさ」

「ほな、やっぱり犯人は小梅ばあさんかいな。あの人が勘次さんを殺して、死体の首に蛇の死骸を巻きつけた――」

「――と見せかけて！」

「また『と見せかけて』かいな！　あんた、わざとやってるやろ！」

まあ、そう怒らないで、と村崎は私を宥めてから、話の続きを口にした。

「――と見せかけて、やっぱり真犯人は体力のある男性なのかもな。そいつは自分の罪を小梅ばあさんになすりつけようと考え、死体に蛇にまつわる装飾を施した。そういうふうにも見える」

「そう見ようと思えば、どうにだって見えるやろ」私は不貞腐《ふてくさ》れたような顔で、テーブルの上に頬杖《ほおづえ》を突いた。「――で結局、誰やねん、真犯人は？」

「それが判れば、苦労はしないな」

村崎は両手を頭の後ろにやりながら、椅子の上で伸びをするようなポーズ。それから、おもむろにカウンターの向こうに意味深な視線を投げた。そこにいるのは、エプロンドレス姿のヨリ子さんだ。彼女はカウンター内の背の高い椅子に腰を下ろしながら、ひとり無表情にアイス珈琲を飲んでいる。さっきはホット珈琲を飲んでいたはず。二杯目の珈琲はアイスで、というわけか。どう見ても、客よりも彼女のほうが、この店の珈琲を堪能《たんのう》しているように見える。

そんなヨリ子さんに若干の苛立《いらだ》ちを覚える私は、挑発するような態度で彼女に言葉を掛けた。

「なああ、ヨリ子さんとかいう人、そんなところで美味そうにアイス珈琲なんか飲んでへんと、少しは一緒に考えてーな。あんたも、あたしらの会話、聞こえてたはずやろ」

ヨリ子さんは無表情なままストローから唇を離すと、静かに頷いた。

「ええ、確かに。全部というわけではございませんが、天童さんのお話、おおよそは聞かせていただきました。左右の耳の穴を、ほじくりかえしながら」

「すっかり聞いてたんやな。ほんなら、ちょうどええわ」私はカウンター方向に身体を向けると、あらためて彼女の聡明さに期待して尋ねた。「なあ、そろそろヨリ子さんの意見を聞かせてーな。あんたは三人の容疑者の中で、誰がいちばん怪しいと思うてはるの？」

するとヨリ子さんはなにを思ったのか、いきなりアイス珈琲のグラスを口許に持っていき、焦げ茶色の液体と残った氷を、ストローを使わずぐっとひと飲みした。口に流し込んだ氷をバリバリと嚙《か》み砕く音が、「一服堂」のレトロな空間にしばし響き渡る。やがて、その氷を「――んが、んぐッ」と喉《のど》を鳴らして飲み込んだサザエさん、いや、ヨリ子さんは、空になったグラスを軽々しい動作でシンクに放り投げる。すると勢い余ったのか、それとも当然の成り行きか、シンクの中で「――ガチャン！」と何かが砕け散るような衝撃音。

「………」私と村崎蓮司は互いに顔を見合わせる。

だが舞い降りた静寂の中、ヨリ子さんは慌てる様子も悪びれる素振りもなく、ただカウンターの向こう側から私を見下ろしながらいった。

「三人の容疑者の中で誰がいちばん怪しいか――ですって!?　はん、くだらない質問だこと」

馬鹿にしたような口調。蔑《さげす》むような視線。尊大で高慢な態度。先ほどまでのオドオドとした人見知りのヨリ子さんとは別人のようなその豹変《ひょうへん》ぶりに、私は言葉もない。

――なんやねん、この人？

目を白黒させる私。するとヨリ子さんは、彼女特有の上品丁寧な言葉遣いだけはそのままに、自らの苛立ちと憤《いきどお》りをいきなり爆発させた。

「ぬるいですわね！　まったく、ぬるすぎますわ。まるで、この『一服堂』のアイス珈琲のように。そのような生ぬるい質問には、わたくし、まったく答える気がいたしませんわ！」

7

「ぬるい⁉　ぬるいってなんやねん！」

と思わず腰を浮かしかけた私は「いや、その前に」と冷静になってカウンターの方向を指差していった。「さっき、シンクの中であんたのグラス、割れへんかった？」

「いいえ、割れていませんわ。わたくし、そのような粗忽者《そこつもの》ではございませんもの」

素知らぬ顔で言い張りながら、彼女は背中でシンクを隠すように横移動した。

「ふーん、そうかいな」この嘘つき女め！

だが、いまは彼女の発言の真偽を確かめている場合ではない。彼女に問い質《ただ》したいのは別のことだ。「まあ、ええわ。それよりなにより、あんたのいった『生ぬるい質問』ってどういう意味やねん。説明してーな」

「説明するまでもありませんわ。あなたのわたくしに対する質問が、ぬるま湯のように刺激がなく凡庸極まるといっているのです。三人の容疑者の中で誰がいちばん怪しいか。あなたはそうお尋ねになりましたわね。しかしなぜ、あなたはこの事件の容疑者をその三人と決め付けるんですの？　この地球上には五十億もの人間が暮らしているというのに！」

「べ、べつに決め付けてるわけやあらへん。とりあえず、その三人が疑わしいといってるだけやんか。他にこれといって疑わしい奴もいてへんし――」

「いいえ、いてへんことありませんわ！」とヨリ子さんは私の関西弁に結構な影響を受けながら興奮気味に続けた。「もうひとり、もっとも疑わしい人物が、あなたの前にいらっしゃるではありませんか。なぜ、その方に容疑を向けようとなさらないんですの？」

「あたしの目の前に⁉」

ハッとなった私は、テーブルの正面に座る男の顔を指差しながら、「ひょっとして、この三流雑誌の編集者さんが！」

「いいえ、違います」早合点する私の前で、ヨリ子さんは残念そうに首を左右に振った。「村崎さんではありませんわ。だって彼は『一服堂』の常連客ですもの。『一服堂』の珈琲を愛する人に、悪い人などひとりもおりませんわ」

「…………」犬が好きな人に悪い人はいない、と愛犬家が主張するのと同じ理論だ。私は一拍遅れて思わず叫んだ。「あ、あんたのいってることも、メチャクチャ生ぬるいやんか！」

「あら、そんなことありませんわ」ヨリ子さんは、私の批判などどこ吹く風だ。

私は唖然となりながら、「ほな、誰やねん、もっとも怪しい人物って？」

「あなたと一緒に事件現場のすぐ傍にいた人物ですわ。まだ、お気付きになられませんの？」

「あたしと一緒って……は、はは、ははは」私は半笑いになりながら、ようやくその名前を口にした。「まさか、あんたがいうてるのは、関谷耕作のことかいな？」

「ええ、その『まさか』ですわ」と、事も無げに頷くヨリ子さん。

私は笑顔を引っ込めると、「アホぬかせ！」と罵声《ばせい》を発しながら椅子を蹴《け》って立ち上がった。そのままの勢いで、つかつかとカウンターのほうに歩み寄りながら、「なんで関谷が容疑の対象になんねん？　ええ加減なこというたら、このあたしが許さへんからな」

「あら怖い」とヨリ子さんは、口許に手を当てる。だが言葉とは裏腹に、その態度は余裕に満ちていた。「では逆にお尋ねしますが、天童さんはなぜ、関谷さんのことを最初から容疑の対象から除外していらっしゃいますの？」

「そ、そ、そんなん、きまってるやん！　せ、関谷はあたしの古くからの友だちやからや！」

ああ、駄目《だめ》だ。これでは愛犬家の理論と同じレベルではないか。思わず肩を落とす私の前で、案の定、ヨリ子さんは呆れ顔で肩をすくめた。

「それが生ぬるいといっているのですわ。友だちだから信じる、などというあなたのその態度がぬるいんですの。まるで、この『一服堂』のアイス珈琲のように！」

「そやから、そのぬるいアイス珈琲を淹れてるんは、あんた自身やないか！」怒り心頭の私は、思わずヨリ子さんに向かって、こう叫んだ。「そないにいうんやったら、もうちょいキリッと冷えた珈琲、淹れてみせんかい！」


数分後、私と村崎蓮司はテーブル席を離れて、カウンターの椅子に並んで腰掛けていた。

私たちの前には、透明なグラスに注《そそ》がれた二杯のアイス珈琲。私たちはそれぞれのストローに口をつけ、ほぼ同時に感嘆の声を発した。

「美味い！　爽《さわ》やかで澄みきった味わい。それでいて、しっかりと珈琲のコクと風味が感じられる。これぞ本物のアイス珈琲。さっきのとは、まるで別物だ！」

「しかも、キンキンに冷えとる！　これや、これがアイス珈琲や。くそ、やりゃ出来るやないかい。なんで最初からこういうのを出さへんねん、ボケ！」

興奮のあまり普段以上に口が悪くなる私。だが、やがて我に返ったように、「それはともかく……」といって話題を殺人事件の話に戻した。「問題なのはアイス珈琲と違う。関谷耕作のことやったはずや」

「もちろん、天童さんのおっしゃるとおりですわ」

「ヨリ子さん、あんたは彼のことも容疑者のひとりというんやな。けど冷静に考えてみたら、それは無理や。中園勘次さんの死亡推定時刻は、午後四時から六時までの二時間。その時間帯、関谷はずーっとあたしの傍にいて田んぼの草刈りをしてた。このあたしが証人やから間違いない。その関谷が、なんで中園さんちの納屋で勘次さんを殺せるん？　そんなの不可能や。そやから、あたしは最初から彼のことを、容疑の対象から外してたんや。それの何がアカンちゅうねん？」

「あら、勘次さんの死体が中園家の納屋で発見されたからといって、その場所が犯行現場とは限らないのではありませんこと？　それとも警察の方が、そのようにおっしゃっていたのですか。犯行現場は中園家の納屋であると」

「い、いや、そういう言い方はしてへんかったけど……」

「そうでしょうとも」ヨリ子さんは自信ありげに頷いた。「勘次さんの死体は十字架に磔にされて、納屋の柱に括り付けられていたそうですね。もちろん、納屋の柱に固定された被害者を、犯人がその場所で絞め殺した、そう考えることも可能でしょう。ですが、別のケースも考えられるのではありませんか。被害者を括り付けた十字架は、納屋とはまったく違う、離れた別の場所にあった。そこで犯人は被害者の首を絞めて殺害。その後、犯人はその死体付きの十字架を中園家に運び込み、それを納屋の柱に括り付けた。そして短刀で死体を傷つけ左胸を貫いた。このようなやり方でも、あなたが見たような猟奇殺人的な状況は作れるのではありませんかしら？」

「そ、それは、そうかもしれへんけど。——ほな、実際の犯行現場はどこやっちゅうねん？」

そんな私の問いに、ヨリ子さんは思いがけない答えを口にした。

「おそらくは、関谷家の田んぼではないかと」

「…………」私は一瞬、言葉を失った。「な、なにいうてんのか、サッパリや。あんな見晴らしのいい開けた場所で、人殺しなんてできるわけあらへん。それも、被害者を十字架に括りつけたり首を絞めたり……いいや、無理や、無理無理！　そんな目立つこと、誰がどのタイミングでやれるちゅうねん！」

私は何度も首を横に振り、それから根本的な疑問を口にした。

「それに、人を殺せば後には死体が残るはずやろ。けど、あの田んぼのどこに死体が転がってたちゅうねん？」

「死体はあったはずですわ。ただ、天童さんがそれにお気付きになられなかっただけのことで――」

「んな、アホな。あのとき田んぼにおったのは、あたしと関谷と、他は通りすがりの三人、紺野氏と俊介さんと小梅ばあさんだけや。それ以外に人の姿なんかなかった。もちろん、死体なんかあるわけない。あったら確実に、このあたしの目に留まったはずや」

「自信がおありですのね」

「当たり前やんか。田んぼは正方形で、それを囲むようにして四辺の畦道がある。そこを、あたしら、ぐるっとひと回りしながら草刈りしてたんやで。畦道に死体があったら、絶対に気付く。草むらの陰に死体を隠す、なんてのも無理や。あたしら、田んぼの周りの雑草を片っ端から刈り取っていったんやからな」

「そうですわね。では、田んぼの中などは？」

「なおさら無理や。田んぼの中は稲が整然と生え揃って綺麗《きれい》なもんやった。あそこに死体なんか転がしてたら、稲穂の行列がそこだけ乱れて、確実に目に付いたはず。――他は、どこや？」

「軽トラックなどは？」

「それも問題ない。運転席も助手席も荷台の上も、なんの異状もなしや。え、軽トラの下を見たかって？　ああ、見た見た。あたしら、あのとき、木陰に座って二人でサンドイッチ食べたけど、腰を下ろしたあたしの目線から、軽トラの下が丸見えになっとった。もちろんそんなところ、誰も隠れてへんし死体もなかった」

死体を隠せそうな候補地をひと通り潰し終えた私は、手許のアイス珈琲で喉を潤し、強気な顔をカウンターの向こう側に向けた。「どや、ヨリ子さん？　あの田んぼが殺人現場やなんてこと、絶対あり得へんって、これで判ったやろ」

「ええ、確かに判りました」

ヨリ子さんは静かに頷くと、悲しむような視線を私に向けた。「やはり天童さんには、それが見えていらっしゃらなかったのですわね。いえ、目には見えているけれど、意識には上っていなかったというべきでしょうか……」

「なに、ゴチャゴチャいうてんねん!?　あたしにも判る言葉でいうてやー」

「失礼いたしました。では、わたくしも率直にお尋ねいたしますわ」

そしてヨリ子さんは、カウンター越しに私の顔を覗きこみながら、こう尋ねた。

「天童さん、あなた、カカシの中身は、ご確認なさいましたか？」

深い静寂が「一服堂」の狭い店内を支配した。私は酸欠の魚のように必死で口をパクパクさせたが、意味のある言葉を発することは出来なかった。「カ、カ、カカ……」

「カカシだよ、カカシ」隣に座る村崎が、いままでの沈黙を破って口を開いた。「あったんだろ、関谷家の田んぼにも、カカシの一本くらい」

「そ、それは、あった。そら、普通あるやろ。田んぼなんやから——そやけど」私は悪い想像に唇を震わせた。「まさか……嘘やろ……あのカカシの中身が……死体!? それってまさか勘次さん……勘次さんが、あの中に……!?」

「やはり、ご確認なさったわけではないのですね。ならば、わたくしの推理の信憑性《しんぴょうせい》もさらに高まったというものですわ」

確信を得た表情でひとつ頷くと、ヨリ子さんは説明を始めた。

「なぜ犯人は、被害者を十字架に磔にしたのか。わたくしには、その点がもっとも不思議に思われました。被害者に苦痛を負わせてなぶり殺しにするという目的ならば、磔にするのも納得がいきます。ですが、この犯人はそうではありません。犯人は被害者を生きたまま十字架に固定した後、首を絞めて殺害しています。死体の全身に傷をつけたり、短刀で左胸を貫いたりという残虐行為は、被害者が息絶えた後のことです。もちろん、死体を傷つけることで鬱憤を晴らす殺人者も、中には存在するでしょう。ですが、それならばわざわざ磔にすることもないのでは？　息絶えて動かなくなった死体ならば、べつに十字架や柱に固定しなくても、好きなだけ傷つけることができるはずですわ。そのように考えると、この磔殺人には別の意味が隠されていると考えざるを得ません」

「…………」

「では、犯人が被害者を十字架に磔にする意味は、いったいなにか。そんな疑問を抱きながら、わたくし、天童さんの話をあらためて振り返ってみたのですわ。すると、わたくしの頭にピンとくるものがございました」

「ふむ、それがカカシってわけだな」

村崎の言葉に、ヨリ子さんは真っ直ぐ頷いた。

「はい。十字架に磔になった死体が納屋にあれば、その光景は猟奇的殺人に見えますわ。ですが、同じものが田んぼの脇に立っていたなら、それはカカシにしか見えないことでしょう。その光景はのどかな田園風景のひとコマとして認識され、それ以上の疑いを持つ者はおりません。それこそが、今回の猟奇的殺人の本当の意味なのではないかと、わたくし、そう思い至りましたの」

「つまり死体を傷つけたり左胸を短刀で刺したり、蛇の死骸を首に巻きつけたり、というような行為は単なる目くらまし。あたかもこの事件が、いわゆる猟奇殺人であるかのように印象付けるためのカムフラージュに過ぎなかった。むしろ今回の事件の本当の猟奇性は、一見平和に見える田園風景の中にこそ、潜んでいたってわけか」

「ええ、村崎さんのおっしゃるとおりですわ」

そう頷くと、ヨリ子さんは事件について順を追って説明した。

「関谷耕作は薬を嗅《か》がせるなり、頭を殴るなりして、中園勘次さんの意識を奪います。そして勘次さんを生きながら十字架に磔にし、その身体にカカシの衣装を着せたのでしょう。オンボロのシャツやモンペ、麦わら帽子などが定番ですわ。顔は白い布で覆います。布の表面に『へのへのもへじ』が描かれていたことは、いうまでもありませんわね。そうやってカカシの外観を整えた十字架を、関谷は自分の田んぼの角に立てたのです。これらの作業は、天童さんとの待ち合わせの時刻、午後四時がくる前に、すべておこなわれたのでしょう。田んぼに立つカカシを見て、それが身動きできない老人の拉致《らち》されている姿とは、誰も思いませんわ」

「事実、田んぼに到着した天童さんも、なんら不審を覚えることはなかったわけだ」

「ええ。関谷耕作は何食わぬ顔で、天童さんとともに草刈り作業を始めます。彼はそうやって自らの潔白を印象付けながら、その一方では、ほんのわずかな隙《すき》をみて、ひとりでカカシに近づき、その首に巻いてあった紐で勘次さんの首を絞めたのです。たいして時間は掛かりません。そう例えば、休憩時間にひとり田んぼの端で立小便をするような、そんな短い時間でも犯行は可能だったことでしょう。男性が用を足している姿を、間近でジーッと眺める女性は、おそらくおりませんでしょうから、見つかる心配はありませんわ」

滔々と推理を語るヨリ子さん。その言葉を遮るように、私は甲高い声を発した。

「や、やめんかい！　な、なに、適当なこというてんねん。——は、はは、カカシの中身が勘次さんで、それを関谷が立小便のついでに絞め殺したやて!?　な、なかなか、オモロイ話やないか。けど残念ながら、いまの話、全部あんたの想像ちゃうんかいな？」

必死で問い掛ける私に対して、彼女は意外にも堂々と頷いた。

「ええ、もちろん想像ですわ。わたくし安楽椅子探偵ですもの。想像でモノをいうにきまっておりますわ。それがなにか問題でも？」

「ひ、開き直ってはるわ、この人！」

唖然とする私をよそに、開き直りのヨリ子さんは淡々と自分の推理を続けた。

「殺人と草刈りを終えた関谷耕作は、食堂で天童さんと乾杯した後、ひとり軽トラで田んぼへと舞い戻ったのでしょう。そして、畦道から引き抜いたカカシを軽トラの荷台に積んで、彼は中園家へ向かいます。そこで彼は荷台からカカシを下ろすと、カカシの衣装を剝《は》ぎ取ります。中から現れたのは、すでに息絶えた勘次さんです。その死体が固定された十字架を、彼はそのまま納屋の柱に括り付けました」

「ん!?　待ってくれ」ヨリ子さんの話を唐突に遮ったのは、村崎だった。「そんなことするより、死体を十字架から解き放したほうが良くはないか。そのほうがカカシを連想させずに済むだろ」

「いいえ、それでは駄目ですわ。なぜなら、死体の手首や足首などには生前に縛られた痕跡が残されています。それに長時間、磔状態にあった死体は、体内の血液が身体の下部に下りた状態になっていたはず。そういった特殊な死体状況に、それなりの理由がつくような死に様にしておく必要がある。おそらく関谷はそう考えたのですわ」

「なるほど。だから関谷は死体を十字架に磔にしたまま、納屋の柱に括り付けた。そしてさらに猟奇殺人的な装飾を加えることで、カカシのトリックから捜査員の目を逸らしたってわけだ」

村崎の言葉にヨリ子さんは「そのとおりですわ」と頷いた。

だが、簡単に頷くわけにはいかない私は、猛然と抗議するようにいった。

「待ちいな。あんたら関谷のこと、犯人みたいに決め付けてるけど、動機はなんやねん？　勘次さんを殺して、関谷になんの得があるちゅうねん？」

するとヨリ子さんは、「わたくし動機については、あまり重要視しておりませんの」と再び開き直ったような態度。「――ですが、天童さんの話を聞く限りでは、関谷さんにも勘次さんを殺害する充分な動機があったものと推測されますわ」

「ど、どんな動機が推測されるちゅうねん？」

「例のスーパー伊原屋による用地買収の件ですわ。思うに、関谷家の小さな田んぼも買収計画の対象になっていたのではないでしょうか。お話によれば、関谷家の田んぼは県道沿いにあり、一方、勘次さんの田んぼは関谷家の田んぼに隣接して広がっている様子。ならばスーパーの建設用地として、関谷家と中園家の両方の土地が、買収対象となっていたと考えるべきでしょう。だからこそ、関谷さんは、伊原屋の紺野氏ともすでに顔見知りだった。そうではありませんか？」

「そ、それはそうかも。けど、それがなんで動機になるねん？　関谷が勘次さんを殺したところで、中園家の土地が関谷家のものになるわけやなし」

「ええ、もちろんですとも。しかし、もしも勘次さんが自分の土地の売却を強硬に拒んでいたとしたら？　関谷家の小さな田んぼだけでは、スーパーは建ちませんわ。勘次さんが土地を手放さない限り、この計画は御破算になってしまうことでしょう。その場合、関谷家は自分の土地を売りそびれてしまうことになる。千載一遇《せんざいいちぐう》の儲け話がパアですわ。そうなっては大変と思った関谷さんは、一計を案じ、自らを容疑の圏外に置く形で、邪魔者である勘次さんを殺害した。これは、そういう事件だったものと思われますわ」

説明を終えたヨリ子さんは、カウンターの向こうで静かに目を伏せるのだった。

8

ヨリ子さんの語った話は、本人も認めているように想像の域を出ないものに違いない。関谷耕作を真犯人と断定するものではなく、あくまで彼にも犯行は可能だったとの見解を示したに過ぎない。もちろん、動かぬ証拠があるわけでもない。だが……

彼女の推理を聞かされたいま、あらためて振り返ってみると、私の脳裏に思い浮かぶいくつかの光景がある。

例えば、関谷が田んぼの脇で立小便をした場面。私は軽トラの陰にいたのだが、もう終わっただろう、というタイミングで彼のほうを覗き見た。あのとき関谷はなにをしていたか。彼はカカシの首に巻かれたタオルで手を拭いていた。私の目にはそう見えた。だが、いまにして思えば、あの光景こそは、まさしく彼が中園勘次さんの首を絞め終わった一瞬ではなかったか。

あるいは、小梅ばあさんと田んぼで遭遇した場面。やっかいな小梅ばあさんに対して、無視を決め込んでいた関谷が、ただ一度だけ、怒りの声を発した。あのとき彼は何に腹を立てたのか。小梅ばあさんが関谷家の田んぼに立つカカシを叩こうとしたからだ。だが、ただのカカシなら、彼もあれほどには怒るまい。あのカカシの中に、誰にも知られてはならない秘密が隠されていたからこそ、彼は慌てて小梅ばあさんを追い払ったのではなかったか。

そのように考えると、なるほどヨリ子さんの推理は真実を衝いているのではないかと、そう思えてくる。だが頷きそうになる自分を押し留めながら、私は懸命に首を振った。

「違う！　そんなわけあらへん……関谷がカネのために人殺しまでするなんて……そんな推理、あたしは信じへんからな！」

駄々っ子のような私の態度を、ヨリ子さんは冷静な表情で見詰めていた。

「信じるか信じないかはあなた次第ですわ、天童さん。ですが、仮に信じないのだとするなら、あなたはこれからも彼と、いままでどおりの関係を続けていかれるのですか？　何事もなかったかのように、仲の良いお友達として。――それでよろしいんですの？」

彼女の鋭い問い掛けに、私はハッとなって顔を上げた。

「いいや、それもよろしくない！」私は意を決したように椅子から立ち上がると、財布を取り出しながらカウンターの向こうに叫んだ。「ヨリ子さん、お勘定《かんじょう》してや！」

「お勘定なら僕が――いや、現代の一歩先ゆく『週刊未来』が払う。君は払わなくていい」

「サンキュー、『週刊未来』さん。ほな、あたしは、これで！」

いうが早いか、私は「一服堂」の古びた玄関へと駆《か》け出した。ヨリ子さんの可憐な声が、「また、いらっしゃってくださいませね〜」と私の背中に投げかけられる。来店時のオドオドした口調でもなく、推理を語る際の厳しい口調でもない、柔らかで穏やかなヨリ子さんの声。私は玄関の手前から彼女に向かって小さく頷くと、古い引き戸を勢いよく開けた。

薄暗い店内から一歩外に出ると、そこはまだまだ残暑厳しい昼下がり。照りつける日差しは、鎌倉の街外れにある「一服堂」の店先にも容赦なく降り注いでいる。人通りの絶えた狭い道を、私は駅に向かって勢いよく歩き出した。

すると間を置かずに――「おい、待ちたまえ、君！」

背後から私を呼び止める男の声。村崎蓮司だ。彼は歩くのをやめない私に肩を並べると、同じ速度で歩きながら顔だけを私に向けた。「最後に、ひとつ確認したいことがある」

「なんやねん？」

「動機のことだ。関谷耕作が本当に望んだのは、おカネではなくて、天童美幸――君だったんじゃないのか。土地が売れてまとまったおカネが入れば、彼は堂々と君と付き合うことが出来る。仲の良い友人としてではなく、ひとりの男として――。君の話を聞きながら、漠然とそんな印象を持ったんだが、違うかな？」

聞かれて私は考えるまでもなく、こう答えた。「アホか。深く考えすぎ、もしくは週刊誌の読みすぎや。あたしと関谷はただの友だち。妙な勘ぐり、せんといてや」

「そうか——」村崎はそれ以上、深く詮索しなかった。ただ残念そうに首を左右に振ると、彼は話題を変えた。「ところで君、これからどこへいく気だ。関谷耕作のところかい？」

「そや。あたしがあいつから真相を聞きだす。そして、もしヨリ子さんのいったとおりやったら、あたしがあいつを警察に連れてったる。それが友人としての義務やろ」

「なるほど、そうかもしれないな」村崎は深く頷くと、いままでにない真剣な顔を私に向けた。「だったら、僕も一緒にいこう。女性ひとりでは危険な目にあうかもしれないしな。いや、心配はいらない。ここから先は記事にはしないから、安心したまえ。これは取材に協力してくれた君に対する、僕の心からの感謝の気持ちだ」

「え、ホンマ!?」彼の思いがけない厚意に、私は目を丸くする。「ホンマやったら滅茶苦茶ありがたい話やけど——ゴメンな、村崎さん。あんたのこと、そこまで信用でけへん」

「信用しろよ！　こう見えても頼れる男なんだぜ。きっと力になる。僕を信じろ！」

足早に舗道を歩きながら必死で訴える村崎。やがて私は根負けしたように頷いた。

「判った。ほな、信じたる。あんたやなくて、ヨリ子さんを」

「ヨリ子さんを!?」彼は立ち止まり怪訝そうな表情。

私も足を止めて、くるりと後ろを振り返る。古びた店構えの「一服堂」を遥か遠くに見やりながら、私はヨリ子さんの言葉を繰り返した。

「彼女、いうてたやろ。『一服堂』の珈琲を愛する人に、悪い人はいないって――」

ああ、なるほど、と頷く村崎蓮司。そして私は自らの進む道を指差していった。

「――ほな、いこか」

第三話

切りとられた死体の秋

1

〈大事な原稿が片付いたから、これからパーッと呑《の》みにいかないか？〉

誘いのメールを自宅で受け取った俺は、パソコンを前にして、「冗談じゃない！」と呟《つぶや》いた。そっちの原稿は片付いたかもしれないが、俺の原稿はまだ冒頭の三行目を書きはじめたばかりなのだ。「陽気に酒など呑んでいられるか！」

だが、いったんはそう思ったものの、呑みの誘いに滅法《めっぽう》弱い俺は、結局、五行目で自分の原稿を放り出し、相手に返信のメールを送った。

〈ＯＫ！　十分でそっちにいく〉

俺はパソコンの電源を切り、秋モノのセーターを着込むと、肌寒さの増す十一月の街へと飛び出した。時計の針は午後十時の少し前を指していた。

メールをくれた友人の名は東山敦哉《ひがしやまあつや》。俺と同じ四十代半《なか》ばのミステリ作家だ。ここ数年、発表する作品はことごとく話題になり大ヒット。著作の多くが続々と映像化されて、子供からお年寄りまで幅広い読者を獲得している。

そんな彼が世に出たのは、いまから十年とちょっと前。キッカケは某出版社が主催した新人発掘プロジェクトだ。その第一回目において、他の候補作を寄せ付けない評価を獲得して入選を果たし、作家としての幸運なデビューを飾ったのが東山敦哉その人だった。

一方、その翌年、第二回目に応募してほぼ落選決定だったところ、たまたま選考に当たった有名作家が「おおッ、ワシと出身大学が同じじゃが！」と興味を抱き、ただそれだけの理由でギリギリ繰り上げ入選を果たしたのが、この俺、南田五郎《みなみだごろう》というわけだ。ある意味、東山以上の幸運なデビューだといっても過言ではない（ちなみに、某出版社の新人発掘プロジェクトとは、講談社《こうだんしゃ》のメフィスト賞のことではないので、念のため）。

東山敦哉のデビュー作『名前のない密室』は、いきなり大ヒットとはいかなかったが、その後もコンスタントに作品を発表し続けた東山は、徐々にファン層を広げていった。すると、その努力が実を結んだのか、数年前に発表した『密室の中で謎解きを』が大ヒット。多額の印税を手にした彼は、それまで住んでいた中央線沿線の安アパートを引き払い、神奈川県は横須賀《よこすか》市の某所に豪邸を建てた。その豪邸が、俺の自宅から歩いていける近さだったため、俺と東山との個人的な付き合いが始まったというわけだ。

「――にしても、何度見ても凄《すご》い家だな」

冷え込む夜空の下、徒歩で東山邸に到着した俺は、あらためて感嘆の声を漏《も》らしながら、目の前に聳《そび》える建物を見上げた。白亜の豪邸、という呼称がピッタリくる正真正銘のお屋敷だ。しかも東山は、こんな豪邸を自分で建てておきながら、「広い家では執筆に集中できない」などとアホな理屈をつけて、別の場所に仕事部屋としてマンションを借りているのだという。

「まったく、金持ちは考えることが違うよな……」そう呟いた俺は、ふと胸に込み上げてくる感情のままに、「くそ、羨《うらや》ましいぜ」と吐き捨てながら小石を蹴《け》った（たまたま足許《あしもと》に小石があったという稀《け》有《う》な事例だ）。

俺、南田五郎と東山敦哉は共通点が多い。デビューは一年違いながら年齢は同じ。結婚歴ナシ、子供ナシ、現在独身という点もよく似ている。もちろん名前に方角が入っているという点もだ。

だが、その一方で現在の業界での立場は好対照、というか正反対。向こうが《押しも押されもせぬ人気作家》ならば、こちらは《吹けば飛ぶよな泡沫《ほうまつ》作家》。向こうが《白亜の豪邸》の住人なら、こっちの住処《すみか》は《築五十年を経過した木造モルタルの老朽アパート》だ。作風だって全然違う。向こうは《手練《てだれ》のマニアさえも唸《うな》らせるガチガチの本格ミステリ》で、こっちは《初心者の子供さえも呆《あき》れ果てるユルユルのユーモア・ミステリ》だ。いやはや、たった十年足らずでよくもまあ、これほど決定的な差が付いたものだな、と我ながら呆れるしかない。

――ひょっとして、これがアレか!?　近ごろ噂の格差社会というやつか!?

そんなことを思いながらも、やはり金持ちの友人とは仲良くするに越したことはない。打算的な勘定《かんじょう》を胸に、俺は門柱のインターフォンのボタンを押した。

スピーカー越しに東山の声が、「どなた?」と聞いてくる。

「俺だ、南田だ」

短く答えると目の前で、東山邸の巨大な門扉《もんぴ》が国際救助隊の秘密基地の扉のように自動で開いた。門の向こうには待機中のサンダーバード2号の姿――ではなく駐車スペースに車が三台駐車中だった。すべて車好きの東山の愛車だ。だが今夜に限っては、車の出番はないだろう。飲酒運転はご法度《はっと》。人気作家なら、なおさらだ。

俺は真っ直ぐ屋敷の玄関へと向かう。そこにはすでに東山がいて、満面の笑みで俺を迎えた。

「やあ、よくきてくれた。とりあえず中に入れよ」

「なんでだ?　これから呑みにいくんだろ。すぐに出られるんじゃないのか」

「悪いが、これから着替えるんだ。こんな恰好《かっこう》じゃ、夜の街を歩けないもんな」

そういう東山は俺と似たような、しかし確実に俺より上等なセーターを着込んでいる。彼の感覚に従うならば、俺は夜の街を歩いちゃいけないって話になるが、そんな揚《あ》げ足を取るようなことをいっても仕方がないので、俺は表情を変えずにいった。

「そうか。じゃあ、少しだけお邪魔させてもらうとしよう」

俺はたたきで靴を脱ぎながら、広々とした玄関を眺《なが》める。口を衝《つ》いて出るのは、大いなる羨望《せんぼう》と若干《じゃっかん》の疑問の言葉だ。

「まったく凄い家だな。おまえ、こんな家にひとりで住んでるんだろ。なんで誰かと一緒に住まないんだ？　相手ならいるだろうに」

「そうだな。じゃあ、おまえ、俺と一緒に住むか？」

「ははは、なに馬鹿なことを――ハッ」片方だけ靴を脱いだ状態で、俺は数歩後ずさり。扉を背にして疑惑の視線を友人に送った。「お、おまえ、まさか、そっち系か？」

「馬鹿。冗談だ。本気にする奴があるか」

なんだ冗談か。いや、しかし待てよ。本当に冗談かどうかは判《わか》らない。なにしろ東山敦哉は人気作家でお金持ち、しかも年齢のわりに若々しい。知的で繊細な顔立ちは、なかなかのイケメンぶりだし着る物のセンスもいい。当然、女性からはモテるし、浮いた噂もひとつやふたつではない。現在も、とある女性と半同棲みたいな関係にあることは、公然の秘密である。それなのに、ちゃんとした形で女性と同居しないのは、なぜか。そこに《東山敦哉オネエ疑惑》の浮上する余地がある。本人が否定したからといって、疑惑が完全に払拭《ふっしょく》されたことにはならないのだ。

「――気をつけなくちゃな」と自分に言い聞かせる俺。

「何に気をつけるんだ？」と怪訝《けげん》な表情を浮かべる東山。

いやなに、こっちの話――と誤魔化《ごまか》しながら、俺はようやく彼の屋敷に足を踏み入れた。

「とりあえずリビングで待っていてくれないか。すぐに支度《したく》するから」

東山は長い廊下《ろうか》を真っ直ぐ進むと、突き当たりの扉を開け、俺を自慢のリビングに案内した。

そこは間接照明に照らし出された薄暗く落ち着いた空間。広々としたスペースに対面型キッチンやL字形ソファ、大画面テレビなどが配置されている。俺は過去に何度かこの部屋に通されたことがあるので、だいたいの様子は把握《はあく》できている。なので、勝手知ったる他人の家とばかりに、遠慮なくそのリビングに足を踏み入れたのだが――「おっと！」

俺は小さく声をあげて足を止めた。俺の背後で東山も「あッ」と声を漏らす。

薄暗い窓辺に置かれた椅子《いす》。それは普段、東山が疲れを癒《いや》すパーソナル・チェアなのだが、その椅子の上にひとりの女性が座っていた。背もたれを大きくリクライニングさせた状態で、ほぼ寝そべったような姿勢だ。タートルネックの黒いセーターにべージュのスカート。スリムな体型ながら、胸元や腰回りには艶《なまめ》かしいボリュームがある。見事な脚線美を描くその両脚は、椅子の前に置かれたオットマンの上に優雅に投げ出されている。

俺は彼女の顔へと視線を向ける。だが女性は両目を瞑《つむ》ったまま、俺の存在には気付きもしないようだった。どうやら眠っているらしい。俺はその女性の顔を遠目から確認した。

中原冴子《なかはらさえこ》に間違いなかった。

中原冴子は東山敦哉にとってのアシスタント的な存在であり、ときに秘書でもあり、また家政婦のように家事を代行してくれたりもする女性である。しかも彼女の自宅はこの近所にあるため、二人は互いの自宅を行き来する仲。先ほどいった、東山と半同棲みたいな関係にある女性というのが、実はこの中原冴子なのだ。

俺も家が近所なので彼女のことはよく知っている。白い肌に整った目鼻立ち。ツンと澄《す》ました顔にゾクリとするような色気を漂わせた、まさにクールビューティという言葉がピッタリの美女だ。

俺は彼女に視線を向けたまま、友人に対して声を潜《ひそ》めた。

「じゃあ、俺はここで待ってるから、おまえは着替えてこいよ。大丈夫だ。俺は寝ている美女を襲ったりはしないから」

「馬鹿、変なこというな。彼女が起きるだろ。悪いが出てくれ。――いいから早く出ろっての！」

東山は慌《あわ》ててリビングから俺を追い出すと、その扉を静かに閉める。そして廊下を少し戻ったところにある別の扉を開けた。そこは応接室だった。東山は窓辺のソファを俺に勧めると、「じゃあ、俺は着替えてくるから、ここで待っててくれ」と片手を振って出ていった。

手を振るあたりが、「やっぱりオネエっぽい……」と、いまの俺には彼の仕草のすべてがそう思える。「といっても、中原冴子と深い仲なんだから、そう心配することもないか」

俺の中で疑惑が若干修正された、その約十分後――

東山敦哉は細身のジーンズに白いシャツ、その上に黒いジャケットを羽織《はお》りながら、応接室に現れた。

俺たちはリビングに中原冴子ひとりを残したままで、東山邸を出た。

「彼女は留守番か。だけど、急におまえがいなくなってたら、驚くんじゃないのか」

「なに、よくあることだから問題はない。何かあれば携帯に連絡が入るだろうし」

そういって歩き出した東山は、俺の都合などいっさい聞かずに、「鎌倉《かまくら》方面に馴染《なじ》みの店があるんだ。今夜はそこにいこう」と一方的に目的地を決めた。鎌倉はここから横須賀線で何駅かいったところだ。結構、離れた街である。当然、俺は疑問の声をあげた。

「え!? なんで鎌倉なんだよ。近所の呑み屋でいいじゃないか」

「それじゃ、つまんないだろ。なーに、車代は俺が持つからさ」

そういったときには、東山はすでに流しのタクシーを止めていた。仕方なく車に乗り込む俺。こうして俺は、東山とともに秋の夜長を鎌倉で呑み明かすことになったのだった。

2

東山が案内した店は、鎌倉駅から少し離れたところにある「桔梗《ききょう》」というスナックだった。正直、横須賀にいくらでもありそうな平凡な店だったが、東山が常連であることは事実らしい。二人で呑んでいると、これまた常連客らしい大沢明彦《おおさわあきひこ》という名の老人が俺たちの会話に加わった。俺と東山それに大沢氏の三人は、そのまま深夜過ぎまで呑み続けた。

やがて時計の針は一気に飛んで、気がつけば翌朝。

俺は見知らぬ部屋の見知らぬ椅子の上で目覚めた。床の上では大沢氏が派手な鼾《いびき》をかいている。ロングシートの上では、やはり目覚めたばかりの東山が眠そうな目を擦《こす》っていた。

一瞬、訳が判らず顔を見合わせる俺と東山。だが、二人して記憶をたどってみたところ、どうやらここは鎌倉にあるカラオケボックスらしい。昨夜、「桔梗」を出た俺たちは、大沢氏を含めた三人で、このカラオケボックスに流れ込み、そのまま歌ったり呑んだり居眠りしたり。延長延長また延長で、結局朝までこのボックスに居座り続けたらしい。

俺たちは大沢氏を起こして受付で延長料金を精算。ふらつく足取りでカラオケボックスを出た。大沢氏に別れを告げて、二人肩を並べながら鎌倉駅へと歩きはじめる。

すると歩き出して数分が経ったころ、いまさらのように東山が俺に聞いてきた。

「ところで南田、あの大沢明彦氏って何者だ？　おまえの知り合いか？」

「いや、俺は東山の知り合いだと思ってたが、違うのか？」

「俺が知るわけないだろ、あんなジジイ！」

「だったら、俺も知るかっての！」

「…………」

「…………」

どうやら俺たちは知らないジジイ――いや、初対面のお年寄りと一晩、呑んで歌って陽気に過ごしたらしい。大沢氏が悪党なら財布のカネが抜かれているパターンだが、調べてみたところ俺たちの財布は無事だった。ホッと胸を撫《な》で下《お》ろしながら、俺たちは互いに狐《きつね》につままれたような顔を見合わせた。

時刻は午前九時を回っていた。見上げれば、十一月の空は眩《まばゆ》いばかりの秋晴れだ。俺はひんやりとした朝の空気を肺一杯に吸い込みながら、真っ直ぐ背筋を伸ばした。

「酔い覚ましに美味《うま》い珈琲《コーヒー》でも飲みたい気分だな。どこかに喫茶店とかないか」

「喫茶店なら、鎌倉にはたくさんある。この付近にだってあるんじゃないかな」

探してみよう、ということになって、俺と東山は喫茶店を求めて歩き回る。そうするうちに、いつしか俺たちは迷路のような狭い通りに迷い込んでいた。お金持ちのお屋敷や古い民家が立ち並ぶ一角だ。風情《ふぜい》のある街並みは散策には向いているが、喫茶店がある雰囲気《ふんいき》ではない。

「仕方がない。駅前まで戻ろう。そうすりゃスタバかなんかあるだろ」

そういいながら俺が踵《きびす》を返そうとした、次の瞬間——

目の前に建つ古民家風の建物。その玄関の引き戸が「ガラガラッ」と派手な音を立てて開かれた。中から姿を現したのは、エプロンドレスを着た清楚《せいそ》な雰囲気の女性。まるで古風なカフェの女給のような、あるいは英国のお屋敷に仕えるメイドのような、実にクラシックな恰好だ。いくら古都鎌倉といえども、ここまで時代錯誤《さくご》的な装いをした女性はそうそういるものではない。俺と東山は、その女性の姿に思わず釘付けになった。

奇妙なファッションに興味を惹《ひ》かれただけではない。愁《うれ》いを帯びた顔立ち。なで肩で華奢《きゃしゃ》な身体つき。肩のラインで切り揃《そろ》えられた栗色の髪。彼女は道行く中年男性二人の足を止め、その視線を惹きつけるに充分な魅力を備えていた。この女性はいったい何者なのか？

俺は彼女が出てきた玄関に目を向け、そこに掛かった表札を素早く読んだ。

「……『一服堂《いっぷくどう》』か……」

変わった名字だな、と思いながら俺はその名前を記憶の片隅に留めた。

女性は単にゴミを捨てに出ただけのようだった。手にしたゴミ袋を通りの一角にあるゴミ集積所に静かに置くと、再びその玄関へと小走りで戻ってきた。すると——

「あ、ちょっと君！」東山が玄関の手前で彼女を呼び止めた。「えーっと、ここは民家？　それとも喫茶店かなにか？　ひょっとして、いま流行のメイド喫茶とか？」

なるほど。そういう新業態のお店という発想は湧《わ》かなかった。俺は東山の柔軟な発想に舌を巻きながら、エプロンドレスの彼女の答えを待った。

すると、いきなり呼び止められて驚いたのだろうか。彼女は心臓の鼓動《こどう》を抑えようとするかのように、自らの胸に手を当てて不安げな表情。落ち着きのない視線を宙にさまよわせながら、「あの、えっと、その……」と彼女は奇妙なほどの激しい動揺を示した。「あの、その……喫茶店は、喫茶店、に違い、ない、ので、す、が……」

あれ!? 電池切れかな。それとも酸欠でも起こしたの!?

挙動不審《きょどうふしん》な彼女の様子を見て、俺と東山は思わず顔を見合わせる。すると、彼女は何を思ったのか、いきなり玄関のほうを向き、そこに掲《かか》げられた「一服堂」の表札に手を伸ばした。ほっそりとした彼女の指先が表札を摘《つま》み、それをくるりと裏返す。表札の裏側にあったのは、朱色の墨で書かれた意外な三文字だった。

「……『準備中』……!?」

呆《ほう》けたような声で読み上げる俺。一方、彼女は栗色の髪を揺らしながら、

「そそそ、そういうことですので、まままま、またのご来店を!」

と、いきなり定規《じょうぎ》を当てたような直角のお辞儀。そして、もの凄い勢いで引き戸を開けると、エプロンドレスの裾《すそ》を翻《ひるがえ》しながら、逃げ込むように建物の中へと消えていく。

「――あ、ちょっと君!」彼女の背中へなおも呼びかける東山。

だが、その声を強引に遮断《しゃだん》するかのように、引き戸はピシャリと閉じられた。玄関先に取り残された俺たちは、唖然《あぜん》としたまま道端に佇《たたず》むばかりだった。

「『一服堂』って、人の名字じゃないんだな……」俺がいうと、

「ああ、喫茶店の屋号だな、きっと……」東山が頷《うなず》いた。

「一服堂」は喫茶店の名前。では、あの美しい女性の名前は、いったいなんというのだろうか？

そんなことを考えながら、俺と東山は再び鎌倉駅を目指して歩き出したのだった。

3

電車に乗って横須賀に戻った俺たちは、徒歩で東山邸へと戻った。昨夜の十時過ぎに呑みに出掛けてから、約半日ぶりの帰還というわけだ。やがて、通りの向こうに白亜の豪邸が見えはじめたころ、隣を歩く友人の口から、「おや」という呟きが漏れた。

「家の前に誰かいるみたいだな……」

見れば、確かに東山邸の門前には、所在なげに佇む男の姿。グレーというよりネズミ色と呼びたくなるようなヨレヨレの背広を着た、冴《さ》えない感じの男だ。東山は歩く速度を上げて、男の背後に接近すると、「この家になにかご用でも？」といきなり声を掛けた。

背広の男は驚いたように肩を震わせて、慌ててこちらを振り向く。すると男の口から、「あッ」という小さな叫び声。その顔には、たちまち喜びと安堵《あんど》の表情が浮かび上がった。「あなたは東山先生じゃありませんか！　よかった、助かった！」

いったいなにが、助かった、なのか？　警戒するような視線を送る東山を前にして、男は背広のポケットから名刺入れを取り出し、中の一枚を彼へと差し出した。

「初めまして。わたくし講談社の村崎蓮司《むらさきれんじ》と申します」

「あ、そう。ども、東山です」これが人気作家の余裕というやつか。あの『メフィスト』や『週刊現代』などで有名な一流出版社、講談社の人間を前に東山は無愛想なお辞儀をしただけで、さっさと名刺をポケットに仕舞い込んだ。「で、僕になにかご用ですか？」

「ええ。実はわたくしどもの雑誌に、東山先生のエッセイの連載をお願いできないかと……」

「そういった話なら、中原さんが窓口になってくれているはずですけど」

「中原冴子さんですね。ええ、何度か電話でお話をさせていただきました。それで一度、お目に掛かって企画の趣旨をご説明したいと申し上げましたところ、ならば横須賀にきてもらえないかとのことで、こうして馳《は》せ参じたわけなのですが……実際きてみると、どうやらお屋敷には誰もいないらしくて、インターフォンで呼んでも返事がない。約束の時刻は今日の午前十時で間違いないはずなのに、これはどうしたことなのか。そう思って途方に暮れていたというわけなんです」

「ふむ、そういうことですか」東山は首を傾《かし》げながら、自分の家を見やった。「しかし変だな。中原さんなら、家にいると思うんだが」

確かに昨夜、俺と東山が屋敷を出るとき、中原冴子はリビングの椅子の上にいた。あの後、彼女はおそらく東山邸で一夜を過ごしたものと思われるのだが——

「しかし、何度呼んでも返事がありません」と村崎は訴えた。「電話もしてみたんですが、やっぱり誰も出ないようです」

「ん!? 電話にも出ないって。それは変だな」

東山は眉間《みけん》に皺《しわ》を寄せると、素早く自分の携帯を開き中原冴子に掛けた。携帯を耳に押し当てながら、待つこと数十秒。東山は心配そうに携帯を閉じると、「変だ。携帯にも出ない。とにかく家の中を見てみよう。おい南田、おまえも手伝ってくれ」

判った、と短く頷いた俺は、友人とともに東山邸に足を踏み入れた。無駄に部屋数の多い屋敷の中を手分けして見て回る。だが、どの部屋にも中原冴子の姿は見当たらなかった。昨夜、彼女が居眠りしていたリビングのパーソナル・チェアも、いまはもぬけの殻《から》だ。

俺たちは再び屋敷の玄関を出て、そこに待機する村崎に事実を告げた。村崎はますます困惑の表情を露《あらわ》にした。

「うーん、困ったなあ。横須賀まできて、ただで帰るわけにはいかないし……」

「なあ、東山」俺はひとつの可能性を口にした。「中原さんはなんらかの事情があって、自宅のアパートに戻っているんじゃないのか」

「確かに、その可能性は考えられる。だが携帯にも出ないというのは変じゃないか？　自宅にいたって携帯には出られるはずだろ」

「それはそうだが、何か事情があるんだろう。──そうだ村崎さん！　これから僕と一緒に中原さんのアパートを訪ねてみませんか。ここから歩いていける距離ですよ」

俺は村崎に提案する一方で、口を開きかけた友人を黙らせた。

「いや、東山はこなくていい。おまえ、寝不足だろ。ベッドで休んでろ。村崎さんは俺が案内するから」

「ん、そうか!?　まあ、俺としてはそっちのほうが助かるんだが。じゃあ、後のことは南田に任せる。よろしく案内してあげてくれ。──それでいいですね、村山《むらやま》さん？」

「村崎です。講談社の村崎蓮司です！」

村崎は人気作家に対して必死の自己アピール。それから初めて俺のほうに向き直ると、小さく頭を下げた。「では、よろしくお願いしますね、南山《みなみやま》さん」

「南田です！　ミステリ作家の南田五郎です！」

俺は一流出版社の男に対して必死に自己アピールした。

こうして、俺と村崎は中原冴子の自宅へ向けて歩き出した。彼女の住むアパートまでは歩いて十分程度。その間を利用して、俺は講談社の文芸担当編集者と思われる、この村崎蓮司という男に、ミステリ作家南田五郎を売り込むことにした。いうまでもないことだが、自ら案内役を買って出たのも、敢《あ》えて東山敦哉の存在を遠ざけたのも、すべてはこのなりふり構わぬ営業活動を円滑にするためである。

俺は講談社の男に再度アピールした。

「さっきもいいましたが、実は僕もミステリ作家の端くれでしてね」

「そうらしいですね。どういったものをお書きなんでしょうか。代表作といえば？」

「いやあ、代表作と呼べるものは、まだ書いていません。あ、でも構想中の作品ならありますよ。代表作になりそうなやつが。いわゆる安楽《あんらく》椅子探偵モノなんですがね」

といって、俺は構想の一端を彼に披露《ひろう》した。

語り手は難事件に遭遇し頭を抱えるイケメン刑事（大富豪の御曹司《おんぞうし》！）。探偵役は彼のお屋敷で働く住込みのメイド（メガネ美人！）。彼が朝食の席で、傍《かたわ》らに控えるメイドに対して難事件のことを語って聞かせる。すると清楚で礼儀正しいはずの彼女が、なぜか突然使用人としての立場を忘れ、いきなりバシンと食卓を叩《たた》き、「なんば、いいよっと！　こんぐらいの謎が、なんで解けんとね、このアンポンタンが！」

とご主人様を博多《はかた》弁で罵倒《ばとう》しながら、見事な推理力で難事件を解決に導いていく——

「と、まあ、そんなふうな設定の、いままでにないユーモア・ミステリでしてね」

まだ一行も書いていない作品について熱く語る俺。その話を聞きながら、村崎は

「へえ、面白そうですねえ」と多少の興味を持った様子。そして彼は道の半ばで立ち止まると、名刺入れを取り出して、中の一枚を俺に向かって差し出した。「あらためて、挨拶《あいさつ》させてください。わたくし、講談社の村崎と申します」

「やあ、これはどうも、ご丁寧に」よっしゃ、名刺ゲット！

俺は心の中でガッツポーズしながら、恭《うやうや》しく両手で名刺を受け取り、そこに書かれた文字を目で追った。

「ふむふむ、村崎蓮司さん……放談社《ほうだんしゃ》『週刊未来』編集部……ん!?」俺は思わず手の甲で自分の目をゴシゴシと擦る。「放・談・社・『週・刊・未・来』——って、ええい畜生め！」

自らの勘違《かんちが》いを悟った俺は、もらったばかりの名刺をメンコのように路上に叩きつけた。

「講談社じゃなくて、放談社じゃねーか！　くそ、あんた、俺を騙《だま》しやがったな！」

「人聞きの悪いこと、いわないでくださいね。あなたが勝手に勘違いしたんだから」

そういって村崎は地面に叩きつけられた名刺を拾い上げると、再び自分の名刺入れ

に仕舞い込んだ（次に会った誰かに素知らぬ顔で渡すらしい。さすが放談社だ）。

「ところで南田さん、あなたのアイデア、なかなか面白そうだ。今度うちで書きませんか。いや、マジで」

マジで、などというアホな言葉遣《づか》いをする編集者に、大事な原稿を渡したくはない。俺は村崎の申し出をその場で一蹴《いっしゅう》した。「いいえ結構。このアイデアは、いずれどこかの一流出版社で実現する日がきっとあるはず……」

「そうですかあ。残念ですねえ」村崎はアッサリ諦《あきら》め、再び歩き出した。

どうやら自分を売り込む相手を間違えたようだ。俺は肩を落としながら、惰性《だせい》で中原冴子のアパートを目指す。やがて目の前にグレーの外壁を持つ三階建てのアパートが現れた。俺は村崎を引き連れて三階へ。階段を上ってすぐのところに位置するのが、中原冴子の部屋だ。

俺は玄関の脇にあるチャイムのボタンを押した。扉の向こうで澄んだ音色が響きわたる。だが、扉が開く気配はない。何度かチャイムを鳴らしてみたが、結果は同じことだった。

「うーん、やっぱり、誰もいないみたいですねえ」

首を捻《ひね》る俺の目の前で、放談社の男は大胆にも扉のノブに手を掛けた。

「あ、ちょっと、あんた、そんなことしちゃ駄目《だめ》……」

だが俺の制止を振り切るように、村崎は摑《つか》んだノブをぐっと手前に引く。意外にも玄関は施錠されておらず、扉はたやすく開いた。俺は慌てて村崎の行為を窘《たしな》めた。

「いけませんよ、村崎さん。ここ女性の部屋ですよ。怒られますって！」

「ええ、判ってます。でも南田さん、ちょっと変じゃありませんか。ほら、シャワーの音が聞こえていますよね。若い女性が玄関に鍵も掛けずにシャワーを浴びると思いますか？」

いわれてみれば、確かにこれは奇妙なことだ。不安に駆《か》られた俺は、薄く開いた扉から中を覗《のぞ》き込み、恐る恐る住人の名前を呼んでみた。「中原さーん！　いらっしゃいますかー。南田ですけどー。放談社の方をお連れしたんですがー」

だが返ってくる声はなかった。いよいよ変だ。俺と村崎は互いに目と目で頷き合う。次の瞬間、俺と村崎は扉を全開にし、二人して玄関の中へと足を踏み入れた。靴を脱ぎながら、俺は部屋のどこかにいるかもしれない住人に向かって、自らの行為の正当性を必死でアピールした。

「中原さん！　万が一、あなたが急病で動けなくなっていたり、風呂場《ふろば》で倒れていたりしたら大変なので、僕らは勝手に部屋に上がって現状を確認させていただきますけど、悪く思わないでくださいね！　これは必要かつ適切な行動だってことを、どうかご理解くださいね。――上がりますよ。拒絶の意思を示すなら、いまですよ。上がりますね。はい、上がりました！」

「よし、まずは風呂場だ」村崎は廊下の途中にある扉を開けて、中に踏み込んだ。

そこは洗濯機が置かれた脱衣場だ。浴室へと続く引き戸がある。シャワーの音は引き戸の向こう側から聞こえている。俺は意を決して、引き戸に手を掛けると、

「開けますよ、中原さん！　いいですね──えい！」

叫び声を発しながら、一気に引き戸を全開にした。

次の瞬間、俺の視界に飛び込んできたのは、洗い場に横たわる女性の姿。タートルネックの黒いセーターにベージュのスカート。昨夜、確かに見たようなファッションだ。だが、そんな彼女の姿に俺は驚愕《きょうがく》し思わず絶句する。隣では腰を抜かさんばかりの村崎が、「ぎゃあ！」と情けなく悲鳴をあげた。

その女性の胸元からは、刃物の柄《つか》と思《おぼ》しき物体がにょきりと生えていた。

だが、俺たちが心底驚いたのは、実はそのことではなかった。

その女性には首がなかったのだ。おまけに左右の手首から先もない。

壁に掛かったシャワーヘッドから流れ落ちる水は、切断された女性の身体を洗いながら、音を立てて排水口へと流れ続けていた──

4

村崎蓮司が一一〇番に通報する間、俺は風呂場以外の部屋の様子を確認した。

部屋はキッチンと居間が別になった間取り。どちらの部屋も整理整頓が行き届いており、荒らされた様子はない。ただし、キッチンの床の上には赤い血だまりがあった。よく見れば、犯人はそこから風呂場へと至る廊下の床に、点々と赤い血の雫《しずく》が落ちているのが判る。犯人はキッチンで女を刺し、その死体を風呂場に運んだらしい。だとすると、凶器の刃物はキッチンにあった包丁あたりか。だが、首を切断するのは包丁では不可能なはず――

そんなことを考えているうちに、サイレンを鳴らしたパトカーが続々とアパートの前に到着。現場には立入禁止の黄色いテープが張り巡らされ、周辺は物々しい雰囲気に包まれた。

俺と村崎はパトカーの中で待機を命じられ、大人しくその指示に従った。

なにしろ俺たちは変死体の第一発見者なのだ。警察が俺たちを簡単に帰すはずがなかった。俺は後部座席で身をすくめながら時が過ぎるのを待つ。隣に座る雑誌編集者は、そんな俺を横目で見やりながら溜《た》め息《いき》混じりにいった。

「大変なことになりましたねえ」

「ええ。まさか中原さんが、あんな目に遭《あ》うなんて……」

するとすると村崎が何気ない口調で聞いてきた。「では、やはりあれが中原冴子さんなんですね？」

「ん!?　というと……」

「だって、僕は彼女と電話で話をしただけで、実際に会ったことは一度もないんですから。あれが中原さんかどうかなんて、僕に判るわけないじゃありませんか」

「ああ、そういえば、そうか……」

「ちなみに南田さんは、あの首なし死体のどこを見て、あれが中原さんだと断言できるんです？」

「え!?　ちょ、ちょっと待ってくださいよ。そういわれると、僕だって中原さんの顔は知っていても、身体をよく知っているわけじゃないし……だけど、そうだ！　昨夜、中原さんが着ていたのと同じ服を着ているから、あの死体は中原さんですよ。だいいち、中原さんの部屋で死んでいたんだから、あれはやっぱり中原さんなんでしょ？」

「なんでしょ——っていわれても、僕は知りませんよ」

二人の会話は途絶え、後部座席に深い沈黙が舞い降りた。考えてみると確かに、あの風呂場の死体が中原冴子のものであると断定する根拠は、いまのところない。なにしろ首から上の部分と左右の手首が切断されているのだ。しかも切断された首や手は部屋の中には見当たらなかった。おそらく犯人が持ち去ったのだろう。目的はもちろん死体の身許を隠すためだ。

だが、もしそうだとするなら、あれは中原冴子の死体とは別物という可能性のほうが、むしろ高いのではないか。少なくともミステリの定石《じょうせき》どおりなら、そうなるはずだ。一説によると『往年の探偵小説に登場する首なし死体のうち、約八割は当初思われていた被害者とは別人』というデータもあるとかないとかいうことだし……

そんなことを考えていると、俺たちが待機するパトカーのもとに、ひとりの女性が歩み寄ってきた。黒いパンツスーツが良く似合う髪の長い女性だ。引き締まった顔つきは凛々《りり》しく美しく、その分、ちょっと近寄りがたい雰囲気。鋭い視線は職業柄身に付いたものだろうか。明らかに私服刑事と判る彼女は、後部座席の窓を軽くノック。そして俺の隣のスペースに強引に乗り込むと、警察手帳を示しながら滑《なめ》らかな口調で名乗った。

「神奈川県警横須賀署の夕月《ゆうづき》です。いくつか質問をさせていただきます。よろしいですね」

有無《うむ》をいわせぬ態度に、俺は緊張のあまり身を固くする。だが隣に座る雑誌編集者の反応は、実に意外なものだった。村崎は俺の身体を乗り越えるようにして、無理やり女性刑事のほうに自分の顔を近づけると、「——おおッ」と歓喜の叫び声をあげた。

「やっぱりそうだ！　茜《あかね》さん、夕月茜さんだ」なぜか女性刑事のフルネームまで知っている村崎は自分の顔を指差しながら、「ほら、僕だ僕、『週刊未来』の村崎蓮司だ」

すると夕月刑事も記憶を呼び覚まされたのか、鋭い視線を少しだけ和《やわ》らげた。

「あああッ、あなた、あの十字架《じゆうじか》密室殺人事件のときの……」

俺にはよく事情が呑み込めないのだが、どうやら二人は以前にも別の事件で顔を合わせたことがあるらしい。しかし十字架密室殺人事件って、いったいなんだ？

首を捻る俺をよそに、村崎は興奮気味に捲《まく》し立てた。

「いやあ、あの十字架密室殺人事件のルポは大反響でね。『週刊未来』創刊以来の大増刷だったんだよ。おかげで上司からは褒《ほ》められるわ、社長からは金一封が出るわで大騒ぎ。挙句《あげく》の果てに、もっと似たようなルポを書け！　事件がないなら、おまえが起こせ！　なんて編集長にハッパを掛けられたりして、もう大変。でも、そのお陰《かげ》で一介の雑誌記者から念願の編集者になれたんだ。あ、そうだ、新しい名刺を渡しておこう。——はい、これ」

村崎は名刺を一枚、夕月刑事に手渡した。

受け取った彼女はその表面を指で撫でながら、

「ん!? この名刺、なんだか砂埃《すなぼこり》みたいなのが付着しているけど……」

と鋭い感想を口にした。二人のやり取りを傍らで聞いていた俺は、そのどうでもいい内容に業《ごう》を煮やし、夕月刑事に対して怒りの口調でいった。「そんな話は後回しでいいでしょう、刑事さん！ そんなことより何なんですか、その十字架密室殺人事件って！ よく判らないけど、超面白そうな話じゃないですか。僕にも詳しく教えてください。今度書く小説のネタになるかもしれないから。――あ、ちなみに僕、ミステリ作家の南田五郎っていいます。名刺はありませんが」

「あなたこそ、なんの話をしてるんですか！」

狭い車内に夕月刑事の凛《りん》とした声が響き渡る。「いまは過去の事件の話をしている場合じゃありません。目の前の事件を解明することが先決です。いいですね！」

夕月刑事の極めて真っ当な意見に、俺と村崎は揃って頷くしかなかった。

夕月茜刑事は、俺と村崎がいかにして死体発見に至ったのか、その点を質問した。もちろん、俺たちはその経緯を包み隠さずに話した。熱心に耳を傾けていた女性刑事は、「あなたたちの話は、だいたい判ったけれど……」といって、ひとつ素朴《そぼく》な疑問を口にした。「万が一、なんの事件も起こってなくて、お風呂場で中原さんが普通にシャワーを浴びていた場合、いったいどう言い訳するつもりだったの？ きっとタダじゃすまなかったわよ」

「まったく、君のいうとおりだ」と村崎は悪びれる様子もなく、狭い車内に乾いた笑い声を響かせた。「そんときは、こっちの首が飛んでいたかもな、ははは！」

ブラック過ぎる彼の冗談に、さすがの俺も少し引いた。「ふ、不謹慎《ふきんしん》な奴……」

夕月刑事も同様に「サイテーね」と軽蔑《けいべつ》のまなざしを村崎に向けると、そのサイテー男にいきなり尋《たず》ねた。「ところで村崎君、あなた昨夜はどこで何をしてたのかしら」

「おいおい茜さん、いきなり僕を容疑者扱いか。僕が中原さんを殺すわけないだろ」

「いいえ、やりかねない男だわ。あなたは軽はずみなところがあるから」

夕月刑事は一方的に決め付けて、村崎の返答を求めた。「さあ、どうなのよ。いってごらんなさい」

「昨夜なら、僕は出張先の大阪にいたよ。『週刊未来』の今期の目玉企画『あの会社はなぜ潰れないのか？』の取材だ。大阪に、四半世紀にわたって閉店セールを継続中のお店があってね。そこのご主人に話を聞きにいってたんだ。昨夜は大阪のホテルに深夜にチェックインして、今日は早朝の新幹線で新横浜へ。その足で横須賀の東山邸に立ち寄ったたってわけさ」

「証拠はあるの？」

「証拠はないけど、僕が深夜に大阪のホテルを抜け出して、なんらかの移動手段を駆使して横須賀を訪れ、そこで殺人を犯し、同じ夜のうちに大阪にトンボ返りして、今朝、何食わぬ顔でホテルをチェックアウトした——と、本気でそう思うのなら調べてみれば？」

「………」夕月刑事は顎《あご》に手を当てながら、村崎のトンボ返りの可能性を真剣に検討している様子。だが間もなく降参するように頷いた。「判った。いちおう調べてみるけど嘘じゃなさそうね」

「いちおう調べるのか。律儀《りちぎ》だな」皮肉っぽくいうと、村崎はあらためて真剣な表情を刑事に向けた。「ところで、さっき南田さんとも話していたんだが、あの死体は本当に中原冴子さんの死体と考えていいのかい？　どうも僕には怪しいように思えるんだがね」

「その点は、これからの調べを待たないといけないけど、特に問題はないんじゃないかしら」

「だけど、あの死体には首も手首もない。つまり顔が判らず、指紋も採《と》れないってわけだ。それを、どうやって中原冴子本人だと見極めるんだい？」

「それは、現代の科学捜査をもってすれば難しくないはずよ。中原冴子の部屋には彼女の毛髪や爪が残っている。それを調べれば彼女のＤＮＡが判るわ。それと死体のＤＮＡを照合すれば、少なくともあの死体が中原冴子本人かどうかは、確実に判るはずだもの」

「なるほど、ＤＮＡ鑑定か。いまはその手があるんだな」

感心したように頷く村崎の隣で、俺もまた小さな呻《うめ》き声を発していた。

確かに、昭和中期の探偵小説黄金時代と二十一世紀の現代では、時代が大きく違う。顔や指紋を判らなくしたからといって、現代の警察が死体の身許を取り違えてくれる可能性は、ほとんど皆無《かいむ》だ。科学捜査バンザイと叫びたいところだが、そうだとすると、また別の疑念が湧いてくる。その点について、俺は夕月刑事に尋ねた。

「現代の科学捜査を用いれば、死体の取り違えは起こらない。だとすると、なぜ犯人はわざわざ首と手首を切断して持ち去ったんです？　そんなことしても意味がないですよね」

「確かに」と夕月刑事は素直に頷いた。「でも猟奇的殺人というものは、必ずしも合理的に説明の付くものばかりではありません。むしろ傍《はた》から見れば、まったく無意味な行為であることも多い。あまり深く考えても仕方がないように思います。――ところで、南田さん」

美人刑事は鋭い視線を俺に向けた。

「あなたは中原さんとお知り合いなのですね。では、お聞きしますけれど、中原冴子さんに対して強い憎しみや殺意を抱く人物について、心当たりがありますか」

夕月刑事のストレートな問い掛けに、俺は思わずドキリとした。何を隠そうこの俺は、正直いって中原冴子のことがあまり好きではなかった。東山敦哉の身近にいる中原冴子は、売れないミステリ作家南田五郎のことを、どこか見下しているところがあった。単なる被害妄想かもしれないが、実際にそう感じる場面が度々《たびたび》あったのだから仕方がない。そんな彼女のことを「この、クールぶった尻軽女め！」と俺は心の中で罵倒したこともある。その瞬間、俺の心を支配していた悪意。あれは確かに殺意と呼べるものではなかっただろうか。

いや、しかし待てよ――

仮にあれが殺意の一種だったとしても、俺が犯人じゃないことは、俺自身がいちばん良く判っている。馬鹿正直に疑惑を招くような発言をしても、こちらが損をするだけだ。そう思った俺は夕月刑事の問いに、首を捻りながらこう答えた。

「中原さんに殺意を抱く人物ですかあ。いやあ、そんな人、この地球上にいるのかなあ。ちょっと想像つかないですねえ。あんなに綺麗《きれい》で賢くて明るく素直で優しくて、誰からも愛されるような人を、いったい誰が殺したいなんて思うんでしょうねえ」

「あの、南田さん……」夕月刑事は冷たい目で俺を見据《みす》えた。「本当にそう思ってます？」

「え!?」どうやら俺の薄っぺらい言動は、逆に彼女の疑念を招いたらしい。俺は慌てて若干の軌道修正を試みた。「そ、そりゃあ、まあ、逆に優秀だから恨まれるってこともありますよね。彼女は綺麗な人だったから、言い寄ってくる男性も多かったでしょうし……」

「たとえば、あなたも？」

「いえ、僕はあの手の女、嫌いですから」いけね、ハッキリ嫌いっていっちゃった！慌てた俺は咄嗟《とっさ》に話を変えた。「そ、それにたぶんこれは話しても問題ないと思うんですが、僕の友人、東山敦哉と中原さんは仕事の関係を超えた男女の仲にありました。僕は友人の付き合っている女性に、ちょっかい出すような男ではありませんよ」

「そんなに、嫌いだったんですか、彼女のことが？」

「だから、違いますって！」俺は隣の女性刑事に懸命に訴えた。「刑事さん、ひょっとして僕のこと疑ってます？　だとしたら見当違いですよ」

「――というと？」

「昨夜、僕は東山の自宅で中原さんと会ったんです。ええ、確かに中原さんは東山邸のリビングにいました。椅子に座って寝ていましたね。僕と東山は中原さんをそのままにして屋敷を出ました。そして鎌倉のスナックに呑みに出かけたんです。そこで大沢明彦氏と一緒になって……」

「ん、大沢明彦氏って何者ですか？」

夕月刑事は新たな人物の登場に戸惑った様子。だが、その点については俺も首を傾げるしかない。

「さあ、誰なんでしょうね、大沢明彦氏って。実は僕もよく知らないんですけど、まあ、事件とは直接関係のない人物、ミステリでいうところの『善意の第三者』ですよ。スナックで偶然一緒になっただけのオジサンです。僕はその大沢氏や東山と一緒に深夜まで呑み、その後は朝までカラオケボックスに入り浸《びた》っていたわけです。だから間違いないでしょ。鎌倉で酔っ払ってる僕が、ひとりでこっそり呑みの席を抜け出し、横須賀に舞い戻って中原さんを殺したなんて絶対にあり得ない。そんなことする動機がないし、機会もない。スナックのママさんやカラオケボックスの店員さんと防犯カメラ、大沢氏や東山敦哉が僕の証人です。これでもまだ僕のことを疑いますか、刑事さん」

俺の堂々たる主張に、夕月刑事は降参したように肩を落とした。

「いちおう確認してみますが、その様子だと、どうやら間違いはないようですね」

「もちろんですとも。どこにも嘘偽りはありませんよ」

「ということは、東山敦哉氏についても同様にアリバイが成立する――そういうことですね」

――ん!? そうか、そういうことになるのか。

一瞬の躊躇《ためら》いの後、俺は夕月刑事に向かって、しっかりと頷いた。

「ええ、もちろんそうですとも。東山も僕と同様、犯人ではあり得ません！」

5

中原冴子の切断された手首が発見されたのは、彼女の死体が発見された翌日のことだった。

場所は被害者のアパートから歩いていける距離にある公園。掻《か》き集められた落ち葉の山の中に、女性のものと思われる左手首が埋もれていた。発見したのは、公園を散歩中の七十代男性。正確にいうならば、彼の連れていた愛犬が落ち葉の中に顔を突っ込み、その中に隠された異物を発見したらしい。いきなり他人の手首を目の当《ま》たりにした老人は、「ぎゃあ！」と悲鳴をあげて恐怖に震え、一方、連れていた犬は「ウゥー、ワン！」とひと声鳴いて、目の前のそれにガブリと喰《く》らいついたそうだ。人間にとっては恐怖を呼び起こす死体の一部分も、犬にとっては美味そうな骨付き肉に見えたのかもしれない。

「――ていうか、もちろん切断された手首は《骨付き肉》そのものなんですがね」

と『週刊未来』の編集者、村崎蓮司はまたしても笑えないジョークを口にして、俺をゲンナリさせる。俺は口に運びかけた珈琲カップを受け皿に戻すと、抗議の視線を彼に向けた。

「あのー、不謹慎っていうかなんていうか、あなた、なんだか妙に猟奇殺人慣れしてませんか？」

「は、はは、猟奇殺人慣れですか。なるほど確かに、そうかもしれない」

村崎は乾いた笑い声をあげて、美味そうに自分の珈琲を啜《すす》った。

場所は俺の自宅から程近い喫茶店。その端っこの席で、俺と村崎は向かい合って座っていた。村崎は雑誌にルポを載せるために、今回の事件について取材を進めているのだ。なるほど、センセーショナルな事件モノを得意とする『週刊未来』なら、今回の猟奇的殺人事件を見逃すはずはない。編集者が死体の第一発見者であるなら、なおさらのことだ。

ただし、こっちだってミステリ作家の端くれ。今回の事件には人並み以上の関心がある。なので村崎に対しては「取材に応じる代わりに、あんたの知っている情報も寄越せ」という交換条件を付けた。お陰で俺は村崎の口から、手首発見に至る詳細を聞かせてもらえたというわけだ。

村崎の話はさらに続いた。

「そんなわけで、驚いた老人は携帯電話から一一〇番に通報。すぐさま公園を中心とする一帯で、大規模な捜索が開始されましてね……」

するとその日のうちに、左手の発見現場から少し離れた花壇の植え込みで、今度は指輪を嵌《は》めた女性の右手首が見つかった。犬の歯型のついた左手首と、指輪を嵌めた右手首。それらはアパートの風呂場で見つかった死体から切りとられたものに違いなかった。両手首が発見されたなら、残るは女性の頭部のみ。捜査員たちは、失われた頭部を求めて懸命の捜索活動を続けた――

「で、その頭部なんですがね。今日の午前中に、ようやく見つかったそうですよ」

と村崎は声を潜めていった。これは、まだメディアにも載っていない極秘情報だ。思わず身を乗り出す俺に、村崎は続けていった。

「場所は被害者のアパートからそう離れていない住宅街。その一角に空き家が一軒ありましてね。無人のはずの庭先で妙にカラスが騒いでいる。それを見たお巡りさんが不審に思って調べたところ、空き家の庭先に転がっていたそうなんですね、女性の生首が」

「そうですか」俺は頷きながら頭の中で日めくりカレンダーの枚数を数える。「僕らが死体を発見したあの日から、今日で三日目。これでようやく切断された死体のパーツが、すべて揃ったってわけですね」

そこで俺はあらためて根本的な疑問を村崎にぶつけてみた。「結局、あの死体は中原冴子のもので間違いないんですね？」

「ええ、その点は確認が取れたようですよ。ＤＮＡ鑑定の結果もそうですけど、発見された頭部を見ても——まあ多少、腐敗は進んでいたようですが——それが中原さんの顔であることは疑いの余地がなかったそうです」

「ちなみに聞きますが、それは誰から聞いた情報ですか？　他の『週刊未来』の記者とか？」

「違います。夕月茜刑事から直接聞きだした情報です」

「ああ、あの綺麗な刑事さん。だったら信用できそうですね」

「だったら、とは酷《ひど》いですね、南田さん。『週刊未来』の独自取材だって馬鹿にしたものではありませんよ。——そう、それで南田さんに話を伺《うかが》おうと思って、今日はここまで足を運んだんです。さあ、今度は僕が南田さんから話を聞かせていただく番ですからね」

村崎は獲物を狙《ねら》う猟犬のような視線を俺に向けた。俺はタジタジとなりながら、

「はあ、それは構いませんけど、いまさら僕に何を聞きたいというのですか？」

見当も付かず首を傾げる俺に、村崎はいきなり、こう問い掛けてきた。

「南田さんは、ユリアって名前の女性に心当たりはありませんか？」

「——ユリア!?」

ユリアという名前を聞いて、脳裏に思い浮かぶ女性は、ひとりしかいない。だが、そのことを口にして大丈夫だろうか。俺が結構な年齢になるまで、『少年ジャンプ』の愛読者だったことがバレてしまわないだろうか。それにそもそも、村崎がこの場面で『北斗《ほくと》の拳《けん》』の話題を持ち出すとも考えにくい。慎重に判断した結果、俺は首を大きく左右に振った。

「知りませんねえ。誰ですか——ていうか何者です、それ？　ユリアっていうぐらいだから外国人？　それともモデルの芸名？　ひょっとしてキャバ嬢の源氏名とか？」

「いえ、正直なところ、名前以外のことはよく判っていません。東山敦哉氏が親しくしている女性らしいのですが」

「ん!?　東山には中原冴子の他に、違う女がいたってこと!?」

「まあ、そうです。だけどハッキリとした正体が摑めなくて困ってるんですよ。南田さんは東山氏と親交が深いようだから、何かご存じなんじゃないかと思って話を聞きにきたんですが」

「そうですか。でもユリアなんて洒落《しゃれ》た名前の女性は、僕も知らないな。東山がそんな金髪の美女と付き合っているなんて話は聞いたことがない」

「べつにユリアが金髪の美女だなんて、僕はひと言もいっていませんよ。それと『北斗の拳』のユリアなら金髪じゃなくて黒髪ですよ」

「え!? あ、ああ、そうでしたっけ」なんだ、こいつも結構な年になるまで『ジャンプ』を読んでいた口か。俺は多少ホッとしながら、「しかし、東山には中原冴子という美人の恋人がいる。それと二股かけるのなら、やはりそのユリアって女も中原冴子と張り合える程度の美人なのでは?　髪の毛の色はともかくとして……」

「なるほど。確かにその可能性は高い。でも、実際には彼女のことを見た人がほとんどいないんですよね。だから美人かどうか、年齢がいくつかさえも判らない。ユリアはいわば謎の女性です」

「ふーん。だけど見た人がいないなら、どこからそのユリアという名前が出てきたんです?」

「それが、名前だけは何人もの人が聞いているんですよ。大抵は、酒の席で酔っ払った東山氏の口から、その名前がポロッと出るらしいんですが。『ユリアが待っているから帰る』とか『俺のユリアが云々《うんぬん》……』とか、そんな感じでね。どう思いますか、これ?」

「どう思いますかって——ひょっとして彼、ユリアっていう名前の猫でも飼っているんじゃありませんか。あるいは犬かもしれないけど」

「ありそうな話です。ところが、東山氏は犬も猫も飼ってはいない。いや、犬猫に限らず、彼はペットの類《たぐい》を可愛がるタイプではないらしい。違いますか?」

「ふむ、確かにそのとおりですね。――でも、ちょっと待ってくださいよ、村崎さん。そのユリアって女が、仮に東山のもうひとりの恋人だとして、それがどうしたっていうんですか？」

「おや、南田さん、ミステリ作家のくせに意外と鈍いですね。ユリアが東山氏のもうひとりの恋人だとすれば、ユリアには中原冴子を殺害する動機があるということになるじゃありませんか。ユリアにとって中原冴子は、いわば恋敵ってことですから」

「ふーん、なるほどねえ。中原冴子を亡き者にすれば、ユリアちゃんは愛する東山敦哉を独占できるってわけかあ。でもユリアちゃんがそんな恐ろしい真似《まね》するかなあ」

「するかなあ――って知ってるんですか、ユリアのことを⁉」

「あ、いや、知りませんけどね。でも、きっと若い女の子でしょ。できますかねえ、恋敵を殺害して、その首と手首を切断するなんて荒業《あらわざ》が。途中で失神しちゃうんじゃないの？」

「いやいや、判りませんよ」村崎は首を左右に振る。「女の子だからって甘く見ちゃいけません。ユリアちゃんだって、やるときゃやる娘《こ》ですよ」

「…………」あんたこそ、知ってんのか、ユリアのことを！

冷ややかな視線を向ける俺の前で、村崎は「うーん」と呻き声を発して腕を組む。

俺はといえば、彼の語るユリアという女性の存在に、いまひとつ信憑性《しんぴょうせい》を感じられない。ひょっとすると、それは実在しない人物なのではあるまいか。例えば小説の中の登場人物とか。

――ん、待てよ！

思いがけない閃《ひらめ》きに、俺はふと考え込んだ。あり得ない話ではない。東山敦哉は作家なのだ。作中の人物をユリアと名付けることもあるだろう。東山が口にしたという『ユリアが待っているから帰る』という台詞《せりふ》は、すなわち『ユリアの物語の続きを書かなくてはならないから帰る』というような意味だったのではないか。この考えに手ごたえを感じた俺は、村崎に向かってズバリといった。

「ユリアっていう女性は、東山が作り出した架空《かくう》の人物なんじゃありませんか？」

「いや、それはないと思いますよ」どういうわけだか村崎は俺の意見をアッサリ否定して、こう続けた。「さっき僕、ユリアを見た人が、『ほとんどいない』っていいましたよね」

「ああ、そういえば――ってことは、ユリアを目撃した人物も多少は存在するってことですか」

「まあ、それが本当にユリアかどうか、よく判りませんけどね」

「というと？」

「東山氏は自宅近くのマンションに仕事部屋を借りて、普段そこで執筆されていますよね」

「ええ。僕はそっちの部屋にはいったことがないけど、確かにそう聞いています」

「その仕事部屋の隣の部屋の住人が、一度だけ見たらしいんですよ、ユリアと思われる女性の姿を。その人は男性会社員なんですが、とある夜にベランダでひとり煙草《たばこ》を吹かしていたらしいんですね。すると隣の部屋のベランダから、甘い囁《ささや》き声が聞こえてきたらしいんですよ。猫なで声というのでしょうか。男が女を口説《くど》くような声です。そんな声がお隣から聞こえてきたなら、どう思いますか、南田さん？　お隣さんは、いったいどんな女を可愛がっているのかと、当然気になるところですよね」

「ええ、当然気になるところです」

「女の顔を見たくなりませんか？」

「女の顔を見たくなりますよね！」

俺と村崎の見解は珍しくピタリと一致した。村崎は先を続けた。

「それで、その会社員の男性は、隣のベランダを覗いたらしいんですよ。ほら、マンションのベランダって部屋ごとに薄い板で仕切ってあるでしょ。あの板の向こうをこっそり覗き込んだんですね。すると、そこにはテーブルを挟んで洒落た椅子が二脚あって、男と女が向かい合うように座っていたそうです。男はもちろん東山氏だったのですが、女がどういう人物なのかは、その会社員にも判らなかったようです。女は会社員のほうに背中を向けて座っていたものですから」

「後ろ姿しか見えなかったってわけですね。だったら、その女性は中原冴子だったのかもしれませんよ。東山は仕事部屋のベランダで中原冴子と寛《くつろ》いでいた。おかしくない話ですよね」

「ところが、どうも違うようなんです。なぜなら、その女は薄いピンクのワンピース姿。しかも袖《そで》や裾の部分をヒラヒラしたレースで贅沢《ぜいたく》に飾っていました。長い髪の毛は薄《う》っすらと茶色く染めた感じ。それを大きな白いリボンで束《たば》ねていたそうです。

――いかがですか、南田さん？　僕は中原冴子を直接知りませんが、どうも話に聞く彼女のイメージからは、かけ離れたタイプの女性だと思うんですがね」

「ううむ、確かにそれは中原冴子とは別人ですね。あのクールビューティがそんな少女趣味の恰好をするとは、ちょっと想像できません。ふむ、ピンクのワンピースに茶色い髪に白いリボンか……なるほど、確かにそれは中原冴子じゃなく、ユリアちゃんっぽいな……」

呟きながら、俺は心の中で自分自身に激しくツッコミを入れた。

――おい南田五郎！　おまえ、ユリアちゃんの何を知ってんだよ！

そんなこんなで互いの情報交換を終えた俺と村崎は、一緒に店を出た。するとそのとき、出入口に置かれた喫茶店の看板を眺めながら、村崎がふと思い出したように口を開いた。

「そういえば、鎌倉駅から少し離れたあたりに、面白い喫茶店がありましてね」

「へえ、美味いんですか、その店？」

「いや、珈琲の味は普通。ていうか、専門店としては少し物足りないくらいですね」

それじゃ駄目じゃん、と肩透かしされた表情の俺に、村崎はさらに続けた。

「ただし、店を切り盛りする女主人――バリスタというのかもしれませんが――彼女がなかなかの才女でしてね。いい勘してるというか閃きがあるというか、とにかく鋭いところがある。僕も以前、事件モノのルポを書いたときに、何度か彼女の知恵を借りたものです」

「ひょっとして、この前いっていた『十字架密室殺人事件』とか？」

「ええ、あるいは農家の老人が納屋《なや》で磔《はりつけ》にされた殺人事件なんてのも、ありましたっけ」

「な、なるほど……」どうりで、この男、猟奇殺人慣れしているわけだな！

俺は若干の興味を抱いて彼に尋ねた。「その店、僕もいってみたいな。なんていう店です？」

「うーん、店名をいっても探し出せるかどうか」村崎は不安な顔つきになりながら、その名を口にした。「純喫茶『一服堂』っていう店なんですが、看板が非常に判りづらいんですよねえ」

「え!?」俺は思わず小さく声をあげた。判りづらい看板の「一服堂」といえば、なんだか記憶があるような——そうだ、あの店じゃないか!

心の中で呟きながら、俺はあの日に偶然出会った、エプロンドレスのよく似合う清楚な美女の姿を、自らの脳裏に鮮やかに思い描いていた。

6

〈気晴らしにパーッとやらないか? 明日の夜に、また鎌倉でどうだ?〉

都合の良いことに、というべきだろうか。「一服堂」の評判を聞いた、その日の夜に東山敦哉から俺の携帯にメールがあった。例によって呑みの誘いだ。まあ、呑みたくなる彼の気持ちは判らないでもない。中原冴子を失った東山は、それだけでも充分精神的なダメージを受けたはず。その上、被害者と深い関係にあるという立場上、警察からは疑いの目で見られてしまい、そこそこ不愉快《ふゆかい》な思いをしたとも聞く。

もちろん、この俺に中原冴子殺害が不可能であるのと同様に、東山にも犯行は不可能なわけで、彼の容疑は現在ではすっかり晴れている。呑みにいくことには、なんの問題もない。俺はさっそく返信した。

〈待ち合わせは、午後六時。場所は例の『一服堂』っていう喫茶店でどうだ？〉

すると東山からの返信は、こんな具合。

〈ＯＫだ。それにしても、おまえ、よっぽどメイド好きなんだな。引くわー〉

――メイドではない、バリスタだ！

俺は東山のメールの文面に向かって、そう呟いた。

そんなわけで翌日、俺は横須賀線の電車に揺られて鎌倉へと向かった。約束の午後六時よりもかなり早い時刻に鎌倉駅に到着。夕刻の駅前は大勢の観光客で、まだまだ結構な賑《にぎ》わいを見せていた。修学旅行の中高生らしき制服の一団。小旗を持ったガイドさんに先導されて移動するお年寄りの集団。外国人観光客の姿も目に付く。だが駅前の喧騒《けんそう》から逃れるようにしばらく歩くと、やがて観光客の姿もまばらになり、あたりは古都鎌倉らしい落ち着いた雰囲気へと変化した。

静かな街並みを進むと、やがて見覚えのある古民家風の建物にたどり着く。玄関脇に掲げられた独特の看板――何度見ても表札にしか見えないが――それをあらためて確認。そこには確かに「一服堂」の文字が読める。時間も時間だし、さすがに今日は『準備中』ではないらしい。

はやる気持ちを落ち着かせるように息を吐くと、俺は玄関の引き戸に手を掛け、それを一気に開け放った。「ご、ごめんくださーい」

馬鹿か、俺は！　喫茶店に入るのに、「ごめんください」なんていう必要がどこにある。客として堂々と入ればいいだけの話だ。そう思い直した俺は、ぐっと顔を上げて悠然と店内を見回した。

そこは薄暗い間接照明に照らし出されたシックで落ち着いた空間。趣《おもむき》のある黒光りする柱と白い壁。天井《てんじよう》には太い梁《はり》が走っている。足許は土間になっていて、いかにも古い民家にお邪魔したかのような錯覚を覚える。だが、確かにここは喫茶店に違いない。狭い店内は、焙煎《ばいせん》された珈琲豆特有の香ばしい薫りで満たされていた。

店内はテーブル席とカウンター席の二種類。カウンター席には珈琲カップを手にする若い女性の姿があった。

太めのダメージジーンズにフリースの黄色いパーカー。お世辞にも綺麗とはいえないスニーカーを履《は》いたラフなスタイルの女性だ。髪は短く、顔立ちはボーイッシュ。中性的な魅力を秘めてはいるが、俺のお目当ての女性ではない。

俺は美人バリスタの姿を求めて、カウンターの向こう側へと視線をやった。すると次の瞬間、「――あれ!?」

俺は思わず目を疑った。

そこには確かにクラシックなエプロンドレスを着た女性店員の姿があった。だが、彼女が俺のお目当てとする美人バリスタであるか否かは、よく判らない。なぜなら、彼女は客である俺のほうに背中を向けたまま、自分は壁のほうを真っ直ぐ向いていたからだ。おかげで俺は客であるにもかかわらず、彼女から「いらっしゃいませー」の言葉さえ、かけてもらっていない。

「…………」よく見ると、彼女の背中は小刻みにブルブルと震えていた。

間の抜けた沈黙が狭い店内に舞い降りる。そのぎこちない雰囲気にいたたまれなくなったのか、カウンター席に座るパーカーの女性が「ゴホン」とひとつ咳払《せきばら》い。そして彼女は壁を向いたエプロンドレスの背中に、結構キツメの関西弁で囁いた。

「ちょっと……ヨリ子はん……ヨリ子はんって……気付いてはると思うけど、お客さんやで、お客さん！」

だが、注意を促《うなが》す彼女の声を無視するように、ヨリ子さんと呼ばれた女性は、なおもこちらを振り向こうとはしない。そんな彼女の態度に業を煮やしたのか、関西弁の女は「ああ、もう、えーかげんにしーや！」と苛立《いらだ》たしげに席を立つと、自らカウンターの中へと足を踏み入れていった。

「ええか、ヨリ子はん、『一服堂』にはあんたしかいてへんのやから、あんたがお客さんの相手するしかないんやで！　あんたの代わりは、どこにもいてへんねんで！」

「いいえ、無理ですわ」ヨリ子さんは駄々をこねる少女のような素振りで、髪を揺らして首を振った。「わたくしには無理ですッ、絶対無理ッ、無理無理無理無理……」

「無理ってなんやねん！　ほら、せっかくのお客さん、帰ってまうやんかぁ」

俺は来店した早々、帰る気なんてないのだが……帰ったほうがいいのだろうか？

そんなふうに迷っていると、どうやらヨリ子さんも決心が付いたらしい。大きく深呼吸した彼女は、小学生が体育の時間にするような回れ右。ようやくこちらを振り向くと、この世でもっとも恥ずかしい言葉を口にするかのように、耳まで真っ赤にしながら、店員として当然の挨拶を口にした。

「いい、いらいら、いらっしゃいませ〜〜〜ッ！」

すると俺もなんだか申し訳ない気分になって、「ど、どうも。急にお邪魔してしまって」と妙なことを口走りながら頭を下げる。——急にお邪魔って何だよ！　ここって予約制の店か！

そんな俺に対して関西弁の女が「ほら、お兄さんは、そこに座りやー」とカウンターの椅子を勧める。続けて彼女はヨリ子さんに指示を与えた。「ほらほら、ヨリ子はんは、まずお客さんにお冷《ひや》を出して、それから注文を取る」

いったい誰がこの店の主人なのか？　首を捻りながら、俺は勧められた椅子に腰を下ろした。

カウンター越しにヨリ子さんがコップの水を差し出し、震える声で注文を取る。

「……ブブブ、ブレンド珈琲で、よ、よろしいですよね？」

「あんたが決めて、どーすんねん！　お客さんに選ばせたりやー」

「いえいえ、僕ならブレンド珈琲でも全然構いませんから……」

「なんで、あんたが遠慮してんねん！　客なら客らしくせんかーい！」

じゃあ、マンデリンのストレート珈琲を——と多少こだわった注文を口にすると、ヨリ子さんは「ママママ、マンデリンですかッ」と頼りない反応。そして慌ててポットに水を入れると、まずはお湯から沸《わ》かしはじめた。随分、段取りの悪い喫茶店だな、と俺は呆れる。

「まったく、誰も彼もヨリ子はんを、甘やかしすぎやねん」と憤《いきどお》りながら、関西弁の女はカウンターの自分の席に戻る。そんな彼女に俺は同じカウンター席から問い掛けた。

「そういう君は、いったい何者？　この店の人かい？」

「あたし!?　いいや、あたしは『一服堂』の単なる常連客や。そう見えるやろ？」

いや正直、客には見えない。悠然とカウンター席で珈琲を飲みながら、時給五百円の気弱な店員を叱り飛ばしてコキ使う強欲な関西人店長のように見えるのだが、違うのだろうか？

するとの疑念を察したように、女は自分の胸に手を当てて名乗った。

「あたし、天童美幸《てんどうみゆき》。葉山《はやま》町のガソリンスタンドで看板娘として働く、ごくごく普通のお姉さんや。この店の人間やないよ。この店の人間はヨリ子はんだけ。彼女がこの『一服堂』のオーナーであり店長であり、ただひとりのバリスタっちゅうわけや。けど見てのとおり、ヨリ子はんは極度の人見知り。おかげで初対面のお客さんとはまともなコミュニケーションがでけへん。そやから、あたしが出しゃばって、せっかくのお客さんを逃さんようにしてやってるちゅうわけ。——納得したか、お兄さん？」

「なるほどね」いちおう納得だ、その《お兄さん》呼ばわり以外は。そして俺は胸に浮かんだ素朴な疑問を彼女にぶつけた。「人見知りは仕方ないけど、それで客商売が成立するのかい？」

すると天童美幸は、口で説明するまでもない、とばかりに店内を両手で示した。

「よう、見てみーな。客商売が成立してるように見えるか？」

「い、いや、そうは見えないな……」

狭い店内に客は俺と彼女の二人きり。三つあるテーブル席には誰も座っていない。閑古鳥《かんこどり》が鳴く、と形容しても差し支《つか》えない空間には、お湯を沸かすポットの音が虚しく響くばかり。

この店はなぜ潰れないのか——『週刊未来』が取材しにきそうな店である。

「ところで、あたしも名乗ったんやから、お兄さんも名前ぐらい教えてーな」

彼女の要求はもっともだ。遅ればせながら俺は自分の名前と職業を告げた。すると彼女はたちまち目を丸くしながら、「なんやて！　あんたがミステリ作家の南田五郎かいな！」

「え、知ってるの、僕の名前!?」

「いいや、知らん。初耳や」

お約束のボケを決めると、天童美幸はしてやったりの表情を浮かべ、自分の珈琲をひと啜り。それからふいに真面目な顔に戻っていった。「ミステリいうたら、例の横須賀の猟奇殺人、ようやく被害者の首が発見されたみたいやな」

「あ、ああ、昨日のニュースでやってたやつね」俺は無表情を装いながら頷く。

「そういや、殺された女の人、とある有名ミステリ作家のアシスタント的な人やったらしいって、ネットで噂になってたわ。あ、ひょっとして、その女の人、南田五郎はんのアシスタン……トなわけないかッ！」天童美幸はいきなり俺の肩をバシンと叩くと、陽気な笑い声をあげた。「だって、お兄さん、《有名ミステリ作家》ちゃうもんな、うひゃひゃひゃ！」

「…………」畜生！　なんで初対面の女に、ここまで本当のことをズバズバいわれなくちゃならないんだ！

理不尽な屈辱に震えながらも、まさしく俺はその猟奇殺人のことを話題にするために、この店を訪れたのだということを思い出す。俺は平静を装って、事実を口にした。

「ネットで話題の有名ミステリ作家というのは、僕の友人、東山敦哉のことだ。もうしばらくすれば彼、ここにくるよ。この店で待ち合わせてるんだ」

「なんやて！　有名ミステリ作家の東山敦哉先生が、ここにいらっしゃるやて！」

「へえ、さすがに彼の名前は知ってるんだな」

「いいや、知らん。やっぱり初耳や」

キッパリ首を振る天童美幸。俺は思わず椅子の上からズルリと滑り落ちた。

――なんだよ、この女！　ボケっていうより本気で知らねーんだな！

心の中で呟きながら、俺はあらためてカウンターの椅子に腰掛ける。そんな俺を横目で見ながら、「お兄さん、なかなか、ええコケっぷりしてはるなー」と天童美幸は初めて感心した様子。そして彼女はいきなり俺に絶好のパスを出してくれた。

「なあ、お兄さん、その有名ミステリ作家の友達ちゅうことは、あんた、ひょっとして話題の猟奇殺人について、かなり詳しいんと違う？　もし、いろいろ知ってるんやったら、ここで話してみたらええわ。ヨリ子はんが、名前どおりの安楽椅子探偵ぶりを発揮してくれるかもしれへんから」

「え!?　ああ、確かに僕はその事件に詳しい。もちろん、ここで話すのも構わない

——だけど『名前どおりの安楽椅子探偵』って、どういう意味だい？」

「そのまんまの意味や。ヨリ子はんの名字が『安楽』やねん。——『安楽死』の『安楽』や」

なぜ、その不吉な三文字を引き合いに出すのか。ゲンナリする俺の隣で、さらに彼女は空中に指先で文字を書きながら説明した。「でな、下の名前がヨリ子なんやけど、ヨリ子の『ヨリ』は木偏に奇跡の『奇』って書くねん。あたしのいうてること、判る？」

「ん!?　待て待て、『安楽』に『木』偏に『奇』の字で……最後に『子』だよな」

俺はカウンターの上に指先でその四文字を書いて読んでみた。

「安楽……椅……子!?」

意外な事実に驚いた俺は、いままさにポットのお湯を挽《ひ》いた珈琲豆の上に落とそうとする美人バリスタに対して、大声で尋ねた。「ほ、本当ですか。『安楽椅子』と書いて『アンラクヨリコ』。それがあなたの本名だというんですか、ヨリ子さん！」

だが、俺の質問は唐突過ぎたようだ。

次の瞬間、ヨリ子さんの口からは「きゃあ！」という恐怖の悲鳴があがり、その手は激しく震え、ドリッパーは音を立てて倒れ、珈琲の粉末は散乱し、ポットからは大量のお湯が流れ落ちた。カウンターの向こうで激しい蒸気がモクモクと立ち昇り、珈琲の芳醇《ほうじゅん》な薫りが無意味にあたりを満たす。そんな中、ヨリ子さんこと安楽椅子は恥じらうような笑みを浮かべながら、「はい、わたくし安楽椅子と申します」と丁寧に頭を下げた。

そして彼女は立ち昇る湯気《ゆげ》の中で、申し訳なさそうに付け加えた。

「あの、お客様の珈琲、もう一度、淹《い》れなおしますわね……」

それから数分後――。ようやく俺の目の前に薫り高い珈琲が差し出された。備前焼《びぜんやき》と思しき珈琲カップから、琥珀《こはく》の液体をひと口啜る。瞬間、俺は村崎蓮司の言葉が嘘や誇張ではないことを思い知った。ヨリ子さんの淹れた珈琲は、まさしく普通だった。専門店としては物足りない。凡庸《ぼんよう》な俺の舌がそう感じるほどに、ごくごく当たり前の味である。

だが俺は美味い珈琲を欲して、この店を訪れたのではない。要は事件解決のキッカケなりヒントなりを摑めれば、それでいいのだ。そう割り切った俺は物足りない珈琲を口にしながら、中原冴子殺害事件の詳細について語った。聞き役は隣に座る天童美幸。だが本当に俺が話を聞かせたいと思うのは、カウンターの中の安楽椅子さんだ。

その肝心のヨリ子さんは、背の高い椅子（残念ながら安楽椅子ではない）にちょこんとお尻を乗せた状態で、まるで居眠りするかのように目を閉じてジッとしている。

俺は自分の話が彼女の耳に届いていることを祈りながら、事件の話をひと通り語り終えた。

「——どうだろう、なにか感想は？」

すると天童美幸は「うーむ」と深い唸り声を発して、意外な言葉を口にした。

「まさか『週刊未来』の村崎蓮司が今回の事件に一枚噛《か》んでいたとは驚きや。世間は狭いもんやなあ」

驚きのポイントはそこか!?　と首を傾げる俺。聞けば天童美幸自身、以前に村崎から取材を受けた経験があるのだとか。なるほど確かに、世間は思ったよりも狭くできているらしい。

「で、君はどう思う？　村崎がいうように、この事件、ユリアという女性が恋敵である中原冴子を殺害した事件なのだろうか。それとも別の誰かが起こした事件なのか。いや、それよりなにより、犯人はなぜ死体の頭部と両手首を切断して持ち出すような真似をしたのか。結局その点がどうも判らないんだ」

「そやな。まあ、普通に考えるなら、死体の頭部と手首を持ち出すのは、被害者の身許を誤魔化すためや。死体を誰か別人のものと入れ替えるトリックとか。けれど今回に限って、それはない。ちゅうことは……アレやな！」

「ん、アレっていうと!?」

「アレいうたらアレや。近ごろ話題の最新式セキュリティ・システム。専用の読み取り機に片方の手をかざして個体を識別するやつ――静脈ナンチャラ認証ナンチャラとかいうやつや！」

「ナンチャラが多いな！」だが、彼女のいいたいことは判る。正式名称は俺も知らないが、映画などで度々見かけるハイテク装置だ。「要するに、あのナンチャラ・システムだな」

「静脈認証システムですわ」カウンターの向こうから助け舟を出してくれたのはヨリ子さんだ。俺たちのフワフワした会話を聞いていられなくなったのだろう。「最近では暗証番号に代わるものとして、銀行などでも導入するところが増えてきましたわ」

「そう、それや」天童美幸が嬉しそうに手を叩く。「犯人は死体の頭部と手首を持ち去った。あたしら凡人は、どうしても頭部、つまり顔がないことに注目してしまう。けど、犯人の狙いは顔ではなくて手のほう。犯人は中原冴子の手首が欲しかったんや。切りとった手首を使って、犯人はその静脈ナンチャラ……」

「静脈認証システムだ」

「そう、そのセキュリティをくぐり抜けて、中原冴子の預金を密《ひそ》かに引き出そうとした。それが犯人の目的やったんと違うやろか」

「なるほど。だが、ちょっと待てよ。もし彼女の預金を引き出すのなら、手首の他に当然、通帳とかカードとか必要になるよな。だが、そんなものは盗まれていない。被害者の部屋は荒らされていないんだ。だいいち、ATMコーナーや銀行窓口で死人の手首なんか持ち出してみろ。大変なことになるぞ。ああいった場所は確実に監視カメラがあるからな。こっそり預金を引き出すなんて、きっと無理だ」

「ほな、銀行やなくて他の施設だとしたら？　隠し金庫とか秘密の研究室とか、そういうところのセキュリティを突破するために、犯人は死体の手首が必要やった」

「うーん、しかし中原冴子は大金持ちでも科学者でもない。単なる小説家の助手みたいな存在に過ぎないんだ。隠し金庫や秘密の研究室には縁がないはず。――ふむ、そう考えていくと、なんらかのセキュリティを突破するために死体の手首を持ち去ったという発想は、話としては面白いけれど、あまり現実的じゃないような気がするな」

「アカンか。ほな、なんやっちゅうねん？」

「死体の切断には大した意味はなくて、警察の捜査を攪乱《かくらん》するための単なる目くらましに過ぎないんじゃないか――って、前に東山がそういっていたけどな」

「ふーん、一個もオモロいところのない平凡な考えやな。ところでその東山って人、ホンマに信用してええの？　その人、被害者と深い仲なんやろ。それなら別れ話がこじれて、ついカッとなって彼女を刺した――なんてことも、充分あり得る話やと思うけど」

「もちろん、警察だって東山のことを疑ったようだ。けれど、彼は犯人じゃない。説明したように、あの事件の夜、俺と東山は一緒に呑みに出かけていたんだ。そして中原冴子が殺害されたのは、俺たちが東山邸を出発した後のことだ。東山が犯人であるはずが……」

と、そこまで俺がいったとき、突然カウンターの向こうで「パリン！」と乾いた衝撃音。驚いて立ちあがりカウンターの向こうを覗き見ると、そこには珈琲カップを手にしながらワナワナと震えるヨリ子さんの姿。その両目はカッとばかりに大きく見開かれ、黒水晶のような眸《ひとみ》は何もない空中を見詰《みつ》めている。彼女の足許には割れた受け皿の破片が散乱していた。

――ひょっとして彼女が割ったのか？

俺は強い不安を胸にして尋ねた。

「どうしたんですか、ヨリ子さん、そんな怖い顔して……」

するとヨリ子さんは、「どうしたもこうしたもありませんわ！」と、ひと声叫ぶや否や、手にした珈琲カップを土間にぶん投げて、見事にこれも破壊。「ガチャーン！」と再び大きな衝撃音が響く中、ヨリ子さんは髪を振り乱しながら「薄いんですの！　まったく薄すぎますわ！」といって苛立たしげに土間を靴の踵《かかと》で踏み鳴らす。

清楚で控えめなヨリ子さんの意外すぎる豹変《ひょうへん》振りに、俺は思わず絶句。

そんな俺をカウンター越しに真っ直ぐ指差しながら、ヨリ子さんはさらに語気を強めてこう叫んだ。

「なんですの、黙って聞いていれば、その薄味な推理は！　薄い、まったく薄すぎます！　まるで、この『一服堂』の珈琲のようですわ！」

7

「出た！　ヨリ子はんの、訳の判らん自虐的ツッコミ！」

なぜか天童美幸が歓声をあげて身を乗り出す。「こらぁ、目が離せへん展開やなー」

「…………」なにがなにやらサッパリの俺は、冷静を装いながら椅子に腰を落ち着ける。そして目の前の珈琲をひと口飲んで頷いた。「ふむ、最初にひと口飲んだときから、この店の珈琲はいまひとつ物足りないと感じていたが、なるほど確かに、この珈琲はちょっと薄いのかもしれない。ひょっとして豆をケチっているんですか、ヨリ子さん？」

「まあ、とんだ濡《ぬ》れ衣《ぎぬ》ですわ」ヨリ子さんは不満げに口を尖《とが》らせた。「わたくし、豆をケチってなどおりませんの。うちの珈琲は、もともとこういう薄味なのですわ」

「ん!?　なんか、開き直ってませんか!?」

「開き直ってなどおりませんわ。珈琲の味は様々だと申し上げておりますの」

「そうですか」俺は悠然と頷くと、新たなる一杯を注文した。「ならば、もっと濃厚な珈琲を淹れていただけませんか。ドスンと舌に響き、ガツンと喉《のど》を刺激するようなやつを」

「ええ、ご所望とあらば淹れて差し上げますわ。ただし、あまりの濃さに胃を悪くしても知りませんわよ」

どんな珈琲やねん！　と天童美幸は呆れ顔。しかし、ヨリ子さんはすぐさま棚の奥からとっておきの珈琲の粉を取り出すと、それをペーパーフィルターの上に大量投入。その上に熱々のポットのお湯を丁寧に注《そそ》いでいく。するとたちまち、いままで嗅《か》いだことのないような濃厚なアロマが店内をいっぱいに満たしていった。やがて――

「お待たせいたしましたわね。完成いたしましたわよ」

妙に喧嘩《けんか》腰のヨリ子さんが、まるで毒でも飲ませるかのような殺気を漂わせながら、俺と天童美幸の前にそれぞれの珈琲を差し出した。

「どうぞ、お召し上がりくださいな」

珈琲は漆黒の闇を思わせる黒。俺は恐る恐るカップを手に取り、その液体をひと口啜る。たちまち、むせ返るような強烈な味が口の中に広がり、俺は思わず椅子から立ち上がった。

「むうぅ！　なんという濃厚で深みのある味わい。コクがあるのにキレはない！」

「なんやねん、それ!?」天童美幸は判りづらそうな顔で自分の珈琲をひと口啜る。たちまち彼女も俺と同様に椅子から立ち上がった。「ホンマや！　たったひと口飲んだだけの珈琲の味が、いつまで経っても口の中に纏《まと》わりつくように残ってるわ！」

「だが、不味《まず》くはない！」

「そや、むしろ美味い！」

「いや、そもそも美味いとか不味いとか、そんなレベルではない。この珈琲、まさに恐るべき逸品。飲めば胃もたれ必至の一杯だ。ううむ、この世にこれほどエグい珈琲が存在するとは……」

俺は湯気を立てる究極の一杯を見詰めながら、ハタと気付いて顔を上げた。

「だが待てよ。考えてみれば、僕は濃厚な珈琲を欲しているのではなかった。ええっと、なんだっけ――そうだ、ヨリ子さん！」俺はカウンターの向こうに立つ美人バリスタに、あらためて挑発的な視線を投げた。「あなた、僕の推理を薄味だと酷評しましたね。そこまでいうなら、聞かせてもらおうじゃありませんか。あなたの濃厚な推理ってやつを」

「いいですとも。望むところですわ」

先ほどまでのオドオドした《人見知り女王》の面影はどこへやら。いまや自信に満ちた表情のヨリ子さんは、強気な視線で俺を見やった。

「南田さん、あなたはご自分に犯行が不可能であるのと同様に、東山氏にも犯行は不可能だったと、決め付けていらっしゃいますわね。ですが、果たして本当にそうですかしら？」

「そりゃそうですとも。東山に中原冴子が殺せたはずがない。いや、もう少し厳密にいいましょう。ひょっとすると東山にも殺すチャンスはあったかもしれない。たとえば、彼は出かける直前にひとりで応接室を出ていった。外出用の身支度を整えるためです。僕は十分間ほど、応接室にひとりで残された。そのとき東山が密かにリビングに向かい、眠っている中原冴子を刺し殺す。そういうことは可能だったかもしれない。しかしです——」

俺はカウンター越しにヨリ子さんを見据えていった。

「ご存じのとおり、中原冴子の死体は彼女のアパートの風呂場から発見されたのですよ。東山が自宅のリビングで彼女を殺害したとして、その死体を彼女のアパートまで運ぶことはできない。なぜなら、東山は着替えを済ませると、すぐに応接室に戻ってきて、その後はずっと朝まで僕と一緒に鎌倉にいたのですからね」

いかがですか、と俺は視線で問い掛ける。

だが、ヨリ子さんは悠然と首を横に振った。

「残念ながら、その安易な思い込みこそが、薄味だと申し上げているのですわ。まるで、この『一服堂』の凡庸極まる珈琲のように」

「だから、その凡庸極まる珈琲を淹れてるのは、あなた自身でしょーが！」

なにいってんだ、この人は！　彼女の無茶苦茶な言い草に、俺はすっかり呆れ顔。

そんな俺にヨリ子さんは冷ややかな声で問い掛けた。

「なぜ、南田さんはリビングにいた中原さんが、そのときまだ生きていたとお考えになりますの？　そのとき、あなたがご覧になった中原さんは、もうすでに物言わぬ存在だったと、なぜお気付きになられないのです？」

ヨリ子さんの口から飛び出した衝撃発言。

俺は思わず言葉に詰まり表情を強張《こわば》らせた。

「も、物言わぬ……って、まさか！　あのリビングにいた中原冴子が……あの椅子に座って静かに眠っているように見えた彼女が……すでに死んでいたと……あれが死体だったと、そういうんですか、ヨリ子さん！」

んなアホな！　と隣で天童美幸も目を丸くする。だがヨリ子さんは涼しい表情だ。

「それでは、お尋ねしますが、南田さんは椅子の上の中原さんを間近でご覧になりましたの？」

「い、いや、居眠りする女性の姿を間近でジロジロ見るようなことは、もちろんしませんよ。その場には東山もいたのですから、なおさらそんな真似はできない。僕はリビングの入口から、薄暗い窓辺に座る彼女の姿を眺めただけ……」

「では、中原さんの寝息を聞きましたか。あるいは、彼女が椅子の上で身動きするような瞬間を見ましたか？」

「いや、寝息なんて気にしていなかったし、身動きする場面も見なかった。そもそも僕はあのリビングに、ほんの僅《わず》かな時間しかいなかったですから……」

「東山氏がすぐにリビングを出るように指示したからですわ。そして、あなたはそれに従った。だから、あなたは彼女の様子を詳しく観察することができなかった。違いますか？」

「た、確かに東山は僕をすぐにリビングから追い出した。恋人の寝姿を他人に見せたくないと思うのは、男としては当然の心理と思ったんだが……いや、しかし、そんな馬鹿な！　あれがすでに殺された中原冴子の姿だったなんて！」

あまりの恐怖に俺は身体を震わせる。だが、すぐに俺はひとつの矛盾《むじゅん》に気が付き、冷静さを取り戻した。

「でも、待ってくださいよ、ヨリ子さん。あなたの仮説は面白いけど、やっぱり変だ。筋が通らない。仮にリビングの椅子の上にあったのが、中原冴子の死体だったとしましょう。それでも、東山に犯行が不可能だったことに変わりはない。だってそうじゃありませんか。東山はリビングの死体を、どうやって、どのタイミングで彼女のアパートまで運ぶんです？　ね、結局、この疑問に戻ってってしまう。やっぱり無理だ。東山は犯人ではない」

「いいえ、アパートまで死体を運ぶ必要はありませんわ。殺人はもともと中原さんのアパートでおこなわれた。殺害現場はキッチンでしょう。犯人は死体を風呂場に運び、そこで死体の切断をおこなった。そして頭部と手首を失った死体は、そのまま風呂場に放置されたのです。その点に関しては、現場を見て南田さんが推測されたとおりですわ。ただし、お忘れではございませんよね。現場からは、死体の生首が持ち去られているということを」

「な、生首……」俺はゴクリと唾《つば》を呑み込んだ。そしてヨリ子さんがいわんとする可能性に、俺はようやく気が付いた。「で、では……僕がリビングで見た中原冴子の顔……あれが死体から切りとられた生首だったというのですか！」

「当然、考えられるべき可能性ではありませんこと？　東山氏は死体の生首を用いて、すでに死んでいる被害者が、まだ存命であるかのように見せかけた。そうすることによって、彼は自らを容疑の圏外に置こうとした。そのように考えれば、死体の首が持ち去られている謎も、上手に説明が付くというものですわ」

淡々とした口調で語るヨリ子さん。だが、彼女の提示する推理を到底受け入れることのできない俺は、激しく首を左右に振った。

「あり得ない。だいいち椅子の上の死体――いや、死体かどうかはまだ判らないけど――とにかく椅子に座る女性には胴体があった。脚も手もあった。ちゃんと首から下が付いていたんですよ」

「そうおっしゃいますが、南田さん、あなたはその女性の首と胴体のつなぎ目を確認しましたか。いいえ、確認できなかったはずですわ。なぜなら、あなたの話によれば、椅子に座る中原さんはタートルネックのセーター姿。彼女の首元は、セーターの生地ですっぽり覆い隠されていたのですから」

「そ、それは確かにそうですが。――では仮に椅子に座った中原冴子の顔が、死体から切りとられた生首だったとしましょう。じゃあ、あの首から下はいったい何だったんですか。被害者の胴体は彼女のアパートの風呂場に放置されていたはずですよね」

「ええ、そのはずですわ」

「じゃあ、僕が見た女性の胴体はなんだったんですか。手も脚もちゃんと生えていた、あの胴体は、いったい誰のものなんですか。まさか、ヨリ子さん、首のない胴体が他にもうひとつあった、なんて言い出すんじゃないでしょうね」

「ところが、現実はそのまさかですわ」

耳を疑うような言葉をヨリ子さんはサラリといってのけた。「あなたがリビングで見た中原さんの首から下は、彼女の身体ではありません。中原さんのものとは違う身体に、中原さんの服を着せて、本人であるかのように見せかけてあったのですわ」

「そ、そんな馬鹿な。それはない。リビングの女は黒いタートルネックのセーターにベージュのスカートを穿《は》いていた。そして、風呂場の死体も同じ服を着ていた。中原冴子の死体は服を脱がされてはいないんですよ」

「死体の服を脱がせる必要はありませんわ。中原さんは東山氏の自宅で半同棲中だったとのこと。ということは、おそらく東山邸のクローゼットの中にも中原さんの服が相当数、置いてあったものと思われますわ。東山氏はその中から死体が着ていたものと似たような服を選び出し、中原さんとは違う身体に着せた。そうやって中原さんそっくりに見せかけた身体に、東山氏は本物の中原さんの生首を載せたのです。いかがでございましょう？　これを離れたところから一瞬眺めれば、まるで中原冴子さん本人が、椅子の上で居眠りしているように見えるのではありませんか」

ヨリ子さんの推理に、天童美幸が腕組みしながら頷いた。

「なるほどなー。首は本人、身体は別人。つまり、いま流行のハイブリッドちゅうわけかいなー」

そんな馬鹿な。最新の自動車じゃあるまいに！

俺は自らを落ち着けるように珈琲をひと口啜ると、再び顔を上げてヨリ子さんを見やった。

「判りました。そこまで確信を持っておっしゃるなら、ぜひ聞かせていただきましょう。中原冴子の生首を載せられた身体、要するに首から下の部分は、いったい誰なのですか？」

「当然、それは若い女性の身体に違いありませんわね。ならば該当する人物は、ひとりしかおりませんわ。南田さんも、わたくしと同じ名前を思い浮かべていらっしゃるのではありませんか？」

「うッ、確かに、該当する女性はただひとり」

図星を指された俺は、呻くようにその名を口にした。「……ユリアですね」

ヨリ子さんはカウンター越しに俺を見詰めて、「そのとおりですわ」と頷く。静まり返る店内。すると、その静寂を打ち破るように、狭い店内に突然、荒々しい男の声が響き渡った。

「勝手な憶測を語るのは、それぐらいにしてもらいましょうか」

俺は咄嗟に声のするほうに顔を向ける。黒いジャケット姿の男が、玄関の引き戸を背にしながら立っていた。驚きのあまり俺は思わず声を震わせた。

「ひ、東山！　な、なぜ、おまえがここに！」

「馬鹿か。ここで待ち合わせようって、おまえがいったんだろ」

あ、そうだった……

思わず時刻を確認する俺。時計の針は約束の六時を指していた。

「一服堂」の店内に大股で踏み込んできた東山敦哉は、不機嫌そうな眸であたりを眺め回すと、怒りを押し殺したような低い声でいった。

「――話はおおよそ聞かせてもらった」

「どこで聞いてたんや？」と天童美幸が素朴なツッコミ。「玄関の外？　暇やなー」

しかし東山は彼女の関西弁を無視すると、店の中央付近まで悠然と歩を進めた。

「どうやら中原冴子を殺したのは、この俺なんだってな。――おい、そこのヨリ子さんとやら！」勢いよくカウンターの向こう側を指差した東山は、次の瞬間、悔しそうに地団太《じだんだ》を踏みながら叫び声をあげた。「おいコラ、どこ見てるんだ。壁のほう向いてないで、こっちを見ろよ！」

「すすす、すみません。わたくし、しょしょしょ、初対面の方は苦手ですの。だだだ、男性の方は特に……」

「ふざけるな！　他人のことを殺人犯呼ばわりしといて、いまさら人見知りもへったくれもないだろーが！」

「そや、この人のいうとおりや、ヨリ子はん。いまは人見知りしてる場合やない。ここは勇気を振り絞って、凶悪な殺人鬼と直接対決する場面やで」

「こら、誰が殺人鬼だ！」

東山が天童美幸の発言に食って掛かる。「俺は中原冴子を殺していない。ふん、ヨリ子さんとやらの推理によれば、リビングの椅子に座っていた女は、首は中原冴子で身体はユリアという女だそうだな。ならば聞かせていただこうか。ユリアとは、どこのどいつなんだ？　俺はその女を殺したのか？　いつ、どこで、どうやって？　ユリアの家族や友人は彼女がいなくなって、なぜ黙っているんだ？」

「だから、いま俺がそのことをヨリ子さんに尋ねようとしたら、おまえが割り込んできたんじゃないか」と俺は友人に強く抗議した。「悪いけど、話の腰を折らないでくれるか、東山」

「馬鹿か、おまえ！　わざわざ誰かに聞くまでもないだろ。よく考えろ、南田。ユリアなんて女、最初からいないんだよ。俺の彼女は中原冴子ひとりに決まってるじゃないか」

「じゃあ、やっぱりユリアは架空の女なのか？　おまえが造り上げた空想の人物？　ひょっとして物語の中の登場人物とか？」

「まあ、そんなようなものだ。実際には作品にもなっていないがな。ユリアというのは、いわば構想段階のヒロインの名前だな。べつに、おかしな話じゃないだろ。南田だって作家なんだから、頭の中で新しいキャラクターを造り上げることはあるよな。酒に酔えば、その名前をまるで実在の人物のように口にすることもあり得ることだ。

——おい、ヨリ子さん」

東山は再びカウンターの向こう側に顔を向けると、挑みかかるような目でいった。

「あんた、この俺が構想中のヒロインの身体をリビングの椅子に座らせたというのかい？　その上、その胴体に中原冴子の生首を載っけたと？　ははは、馬鹿も休み休みいうんだな。実在する女性の生首と、架空の女性の首とを、どうやって挿《す》げ替えられるっていうんだい？」

「なんや、コイツ、妙に腹立つ奴やなー」憤りを露にする天童美幸。

確かに東山の言い草は癇《かん》に障《さわ》る。コイツ絶対真犯人だな、と俺は密かに確信した。

そんな彼に一矢《いっし》報いんとばかりに、さっきまで壁際で震えていたヨリ子さんが、ついに顔を上げた。彼女はカウンターを回り込んで俺たちのいる土間に出てくると、勇気を奮《ふる》って東山の顔を正面から見据えた。

「では、お聞きいたしますが、あなたの仕事部屋のお隣さんが見たという、フリフリのワンピースを着た女性というのは、いったいどなたですの？」

「それはもちろん中原冴子だよ。ああ見えて、彼女は少女っぽいファッションをするのが結構好きでね。二人っきりのときには、ときどきそういう恰好をして楽しんでいたのさ」

「とかなんとかいうて、ホンマはあんたの趣味なんとちゃうかー？　嫌がる中原さんに無理やり、着せてたんとちゃうんかいなー？　そういう趣味の作家、結構いてるみたいやでー」

「ば、馬鹿か君は！　くだらない勘ぐりはよせ」東山は大いに慌てながら天童美幸の疑惑を否定した。「いずれにしても、お隣さんが見たのはユリアじゃなくて中原冴子だ。ユリアなんて女はそもそも存在しないんだからな。さあ、これで判っただろ」

「なるほど、よく判りましたわ。ユリアは存在しない。あなたのおっしゃるとおりですわ」ヨリ子さんは、なんらかの確信を得た様子で頷いた。「――それで東山さん、あなたは、これからどうなさるおつもりですの？」

「どうなさるって、べつにどうもしないさ。約束どおり、これから南田と呑みにいくだけだ」

「警察にいって洗いざらい罪を打ち明け、懺悔《ざんげ》するおつもりはございませんの？　あなたは良心の呵責《かしやく》をお感じにはなりませんの？」

「なにい、懺悔だと!?　良心の呵責だと!?」東山は呆れたように首を左右に振って肩をすくめた。「おいおいヨリ子さん、証拠がないからって、俺の良心に訴えかけて自白させようっていう魂胆《こんたん》かい？　ははは、それじゃあ安楽椅子探偵どころか、まるで人情派のベテラン刑事さんのやり方だな。だいたい、なんだって俺が良心の呵責を感じて、懺悔しなくちゃならないんだよ」

「いうまでもありません。愛する女性を手に掛けた、その罪に対する良心の呵責。その罪に対する懺悔ですわ」

「馬鹿な！」東山は吐き捨てるようにいった。「俺は中原冴子を殺していない。それからもうひとつ、この際だから敢えて教えておこう。俺は中原冴子を愛したことなど一度もない。だから殺された彼女は確かに可哀想《かわいそう》だが、それだけのことだ。彼女が生きようが死のうが、俺の良心が痛むことはない。——残念だったね、ヨリ子さん。どうやら君は俺と彼女との仲を読み違えていたようだ」

「いいえ、残念なのは、あなたのほうですわ、東山敦哉さん」

「なにい」東山が目を剝《む》く。「どういうことだ！」

「わたくし、中原冴子さんのことなど、最初から問題にしておりませんの。わたくしが申し上げているのは、あなたの心から愛する女性についてのことですわ。あなたに最高の安らぎを与え、あなたの心と身体を癒し、その日々に潤いをもたらした最愛の女性。にもかかわらず、あなたは自らの犯した殺人を隠蔽《いんぺい》するために、つまりは自分の保身のためだけに、その最愛の女性の首をハネた。そのことについて、あなたの良心は痛まないのか。わたくしはそのことを聞いているのですわ」

シンと静まり返った「一服堂」の店内。強張った表情を浮かべたまま、なぜか東山は微動だにしない。ヨリ子さんはそんな彼の様子を冷たい目で見詰めながら、

「東山敦哉さん――」

といって彼の顔面を真っ直ぐ指差すと、容赦なくその男の罪を告発した。

「あなたは最愛の女性、スーパーリアルドールのユリアちゃんの首をハネましたね!」

8

「一服堂」の狭い店内にヨリ子さんの凛とした声が響く。それは古い壁や柱に反響し、俺の耳にもこだまのように鳴り響いた。

驚きと戸惑いが広がる中、俺は恐る恐る口を開く。

「あの、ヨリ子さん、いまなんとおっしゃいました!? スーパーリアルドール!? ドールってことは……つまりユリアって女性の正体は……お人形ってことですか」

ヨリ子さんは何事もないかのように真っ直ぐ頷いた。「ええ、お人形ですわ」

「いやいやいやいや、ちょっと待ってください、ヨリ子さん」呆れ果てた俺は、半笑いになりながら顔の前で手を振った。「仮にそれが事実だったとしても、所詮《しょせん》、相手

は人形じゃありませんか。そんなことで東山の良心が痛むなんてこと、期待するほうがどうかして――わあああぁぁぁッ！」

ふと顔を横に向けた視線の先。告発を受けた東山敦哉は、自らの罪の重さに耐えかねたかのように膝《ひざ》を屈し、ついには敗残兵のごとく四つん這《ば》いになった。その姿を目の当たりにして、俺は思わず驚きの声をあげた。「刺さってる――ッ！　ヨリ子さんの言葉が鋭い刃物のように彼の心に突き刺さってる――ッ！」

「ホ、ホンマや――ッ！　けど、なんでやねん！　たかが人形ぐらいで、なんでそうなるね――ん！」

戸惑う俺たちを前にしながら、ヨリ子さんは変わらぬ口調で説明した。

「たかが人形、されど人形ですわ。それを愛好する者にとって、人形は人格を持つ実在の人間と同じ。もちろん法律上は、自らの所有する人形の首をハネたところで、なんの罪にも問われることはございません。――が、しかし！　たとえ、この世の法が許そうとも、東山氏自身にとって、それは許されざる行為であったはず。わたくしは、そんな彼の良心に訴えましたの。結果は思ったとおりでしたわ」

ヨリ子さんは僅かに勝ち誇るような笑みを浮かべた。

「それにスーパーリアルドールは、ただのお人形ではございませんのよ。色も形も肌触りもすべて本物の女性そっくりに造られた、文字どおり超リアルな人形ですわ」

「あたしも『週刊未来』の広告欄で見たことあるわ。要するに最新技術で造られたダッ○ワイフやな」

天童美幸の口から飛び出す身も蓋《ふた》もない発言。するとたちまち、東山の抗議の声が低いところから響いた。「そういう言い方をするな！　俺は彼女をそういうふうに使ったことは一度もない」

「…………」ならば、そういう使い方もできるのだな、と俺は理解した。

俺は東山に哀れむような視線を向けながら、あらためてヨリ子さんに聞いた。

「結局、東山は何をどうやったんでしょうか」

「さあ、詳しいことは東山氏自身の口から明らかにされると思うのですが」

そう前置きしてから、ヨリ子さんは自らの推理を語った。「事件の夜、東山氏は中原さんと一緒に、彼女のアパートにいたのでしょう。そこで二人の間に諍《いさか》いが起こった。諍いのキッカケはユリアちゃんでしょう。おそらく——というか間違いなく、東山氏はユリアちゃんの存在を中原さんには隠していたはずです。そのためにユリアちゃんは自宅ではなく、仕事部屋に置かれていたのですわ。中原さんは東山氏と半同棲中で、彼の自宅にも頻繁に出入りする関係でしたから」

「そうか、それで判った。東山が自宅のほかに、わざわざ仕事部屋を必要としたのは、執筆のためというより、むしろユリアちゃんの存在を隠すためだったんですね。

しかしユリアちゃんの噂は、中原冴子の耳にも届いた。そして彼女はユリアちゃんを実在する女性だと勘違いした──」

「充分あり得ることだと思いますわ。中原さんはユリアちゃんに嫉妬《しっと》して、東山氏に詰め寄った。二人の間で諍いが起こり、カッとなった東山氏はキッチンにあった包丁を手にして中原さんの胸を刺して殺してしまった」

「犯行は突発的なものだったわけですね」

「ええ、計画的犯行ではありませんわ。そのことはアリバイの証人として、急遽《きゅうきょ》、南田さんが東山邸に呼び出されたことからも判ります。もし南田さんが誘いを断ったならば、他の誰かが同じ役割を担《にな》っていたはずですわ」

「なるほど。では、アリバイ作りの具体的な手順は？」

「東山氏は中原さんを殺害した後、とりあえず死体を風呂場に運んだのでしょう。そして死体を切断するための刃物を調達しにいきます。どこで調達したのか、それはわたくしにも判りませんが、仕事部屋か自宅にあったものを用いたのだろうと思います。お店で購入すると、足がつきやすいですからね。刃物を調達した東山氏は、車で中原さんのアパートに戻り、風呂場で死体を切断。切りとった首と手首を袋に詰めて、今度は仕事部屋へ。そこにあるユリアちゃんを運び出して、車に乗せて自宅に戻ります。そこで彼はユリアちゃんのフリフリのワンピースを脱がせて、代わりに中原さんが着ていたのと似たような服を着せたのですわ」

「タートルネックのセーターとベージュのスカート、といった具合ですね」

「はい。そうする一方で、東山氏はユリアちゃんの首を切断。その身体に中原さんの生首を挿げ替えて、粘着テープでぐるぐる巻きにして固定します。接着面は、もちろんタートルネックで覆い隠したのでしょう。そうやって出来上がったハイブリッドな死体――胴体は人形、顔は生首――それを彼はリビングの椅子に座らせたのです。そしてそこに、用意された目撃者である南田さんが、誘いを受けてやってきた、というわけです」

「僕は椅子の上を見て、そこで中原冴子が居眠りしていると思い込んだ」

「そういうことですわ。東山氏はすぐに南田さんをリビングから追い出します。そして応接室に南田さんを残して、彼は再びリビングに戻りました。彼は椅子の上のハイブリッドな死体を抱え上げて、それを目に付きにくいどこかべつの場所――和室の押入れでも、クローゼットの中でもどこでもいいのですが――適当な場所にいったん隠しました。もちろん椅子の上が血で汚れているようなら、それも綺麗に拭《ふ》き取ったでしょう。そうやって後始末を終えた東山氏は、急いで外出用のお洒落な服に着替えて、何食わぬ顔で応接室に戻ってきた、というわけです。それから後のことは、もはや説明の必要もございませんわね」

俺は黙って頷いた。確かに説明されなくても判る。俺を上手に騙した東山は、その後、俺と呑み明かし、自分のアリバイを完璧なものとしたわけだ。そして翌朝、東山邸に戻った俺たちは、そこで『週刊未来』の村崎蓮司と遭遇する。村崎は中原冴子を探していた。そこで俺は、彼女のアパートにいってみようと提案した。東山にとっては渡りに舟だったはずだ。彼は中原冴子の死体を誰かに発見してもらいたいと願っていたのだから。

そして結果は東山の期待どおり。俺は村崎とともに死体を発見した。

「第一発見者となった僕は、警察から疑いの目で見られる。当然のように僕は、昨夜、東山と一緒だったというアリバイを主張する。取りも直さず、それは僕自身が東山のアリバイを主張してやることだった。お陰で東山は容疑の網から免《まぬが》れることができた。そういうことだったんですね」

俺の言葉にヨリ子さんは黙って頷く。すると天童美幸が質問の声をあげた。

「ほな、手首を切断したことに意味はなかった。あれは単なるカムフラージュやったんやな」

「そういうことですわ。首だけを切断したのでは、自然とそこに注目が集まってしまう。しかし首と両手首を一緒に持ち去れば、いかにも身許を誤魔化すための作為であるかのように見えますわ。もちろん、天童さんがおっしゃったような手首の使い方を連想する捜査官も、きっといることでしょう」

「ナンチャラ認証システムやな」

「ええ。でも、それはあくまで捜査を攪乱するための小細工。東山氏にとって本当に必要だったのは、中原さんの生首だけだったのですわ。その生首と両手首は死体発見の翌日に、東山氏自身が密かに捨てて回ったのでしょう。公園や空き家など相応《ふさわ》しい場所を探しながら」

「切断された中原さんの死体は、それでええとして、もう片方のユリアちゃんは、どないなったんやろ？　ていうか、あたしたち、なんで人形のことを《ちゃん付け》で呼んでんねん？」

確かに彼女のいうとおり。どうやらユリアちゃんは俺たちの中でも人格を持った存在になりつつあるらしい。人形だからといって、このまま放ってはおけない気がする。そこで俺はうなだれる友人に尋ねた。「おい東山、ユリアちゃんの切断された首と、首のない身体は、いまどこにあるんだ？」

「ユリアの身体と首は、まだ俺の自宅に隠して置いてある……早いうちに捨てにいこうと思っていたんだが……いざとなると、なかなか勇気が出なくてな……」

「そうかそうか」と天童美幸が腕組みして頷く。「あんたみたいな大胆不敵な男でも、やっぱり警察の目は気になるんやな。首や手首と違って、胴体を捨てにいくのはメッチャ目立つもんなあ」

「いや、そんなことは問題じゃない。ただ、愛するユリアを完全に手放す勇気が、どうしても出なくて、ついついそのまま自分の手許に……」

東山の打ち明けた意外な理由に、天童美幸は数歩後ずさりし、背中をドスンと壁にぶつけた。「ア、アカン、こいつホンマの変態や」

「あらあら、変態だなんて、そんなふうにおっしゃってはいけませんわ。ユリアちゃんを愛する彼にとって、今回のトリックが苦渋の決断だったことは、間違いないのですから」

慈悲深い言葉を口にしたヨリ子さんは、どうやら語るべきことをすべて語り終えたらしい。満足そうな表情を浮かべながら、俺のほうに向き直って聞いてきた。

「ところで、これからどうなさるおつもりですか、南田さん。なんでしたら、ここに警察の方をお呼びいたしましょうか」

「いえ、警察には僕が連れていきましょう。横須賀署の夕月刑事のところに。そこで東山自身の口から、事件について洗いざらい語ってもらう。それが、いちばんいいように思います」

「確かに、それがよろしいかもしれませんわね。茜さんなら、きっとうまく取り計らってくださいますわ」

「ええ、僕もそう思います——ん、茜さん!?」俺は彼女の漏らした意外な言葉に、思わず驚きの声をあげた。「ヨリ子さんって夕月茜刑事のことを、ご存じなんですか」

「ええ、茜さんは以前からのお友達ですわ」ヨリ子さんは悪戯《いたずら》っ子のような笑みを浮かべた。「ところが、このところずーっとご無沙汰《ぶさた》ですの。もし茜さんにお会いになったなら、この『一服堂』に珈琲を飲みにいらっしゃるよう、彼女によろしくお伝えくださいませ」

「判りました。きっと伝えます」

俺はヨリ子さんに対して深々と頭を下げる。そして大いなる感謝の気持ちと深い敬意、そして少しの皮肉を込めながら、彼女に別れの挨拶を述べた。

「キレ味抜群の推理、ありがとうございました」

するとヨリ子さんは、恥じらうような表情で小さくペコリと頭を下げた。

「すみません。珈琲の味にはキレがなくって……」

最終話

バラバラ死体と密室の冬

1

還暦過ぎの男性が犠牲になった、とある轢《ひ》き逃げ事件。その調書を纏《まと》めるのに約三時間を費《つい》やした私は、完成した書類を手に意気揚々《いきようよう》と課長のデスクへと向かった。

課長といっても、そこらの会社の経理課長さんや生産課長さんとはわけが違う。四十代半《なか》ばにして数々の修羅場を潜《くぐ》り抜けてきた我らが上司は、神奈川県警横須賀《よこすか》署刑事課の課長殿だ。立ち向かうには、度胸と気合が不可欠である。私は書き上げた調書を彼のデスクの上に「バシン！」と叩《たた》きつけると、有無《うむ》をいわさぬ口調で一方的に宣言した。「申し訳ありませんが、本日は、これで帰らせていただきます」

「はあ!?」面食らった様子の中年課長は、ずり落ちそうになる眼鏡《めがね》を指先で押し上げながら、「いやしかし、まだ仕事はいくらでも……」と口許《くちもと》をへの字に曲げて不満げな表情。

だが、私は鷹《たか》のように鋭い視線で相手を睨《にら》み付け、断固とした態度で訴えた。

「いいえ、帰らせていただきますッ。よろしいですねッ」

私のあまりの剣幕に恐れをなしたのか、課長は「――うッ」と言葉に詰《つ》まり、やがて渋々といった調子で頷《うなず》いた。「べ、べつに私は構わんよ。幸い、急な事件もないようだしな」

やった、勝った！　心の中で拳《こぶし》を握る私は、満面の笑みで課長に向かって最敬礼。

「では、夕月茜《ゆうづきあかね》、これにて失礼いたします！」

大袈裟《おおげさ》な口調で告げると、踵《きびす》を返して自分のデスクへ戻る。

すると隣に座る後輩刑事が、「あれ、今日はもう上がりっスか。やけに早いっスねえ」と何事か勘《かん》ぐるような視線を向けながら、「あ、さては、これから彼氏とデートっスか」と心底アホな問いを口にする。私は手にしたバッグの角で彼のコメカミを「ゴツン！」と一突きしてから、「馬鹿、そんなんじゃないわよ」と優しく一喝《いっかつ》。

「イテテ、相変わらず厳しいっスねえ」

涙目の後輩をよそに、私はこげ茶色のトレンチコートを手にすると、男くさいデカ部屋を勢いよく飛び出した。エスカレーターに飛び乗り、横須賀署の正面玄関へと向かう。すると偶然そこには、数名の部下を引き連れた署長の姿。でっぷりと突き出たお腹と、著《いちじる》しく後退した頭髪がトレードマーク。有名人がイベントとしておこなう《一日警察署長》に対して、我らが愛すべき署長殿は、署員たちの間では《万年警察署長》と呼ばれている。

署長は私の姿を見るなり、「おや、夕月さん、今日は随分早いんですね。さてはこれから誰かとチョメチョメですか?」と若い誰かと同じレベル、もしくはそれより遥か下の愚問を堂々と口にする。ひょっとすると男とは、進化を止めた生物のことではあるまいか?

思わずそう勘ぐりたくなる私は、しかし署長のコメカミをバッグで「ゴツン!」とやるわけにはいかないので、曖昧《あいまい》な笑みを浮かべるしかなかった。

「そんなんじゃありません。これから久しぶりに友人と会うんです」

そして私は、物問いたげな署長の視線を振り切るように、正面玄関を駆《か》け出していった。ちなみに署長に対していった言葉は嘘や方便ではない。私こと夕月茜は、これから友人に会いにいくのだ。

友人の名前は安楽椅子《あんらくよりこ》。「安楽椅子《いす》」と書いて「アンラクヨリコ」と読ませる不思議な名前の彼女は、鎌倉《かまくら》でこれまた不思議な喫茶店を営んでいる。

店の名前は「一服堂《いっぷくどう》」。珈琲《コーヒー》とミステリの香りが漂う純喫茶だ。

横須賀線の電車に揺られること二十分弱。私がJR鎌倉駅に到着したとき、時計の針は午後六時半を差していた。とはいえ二月のこの季節、駅前周辺は完全に夜の趣《おもむき》だ。観光客の姿はまばらで、むしろ家路《いえじ》を急ぐサラリーマンの姿が目に付く。

そんな中——

純喫茶「一服堂」を目指して歩く私は、古都鎌倉の街並みをキョロキョロと見渡しながら、しばし右往左往する羽目《はめ》に陥《おちい》った。久々に訪れる鎌倉ということもあるが、そもそも「一服堂」という店は、まるでお客様のご来店を心から拒絶しているような判《わか》りづらい外観をしている店なので、曖昧な記憶をもとにたどり着くのは至難の業《わざ》なのだ。

「どうせ『ぐるなび』にも載っていないでしょうしね」

スマホでの検索などハナから期待していない私は、自分の勘と記憶だけを頼りに歩き出す。いくつか路地を間違えながら、警察官の意地とプライドを賭けた捜索を続けた末に、私はようやく目指す店頭にたどり着いた。

古都鎌倉に相応《ふさわ》しい古民家風の玄関。そこには民家の表札としか思えない一枚の木片が掲《かか》げてある。だが木片に書かれているのは住人の氏名ではなく、「一服堂」という屋号。これこそ、この建物が民家ではなく店舗《てんぽ》であることを示す唯一の手掛かり。すなわち店の看板だ。やはりこの店、客なんかひとりも呼びたくないらしい。

「まあ、彼女は極度の人見知りだから……」

呟《つぶや》きながら玄関の引き戸を開けて、店内に足を踏み入れる。

すると、そこはまるで時が止まったかのような別世界。薄暗い間接照明の中、木の温もりを活かした落ち着いた内装が映える。空間に満ちるのは珈琲の香ばしいアロマ。白い壁や黒光りする柱、天井《てんじょう》を走る太い梁《はり》に至るまで、珈琲の芳醇《ほうじゅん》な薫りが染み込んでいるかのようだ。

私はひとつ大きく息を吸い込みながら、狭い店内を見渡した。

四人掛けのカウンター席に客の姿はない。一方、三つあるテーブル席には、ひとりの中年男性の姿があった。灰色のセーターに茶色いズボン。『なにパッド』だか知らないが、最新式のタブレット端末を覗《のぞ》き込みながら、備前焼《びぜんやき》の珈琲カップを手にしている。

男は液晶画面から顔を上げ、私の顔を一瞥《いちべつ》。それからすぐにカウンターの向こう側を向くと、この店の女主人に声をかけた。「ヨリ子さん、お客さんですよ、ヨリ子さん……って、ちょっとヨリ子さん、なにやってるんですか！」

男の声に釣られるように、カウンターの奥へと顔を向ける私。視線の先では、ひとりの女性が壁を向いている。いや正確にいうなら、彼女は壁を向いているのではなく、客である私に背中を向けているのだ。

私はそんな彼女の後ろ姿を黙って見詰めた。

肩のラインで切り揃《そろ》えた栗色の髪。クラシックなエプロンドレスを身に纏った小柄な身体。その華奢《きゃしゃ》な背中は、外敵に怯《おび》える小リスのようにブルブルと震えを帯びている。さては安楽椅子、突然に訪れた私のことを一見《いちげん》の客と勘違いしたらしい。

　異常なまでの人見知り体質を持つ私の友人は、初対面の客を鬼のように恐れるのだ。そんな彼女に常連客らしい中年男が、立ち上がって声をかける。

「ほら、ヨリ子さん、あなたのお客さんですよ、接客、接客！　椅子を勧めて、メニューをお出しして！」

　常識的な、というよりむしろ常識以下のアドバイスを送る中年男に対して、臆病な私の友人は、「無理ですわ！　わたくしには無理！　無理無理無理無理無理……」と壁を向いたまま、イヤイヤをする子供のように首を振る。彼女の『人見知り症候群』は、以前と比べてマシになるどころか、むしろ重症化しているように思われた。

　そんな彼女の背中を眺《なが》めながら、中年男はひとつ溜《た》め息《いき》を吐《つ》くと、申し訳なさそうに私へと向き直った。「どうも、すみませんね。ご覧のとおり、この店のバリスタは極度の人間不信でして」

「………………」人間不信はいいすぎじゃないかしら。苦笑いを浮かべる私は次の瞬間、「あら!?」と思わず声をあげて、目の前の男を指差した。華を感じさせない凡庸《ぼんよう》極まる顔立ちに、見覚えがあったからだ。「あなた、ひょっとして売れないミステリ作家の南田五郎《みなみだごろう》先生では？　ほら、あの首なし死体事件で第一発見者だった……」

「え!?　はい、確かに僕は売れていませんが」

男の顔にキョトンとした表情が浮かぶ。彼はマジマジと私の顔を見詰め、それから私のコートの下に見え隠れする、いかにも『女刑事でございます』といわんばかりの黒いパンツスーツ姿を眺めると、「あッ」と叫んで嬉しそうに手を叩いた。「そういえば、あなたはあのとき僕を取り調べた美人の刑事さんじゃありませんか。名前はなんていいましたっけ――夕焼け？　夕暮れ？　いや違う、夕月刑事だ！」

彼の口からその名前が出た瞬間、壁を向いた友人の背中がビクリと反応した。

「え、夕月、刑事!?」

恐る恐るといった調子で、友人がこちらに顔を向ける。薄暗い間接照明の下、私の容姿を穴の開くほど凝視した彼女は、やがてその表情に歓喜の笑みを浮かべると、勢いよくカウンターを飛び出し、私のもとへと駆け寄ってきた。

「わあ、誰かと思えば茜さんじゃありませんか。よく、いらっしゃってくださいました。突然なので一瞬、違う人かと思いましたわ。少しお瘦《や》せになりました？　茜さんがこの店にいらっしゃるのは、いつ以来でしたかしら？」

早口に捲《まく》し立てる友人の前で、私はコートを脱ぎながら即答する。

「春の十字架《じゅうじか》事件以来ね。でも私、全然瘦せてなんかないわ。むしろちょっと太ったかも。そういうヨリ子は相変わらずみたいね。相変わらず酷《ひど》い人見知り」

「そんなことありませんわ」ヨリ子は子供のように頰《ほほ》を膨《ふく》らませながら、「これでも、最近ようやくお店の経営者らしくなってきたって、常連さんたちから評判なんですから」

「あら、そうなの。ふふッ」全然そうは見えなかったけど。

「どうぞ茜さん、お好きな席にお座りになってくださいな」といって、ヨリ子はようやく喫茶店の女主人らしく、私の前にメニューを差し出した。「ご注文は何になさいますか？」

私はカウンターの席に腰を下ろして、「じゃあ、ブレンド珈琲」と無難な注文。すると南田もまた隣の席に腰を下ろしながら、「僕も同じものを」と新たな一杯を注文した。

ヨリ子は「かしこまりました」といってカウンターの向こうへ戻る。

するとと南田は私のほうへと顔を向けながら、おもむろに口を開いた。

「夕月刑事もご存知《ぞんじ》のとおり、例の首なし死体事件、あれのクライマックスは、この店が舞台だったんですよ。真犯人相手にズバリと真相を突きつけたヨリ子さんの姿は、そりゃあ素敵でした。それ以来、僕もこの店の常連客になりましてね」

「へえ、そうだったんですか」

名前のとおりの安楽椅子探偵であるヨリ子が、犯人と直接対峙《たいじ》することは珍しい。その場面、ぜひ見てみたかった。あらためてそう思うと同時に、ふとあることが気になった私は、カウンター越しに問い掛けた。

「ねえヨリ子、私がご無沙汰《ぶさた》している間に、ほかにも何か変わった事件とか、あったのかしら？」

「そうですわねえ。この店で起こった事件ではありませんけど、夏にも十字架に纏《まつ》わる事件がありましたわね。磔《はりつけ》にされた男性が全身メッタ刺しにされるという猟奇的な殺人事件が」

「………」恐るべし「一服堂」。さながら猟奇殺人の巣窟《そうくつ》だ。

「僕も夏の事件の顚末《てんまつ》は、天童美幸《てんどうみゆき》さんという関西弁を操《あやつ》る女性から聞きました。春の十字架事件はヨリ子さんから聞いているし、秋の首なし死体事件については、たぶん僕がいちばん詳しい。てことは、残るは冬の事件か……」呟くようにいうと、売れないミステリ作家は物欲しげな顔を私に向けた。「ねえ夕月刑事、冬の事件で何か面白いものはありませんか？」

「あら、そういう短編集でも出すつもりですか。猟奇殺人で一年を描くみたいな」

「いや、実現するかどうか判りませんけど、企画としては面白いかなと思って。どうですか、夕月刑事。奇抜で残酷で猟奇的な冬の事件があるならば、どうかひとつ頼みますよ」

頭を下げるミステリ作家。そのとき突然、カウンター越しにヨリ子の声。

「でしたら茜さん、あのお話を聞かせてくださいな。ほら、春の十字架事件のときにチラリとおっしゃっていたではありませんか、その少し前の二月に起こった殺人事件のことを。そしてあのとき茜さんは、『そのうち事件の詳しい話をしてあげる』と予告されていました。実はわたくし、そのことがずっと気になっておりましたの。いったい、あれはどういう事件だったのですか。確か密室バラバラ殺人だと伺《うかが》った記憶がありますが……」

「ええっ、密室バラバラ殺人ですって⁉」南田の声が驚きと歓喜で裏返る。「そ、それはなんとも本格ミステリのかぐわしい匂いがプンプンと漂ってくるような話じゃありませんか。頼みますよ、夕月刑事。その話ぜひお聞かせください」

「わたくしからも、お願いいたしますわ、茜さん」

二人から話をせがまれた私は、表向き困ったような表情を作りながら、内心密《ひそ》かにほくそえんでいた。実はまさしくその話をするために、私はこの店を訪れたのだ。ヨリ子のほうから話題を振ってくれるとは、まさに好都合。私は内心しめしめと呟きながら、もったいぶるように肩をすくめた。

「うーん、そうまでいわれちゃ、話さないこともないけどね。でも、いっておくけど本当に残虐非道な話よ。本来なら喫茶店で珈琲片手に話すような話題ではないんだけれど」

「あら、全然構いませんわ。茜さんはここを、どこだとお思いですの?」

「どこって、ここは『一服堂』……ああ、そっか」私は友人のいわんとするところを瞬時に理解して頷いた。「そういや、ここは猟奇殺人の話をしてもいい喫茶店だったわね」

「してもいいというより、そういう話ばっかりの喫茶店ですわ」

愉快《ゆかい》そうにいいながら、ヨリ子は私たちの前に淹《い》れたてのブレンド珈琲を並べた。その芳醇な香りを胸いっぱいに吸い込みながら、私は事件の詳細を思い起こす。

それは解体された死体と完全なる密室に纏わる物語。

私は珈琲の香りに誘われるように、おもむろに事件の様子を語りはじめた——

2

それは二月のとある平日の夕刻。場所は横須賀市の南。地図でいうなら三浦《みうら》半島の先端のほうに近い片田舎《かたいなか》だ。いちおう横須賀市内とはいえ、ここまでくると人家もまばらで、むしろ田んぼや畑が多く目に付く。すでに日没の時刻を過ぎ、あたりは冷たい冬の闇に包まれていた。

私はその日の捜査を終えて、覆面パトカーで横須賀署へと帰還する途中だった。

運転席では、私より実年齢で二歳年下の（そして精神年齢では十二歳ほど年下の）若くて軽率な後輩刑事が見事なまでに軽々しいハンドル捌《さば》きを披露《ひろう》していた。彼の名は黛《まゆずみ》清志《きよし》。刑事課に配属されて、まだ数ヵ月というバリバリの駆け出し刑事だ。助手席に座る私は、フロントガラス越しに見える風景に嫌な予感を覚え、運転席に声をかけた。

「黛君、このあたり、例の陥没《かんぼつ》事故があった場所よ。気を付けて運転してね」

すると黛刑事は片手でハンドルを操りながら「うぃっス」と顎《あご》を前に突き出す独特の返事。そして狐《きつね》を思わせる尖《とが》った顔を私に向けると、緊張感のない声で続けた。

「でも先輩、陥没事故が起こったのは昨日の夜っスよね。いまごろはもう現場は通行規制がされて、復旧工事が始まっているはず。だったら、べつに問題なんてないんじゃないっスか」

「そりゃあ、昨日の夜に発見された穴が、いまも道路の真ん中で口を開けてるなんてことはないでしょうよ。だけど同じ道路なんだから、ひとつ陥没箇所があれば、その付近で似たような陥没事故が起こるかもしれないでしょ。だから気を付けろっていってんのよ」

理路整然と説明する私。その言葉を、彼は真剣な顔で聞き、そして再び顎を前に突き出した。

「ＯＫっス、先輩。万が一、道路に穴が開いていたなら、ちゃんと飛び越えるっス」

「避けるのよ！　飛び越えるんじゃなくて、穴は避けて通るものなの！」

ひょっとして馬鹿なのか、この男⁉

呆気《あっけ》に取られる私の隣で、黛刑事は相変らず軽々しいハンドル捌きを続けている。やはり穴があれば飛び越えるつもりなのかもしれない。

ふと恐怖に駆られた私は、慎重を期してシートベルトを装着した……

三浦半島の田園地帯を走る一本道の路上に、大きな陥没が発見されたのは、昨日の夜九時のことだ。今朝のテレビのニュース番組では、その陥没の様子が詳しく報じられていた。穴の大きさは直径二メートルほど。幸い発見が早く、人命に関わる事故は起こらずにすんだようだが、一歩間違えば大惨事になるところだ。この陥没事故により、二車線ある道路のうち一車線が通行不能となり、現在は残る一車線のみの片側通行となっている――とラジオの交通情報が盛んに伝えている。復旧にはまだしばらくの時間がかかるようだ。

「まあ、この付近は交通量も少ないし、片側通行でもそれほど問題はなさそうだけどね」

呟きながら、私はフロントガラス越しに前を見る。ヘッドライトに照らされた舗装道路の両側は、延々と田んぼや畑が続くばかり。民家や商店の数はごくごく僅《わず》かだ。

「ふーん、横須賀にもまだこんなのどかな風景があるのねえ……」

感心する私の目の前に、そのとき水銀灯《すいぎんとう》によって明るく照らし出された一帯が出現した。

路上に並べられた赤いコーンと、張り巡らされた黄色いロープ。大勢の作業員と交通誘導する警備員の姿が目に入る。どうやらここが陥没事故の現場らしい。いままさに突貫工事で道路の修復がおこなわれているのだ。

黛刑事は警備員の誘導に従って、一車線のみの道路を徐行運転で通り抜ける。やがて再び二車線に戻った道路で、アクセルを踏み込もうとした黛刑事は、次の瞬間、「おや!?」と声を発すると、逆に車を路肩に寄せて完全に停車させた。「すいません、先輩、ちょっとだけいいっスか？」

「どうしたの？　まさかトイレ？　駄目《だめ》よ、立ち○ョンは軽犯罪法違反なんだから」

仮にも現職刑事がそのような場面を人前に晒《さら》すことがあってはならない。そう思って忠告すると、黛刑事は「大丈夫っス」と頷いてから、ひとり車の外へ。そして道端に向かいながら、「よお高橋《たかはし》じゃないか、久しぶりだな」と気安く片手をあげる仕草《しぐさ》。

なんだ、トイレじゃなくて知り合いを見つけたのね。そう思って窓の向こうを見やれば、道路脇に佇《たたず》むのは紺色《こんいろ》の制服にオーバーコートを羽織《はお》った若い警官の姿。彼は車から降りてきた若い刑事の姿を認めると「なんだ、黛じゃないか」と嬉しそうに表情をほころばせた。「こんなところでおまえに会うなんて奇遇だな。ひょっとして、わざわざ俺に会いにきてくれたのか」

「んなわけねーだろ。ちょっと待ってろ、すぐ済ますから」

そういって黛刑事は道路脇に設置された工事現場用の仮設トイレに入っていった。

――なんだ、結局、目的はトイレか！

私は助手席でガクッと姿勢を崩す。それから「ふぅ」と溜め息を吐くと、助手席のドアを開けて、ひとり車の外へと降り立った。先ほどの話し振りから見て、黛刑事と制服巡査は学校の同期か何かなのだろう。ならば私のほうが数年ほど先輩だ。私は軽く先輩風を吹かせながら、目の前の巡査に話しかけた。「あなた、黛君と親しいみたいね。どういう関係なの？」

「はあ、黛とは警察学校で一緒だった仲ですけど。失礼ですが、あなたは？」

どうやら彼は、助手席から降りてきたパンツスーツの美女の正体を量《はか》りかねたらしい。だがまあ、無理もない。片田舎で働く巡査が、横須賀署にその人ありと謳《うた》われる美人刑事の存在を認識していなかったとしても、それは責められないところだ。私は自らの胸に手を当てて、悠然と自己紹介した。

「横須賀署刑事課の夕月茜よ。よろしくね」

「こ、これは失礼いたしました、夕月刑事」たちまち制服巡査は直立不動の体勢を取ると、私に向かって最敬礼しながら名乗った。「私はこの付近の交番に勤務する高橋であります」

「いいのよ、そんなに緊張しなくても」私は軽く微笑《ほほえ》みを浮かべ、高橋巡査に尋《たず》ねた。「ところで、ここで何をしているの？　交通整理かしら」

「いいえ。陥没事故が発見された直後は、私も路上に立って朝まで交通整理に当たりました。ですが、いまはもうそちらは工事関係の人に任せてありますので、特に私がやることはありません。ただ、それとは別に気になることがありまして」

「ん、気になることって⁉」

「はい。――この家のことなんですが」

そういって高橋巡査が指を差す。そこに見えるのは、道路に面して建つ二軒の木造平屋建て住宅。一軒は黒い家で、もう一軒は白い家だ。色合いこそ正反対だが、二軒の家は形といい大きさといい、まるで双子のようによく似た外観を示している。

陥没現場は、黒い家のほうにより近い。当然、道路工事も黒い家の前を中心にして繰り広げられている。あの家に住む住人は、さぞかし騒々しくて気が休まる暇がないことだろう。だが幸か不幸か、付近に建つ住宅はその黒と白の二軒のみだ。二軒の周囲は延々と田んぼが広がっている。作物の植えられていない、荒涼とした真冬の田んぼの景色だ。

「で、あの二軒の家がどうかしたの？　住人から騒音の苦情でもあった？」

「いえ、そういうのではありません。問題なのは黒い家の住人なんですが、なんといったらいいのか、どうも昨夜から変なんですよ。気配を感じないというか……」

「気配を感じない!?」私は眉《まゆ》を顰《ひそ》めながら黒い建物を指差した。「だけど、あの家、ちゃんと明かりが点《つ》いているわ。中に誰かいるはずじゃないの?」

「そうなんです。だけど、あの明かりが問題でして、昨夜から今朝にかけて、あの明かりはずっと点きっぱなしだったんですよ。昨夜は私ともう一名の巡査が陥没箇所の両側に立ち、交通整理に当たったんですが、そのときからずっとあのままなんです。そのくせ、家から出入りする者は、結局ひとりも見かけませんでした」

「どういうこと? 住人が家の中に閉じこもっているのかしら」

「判りません。普通、自宅の前で道路の陥没事故なんて起こったら、住人は顔を覗かせるものでしょう。なのに、そういう素振りをまったく見せないというのは、どういうことなんでしょうか? そのことが気に掛かっていたので、先ほどパトロールで通りかかったついでに、玄関の呼び鈴を鳴らしてみたんですが……」

「返事がないってわけね」私は腕組みしながら、夜の闇に浮かぶ小さな平屋建てのシルエットを眺めた。「あの黒い家、どういう人が住んでいるの?」

「岡部《おかべ》健二《けんじ》さんという独身の三十男です。職業はあまりハッキリしないんですが」

「そう。ひとり暮らしなのね。だったら明かりを点けっぱなしのまま、うっかり旅行か何かに出掛けちゃっただけかもよ」

「いや、旅行というのはないと思います。というのも私の知り合いが、岡部さんと一緒に最近、旅行にいってきたばかりなんですよ。岡部さんの運転するワゴン車で伊豆《いず》に出掛けて、釣り三昧《ざんまい》だったのだとか。戻ってきたのは、確か昨日の昼です。昨日の昼間に旅先から戻ってきた男が、その日の夜にまた遠くに出掛けていくというのも変でしょう。彼は家にいるはずだと思うんです。だから明かりが点いているんでしょうし……」

「確かに妙ね。だからといって、事件性を疑うような状況とまではいえないけど」

顎に手を当てながら、深々と思案する私。するとそんな私の背後から、突然響く男の声。「待ってください、先輩」

驚きながら振り向くと、そこにはスッキリした顔の黛刑事の姿。彼は丸めたハンカチをポケットに押し込みながら、真剣なまなざしを私たちに向けていった。

「話は全部、個室の中で聞かせてもらいました」

「ああ、そう……」そういや随分、時間がかかったわね、と心の中で呟きながら、私はさっそく後輩刑事に意見を求めた。「じゃあ聞くけど、黛君はどうするべきだと思うの？」

「ひょっとすると、その岡部健二って男、急な病気か何かで身動きできない状況に陥っているのかもしれません。だったら迷ってる暇はないでしょう。ここはひとつ思い切って、玄関の扉を蹴破《けやぶ》って中に入ってみるってのは、どうっスかね？」

「そうね。それも確かにひとつの手段だわ」ただしそれは、あらゆる可能性の中における最低最悪にして最後の手段ね！　心の中で叫びながら、私は彼の意見をドブに捨てた。そして念のために高橋巡査に確認する。「電話は掛けてみたの？」

「ええ、もちろんです。しかし駄目でした。家の電話には誰も出ません」

「そう。いよいよ気になるわね。うーん、こうなったら仕方がないわ」

意を決する私の横で、黛刑事が嬉しそうに指を鳴らす。「蹴破るんスね、扉！」

「やんないわよ、そんな馬鹿な真似《まね》！」私はピシャリといって、現実的な別の提案をおこなった。「窓の様子を確認してみましょ。カーテンの隙間《すきま》あたりから、部屋の中が覗けるかもしれないわ」

こうして私と黛刑事そして高橋巡査の三人は問題の黒い家へと歩み寄っていった。

3

やがて私たち三人は黒い家の玄関にたどり着いた。木製の扉の脇に掲げられた表札には、確かに『岡部』と書かれている。純喫茶「一服堂」の看板よりも、こちらの表札のほうが判りやすく読みやすいようだ。そんなことを思いながら、私は呼び鈴を鳴らしノックで反応を窺《うかが》う。やはり返事はない。私たちは玄関を離れて、建物の周囲を見て回った。

カーテンの隙間から中が覗けないか。丹念にチェックしながら、建物の西側へと回る。そこには大きなガラスのサッシ窓があった。さっそく黛刑事は窓ガラスに顔を寄せ、中の様子を窺う。そんな彼の口から突然、素《す》っ頓狂《とんきょう》な叫び声が漏《も》れた。

「わッ、先輩、夕月先輩！　ちょっと、ちょっとッ！」

黛刑事は窓ガラスに顔を押し当てたまま、盛んに私を手招きする。「こ、ここ！　このカーテンの隙間から、ちょっと覗いてみてくださいよ！」

「え⁉　なによ、何が見えるっていうの……」

いわれるまま、私はサッシの窓ガラスに顔を寄せる。カーテンの合わせ目に若干《じゃっかん》の隙間があった。目を凝《こ》らせば、室内の様子を僅かながら見渡すことができる。

そこは畳《たたみ》の間だった。木製のテーブルとこげ茶色の座布団が見える。テーブルの上には一升瓶《いっしょうびん》とコップがある。一升瓶は立っているが、コップは横倒しになっている。コップからこぼれた透明な液体がテーブルの上に広がっているのが判る。

「晩酌《ばんしゃく》の途中でコップのお酒をこぼしたって感じだけど――ん、あれは何かしら⁉」

呟きながら、自分の顔をさらに窓ガラスへと接近させる。そのとき狭い視界の端に辛《かろ》うじて映ったもの。それは赤い色だった。ドス黒いと呼びたくなるような赤色が、テーブルの傍《そば》の畳の上に怪しい絵を描いている。戦慄《せんりつ》のあまり、私は思わず叫んだ。

「あ、あれは血⁉　誰かが部屋で血を流しているってこと⁉　まさか……」最悪の予感に震える私は、後輩刑事に真剣な顔を向けた。「こうなった以上、躊躇《ためら》っている暇はないわね」

「蹴破るんスね、窓！」

「違うわよ！　その前に鍵の掛かっていない窓がないか確認するの。急いで！」

私たち三人は建物の周囲を巡り、鍵の掛かっていない窓を探した。だが、いずれの窓も内側から施錠されていて開かない。唯一トイレの窓だけは施錠されていなかったが、生憎《あいにく》その窓には木製の格子《こうし》が嵌《は》まっているため、人の出入りは不可能だった。結局、私たちは建物をぐるりと一周して、また大きなサッシ窓の前へと舞い戻った。

事ここに至って、私は不本意ながら、ひとつの決断をせざるを得なかった。

「仕方ないわね。窓を破りましょう」

私がそう告げたとき、黛刑事はすでに右足を大きく蹴り上げて、靴の踵《かかと》を窓ガラスへと向けていた。そんな彼の靴底が、いままさに窓ガラスを打ち砕《くだ》こうとする、その寸前――「馬鹿かぁ――ッ」

そう叫んだ私は、全力の体当たりで後輩刑事の軽率な行動を阻止《そし》した。

ふいを衝《つ》かれた黛刑事は数メートル先まで吹っ飛ばされて、庭先に尻から着地。地面にしゃがんだ恰好《かっこう》のまま、唖然《あぜん》とした顔を私に向けた。「な、なんスか、先輩⁉」

荒い息を吐く私は、超が付くほど軽はずみな後輩に向かって大声で叫ぶ。

「足で蹴るんじゃなぁ――い！　手を使いなさい、手を――ッ！」

高橋巡査が手にした警棒を軽く振り下ろす。――ガッシャン！

ガラスの砕ける耳障《みみざわ》りな音。目の前の窓ガラスには、拳二個分ほどの穴が開いた。すぐさま黛刑事が穴から片腕を差し入れ、サッシ窓のクレセント錠を探る。間もなくカチャリと音がしてクレセント錠は解かれた。黛刑事は穴から腕を引き抜くと、小さく息を吐いた。

「鍵、開いたっスよ、先輩」

「慌《あわ》てないで、黛君。慎重にね」

黛刑事は自信ありげに頷くと、半壊したガラスが割れ落ちないように、静かにサッシ窓を開けた。すぐさま靴を脱ぎ、垂れ下がったカーテンを払いのけながら、室内に一歩足を踏み入れる。すると、たちまち彼の口から「ぎゃあッ！」という大絶叫。

どうしたの⁉　と目を見張る私の目の前で、黛刑事は自分の右足を両手で摑《つか》みながら、左足一本でくるくると回転を始めた。どうやら、畳の上に落ちたガラスの破片を思いっきり踏んだらしい。やがて堪《こら》えきれなくなった黛刑事が、サッシ窓に身体ごともたれかかると、その衝撃で穴の開いた窓ガラスがいっせいに割れ落ちた。半壊だった窓ガラスは結局、全壊になった。

呆《あき》れるあまり私は怒る気にもならない。「だから慎重にといったのに……」

「そ、そんなことより、夕月刑事、あれを！」

高橋巡査が畳の部屋の奥を指差しながら叫ぶ。

判ってる、というように私は黙って頷いた。

そこには大の字に倒れた男の姿があった。前開きの茶色いトレーニングウェアにカーキ色のズボン。中肉中背の三十代と思《おぼ》しき男だ。短い髪の毛に厳《いか》つい顔。その首筋には、真横に走る傷口が見えた。その傷口から流れ出したおびただしい量の血液は、男の身体の周囲に円を描くように広がっている。その円の中に血まみれのナイフが一本転がっていた。

「……し、死んでるんスか？」痛めた右足を押さえながら、黛刑事が聞く。

私はガラスの破片を避けながら室内に上がり込み、男の状態を確認した。触れてみると、その身体は室内の空気と同様に、完全に冷え切っていた。いちおう脈を診てみるが、やはり結論は変わらない。私は平静を装いながら、判るだけの事実を淡々と言葉にした。

「ええ、死んでいるわ。しかも死後、ある程度の時間が経過しているみたいね。流れた血が乾いているわ。──高橋巡査、この男性が誰だか判る？」

「え、ええ、この家の住人、岡部健二さんです。だ、だけど、いったいなぜ？」

怯えるように若い巡査は唇《くちびる》を震わせる。

黛刑事はテーブルの上の一升瓶を見やりながら、「酒を飲んでいるところを、誰かに襲われたんスかね？　いや、でも確かこの建物は……」

賢くはない頭で何事か思考を巡らせようとする黛刑事。だが、いまは考えるよりも、事実を確認することが先だ。私は死体の傍から立ち上がると、毅然《きぜん》とした態度で命じた。

「黛君、私と一緒にきて！」

私はまず和室の片側にある引き戸を開け放った。引き戸の向こうはステンレスの流し台を備えた広めの台所だった。ザッと見回してみるが誰もいない。私は窓の施錠を確認する。それから再び死体のある和室に戻ると、今度は襖《ふすま》を開け放って隣の部屋へと足を向けた。その部屋も畳敷きの和室だ。片側に押入れらしき襖が並んでいる。

その和室の奥にある引き戸を開けると、そこは廊下《ろうか》だった。右手が玄関だ。私は黛刑事を引き連れて、玄関扉の状況をチェックした。中から施錠するためのツマミは「閉」の状態になっていた。すなわち玄関扉は鍵が掛かった状態にある。いや、それ以前に、この扉から誰かが逃走したはずはない。なぜなら——

「先輩、この扉、チェーンロックが掛かってるっスよ」

判っている。アホな後輩に指摘されるまでもない。私は玄関扉の施錠が完璧であることを確認してから、今度は廊下を直進した。突き当たりの扉を開けると、そこはトイレだ。扉を開けていちおう中を確認するが、誰も潜《ひそ》んではいない。小窓の鍵は開いている。どうやらねじ込み式の鍵が壊れているらしい。だが先ほども見たとおり、窓の向こう側には格子が嵌まっている。この窓は誰かの逃走経路にはならないだろう。

私はトイレの扉を閉めて、廊下を直角に曲がった。真っ直ぐいけば、先ほどの台所に続くようだ。だが、その手前にもうひとつだけ扉があった。

「この扉はなに？　お風呂場《ふろば》かしら」

呟く私に、いまさらのように黛刑事が疑問を呈する。「ひょっとして先輩、この家の中にまだ殺人犯が潜んでいるかもって、そう疑っているんスか」

「疑っているっていうより、これは当然の確認作業よ。必要な手続きだわ」

そういいながら私は木製の扉を開けた。そこは狭いながらも脱衣所になっていて、小さな洗濯機と洗濯籠《かご》が置いてあった。洗濯籠の中には男物の衣服が大量に放り込んである。

脱衣場の片側には引き戸があった。その向こうは浴室に違いない。私はその引き戸に手を伸ばしながら、ふとあることに気付いた。「なに、この音は？　水音……？」耳を澄《す》ませば、微《かす》かにではあるが確実に水の流れる音が聞こえる。僅かな水が流れ落ちるような音だ。隣に立つ黛刑事が真面目な顔でいった。

「先輩、ひょっとして誰かが風呂に入っているんじゃないっスか？」

「この状況で？　あり得ないわ」仮にあったとしたら、それはそれで恐怖だ。

ともかく水音の正体は自分の目で確認してみるしかない。意を決した私は、引き戸に手を掛け、頼りない相棒に視線を送る。「いくわよ、黛君」

「いいっスよ、先輩」万が一の事態に備えて、臨戦態勢を整える後輩刑事。

互いに目と目で頷きあった直後、「それッ」と気合を込めて、私は一気に引き戸を開け放った。

「…………」

瞬間、黙りこむ私たち。間の抜けた時間が数秒過ぎた。浴室に身を潜めていた何者かがいきなり襲い掛かってくる、などという劇的な展開はとりあえずなかった。

だが、それ以上に鮮烈な光景が、私たちの眼前にあった。そこはタイル張りの浴室だった。本来は壁が白で、床は青いタイルなのだろう。だが、いまは壁も床もまるで絵の具を塗りたくったように赤い色で汚されていた。その異常な色彩のコントラストに、私たちは思わず息を飲んだ。

そうする間も、水道の蛇口から流れる細い水が浴槽《よくそう》の中へと注《そそ》ぎ込んでいる。そのため浴槽の縁からは、間断なく水が溢《あふ》れ続けているのだ。水音の正体はそれだった。

そして水を張った浴槽には、腕、足、胴体、それから男性の首……

そこには男性の身体のパーツがバラバラに切断された状態であった。それらは溢れ続ける浴槽の水の上にプカプカと浮いているのだった。

あまりにも刺激的な光景を前に、私は悲鳴をあげることさえ忘れていた。

「な、なによ、これ……嘘でしょ……？」

私の問い掛けに、黛刑事は頬の筋肉を引き攣《つ》らせながら半笑いで答えた。

「は、はは……なにって、先輩……まさかこれ、人形じゃないっスよねえ？」

面白くもない後輩刑事の軽口に、私は黙って頷くばかりだった。

4

黛刑事が警察無線を使い事件発生の連絡を入れると、やがて現場周辺には続々とパトカーが集結。大勢の制服警官と私服刑事が溢れかえる事態となった。おかげで、道路工事はいったん中断を余儀なくされた。道路に開いた大穴が塞《ふさ》がるのは、翌日以降に延期である。

そんな中、他より遅れて現場に到着する一台の黒い警察車両。後部座席から悠然と現場に降り立ったのは、べっ甲縁の眼鏡を掛けた四十男。痩せた身体を皺《しわ》の寄った地味な背広に包みこんだその男性こそは、我らが上司である刑事課長殿だ。名前は下園《しもぞの》忠雄《ただお》。冴《さ》えない見た目ではあるが、肩書きはこれでもいちおう警部である。

すぐさま上司のもとに駆け寄る私と黛刑事。下園課長は黒い家へと足を向けながら、険しい顔と声で命じた。「現状を報告したまえ、夕月君」

私は下園課長の部下として、そして死体の第一発見者として、いままでに判っている事実を報告した。木造平屋建ての住宅にて、男性二名の死体が発見されたこと。ひとりは和室で首筋をナイフで切られており、もうひとりは浴室でバラバラに解体されていたこと。和室で死んでいたのはこの家の住人、岡部健二であること。一方、風呂場で解体されていた死体は、健二の兄である岡部修一《しゅういち》だと思われること。そして現場となった住宅は、建物全体が密室状態にあったこと、などなど——

すると課長は「なにぃ、密室ぅ!?」と眉を顰めながら、建物の前でピタリと足を止めた。「ふん、馬鹿馬鹿しい。昔の推理小説じゃあるまいに。きっとどこかに抜け道でもあるんだろ」

下園課長は現実主義者であると同時に、事なかれ主義者でもある立派な警察官だ。そんな彼は、この段階で密室の謎を云々《うんぬん》するつもりは、まったくなさそうに見えた。

むしろ彼は密室よりもさらにインパクトの強い、この事件のもうひとつの特殊性へと関心を向けた。

「風呂場の死体の身許が岡部修一という男であることは、間違いないのかね。だが、死体はバラバラに解体されていたんだろ。なぜ、その死体が岡部修一という男だと判るんだ。君はその男と知り合いなのかね、夕月君？」

「いえ、面識はありませんが、高橋巡査が彼の顔を知っていました。それと、脱衣所にあった衣服の中から岡部修一の免許証が出てきました。免許証の顔写真と死体の生首の人相は一致しているように思われますから、おそらく間違いないかと……」

「な、生首か、そうか」課長は強張《こわば》った顔で頷くと、再び歩き出し、黒い家の玄関へと足を踏み入れていった。「ちなみに聞くが、そのバラバラ死体というのは、どの程度かね？」

「は⁉　どの程度、とおっしゃいますと……」

「いや、だから、バラバラ死体にも程度ってもんがあるだろ。《少しバラバラ》とか《結構バラバラ》とか《もの凄《すご》くバラバラ》とか《ほとんどミンチ》とか」

「…………」なに不謹慎《ふきんしん》なことを口走っているんですか、課長⁉

呆れる私の横から、これまた不謹慎な男がアッサリと答えていった。「もの凄くってほどじゃないっスよ、課長。でも結構バラバラっス」

よしなさい、というように私は黛刑事を押し退《の》けて、なおも説明を続けた。

「死体は服を脱がされた状態で六分割されていました。頭部、右腕、左腕、右足、左足、それから胴体。よって六分割というわけです。頭部の首筋には絞められたような痕跡《こんせき》がありました。どうやら、岡部修一は何者かに首を絞められて殺害された後、死体を切断されたようです。切断に使われたのは、のこぎり。それは水を張った浴槽の中から発見されました。——実物をご覧になりますか、課長？」

「じ、実物!?」

課長が廊下の途中で足を止め、ゴクリと喉《のど》を鳴らす。「の、のこぎり、の……？」

「…………」のこぎりの実物を眺めたって、捜査は大して進みませんよね、課長。

「違うッスよ。六分割の死体のほうッス」黛刑事が遠慮のない口調でいう。

瞬間、課長の表情にくっきり浮かぶ恐れの表情。だが、これでは部下に示しがつかないと思ったのだろう。課長は怖気づく自分を奮《ふる》い立たせるように、強気な顔を勢いよく縦に振った。

「も、もちろんだとも。ぜひ実物を拝ませてもらおうじゃないか。私も長年刑事をやってきた男だ。一度はバラバラ死体というものを、この目で見たいと願っていたところだよ。いや、むしろそのために刑事をやってきたといっても過言ではない。——おい黛、そのバラバラ死体とやらは、どこだ？」

「風呂場っスよ」

「そうか」下園課長は引き攣った笑みを覗かせながら、黛刑事が指差す扉を開けると、ひとり脱衣場へと消えていく。やがて真っ青な顔で廊下に戻ってきた課長は、再び部下に尋ねた。「おい黛、便所はどこだ？」

「風呂場の隣っスよ」

「そうか」課長は頷き、表情を変えないまま隣の個室へ。だが扉が閉まった次の瞬間、聞こえてきたのは、「おえぇぇぇぇぇぇ――ッ」という猛烈な嘔吐《おうと》の声。それから、憤懣《ふんまん》やるかたないというような彼の叫び声が、建物中に響き渡った。「畜生、なんてえ酷い事件なんだ！　こんな事件にだけは遭《あ》いたくなかったぞ、くそ！」

「……便器に向かって、なに叫んでんスかね、課長」

「……さあね。いろいろ鬱憤《うっぷん》が溜まってるんでしょ」

私たちは廊下で腕組みしながら、課長が戻るのを待った。

やがてスッキリした顔の下園課長は、ハンカチで口許を拭《ぬぐ》いながら再び廊下に姿を現した。

「ううむ、あのように死体を切り刻むとは、犯人の目的はいったいなんなんだ。死体をどこかに捨てにいくつもりだったのか、それとも……」と、そこまでいって下園課長は、「いや、捜査に予断は禁物、禁物」と自らを戒《いまし》めるように首を左右に振る。

それから彼は和室に向かうと、今度は畳に横たわる岡部健二の死体と対面した。死体の傍《かたわ》らにしゃがんだ下園課長は、健二の死体と血まみれのナイフをこわごわ見詰めながら、ハンカチでそっと口許を押さえる。バラバラ死体にしろ普通の死体にしろ、どっちみち凄惨《せいさん》な犯行現場は苦手な人なのだ。課長は死体から目を逸らしながら、私に聞いた。

「死後、かなりの時間が経っているように見えるが、検視官はなんといっていた？」

「死亡推定時刻は昨日の午後七時から十一時の四時間程度、とのことでした」

「風呂場の死体のほうも同じ時間帯と見ていいのか？」

「そちらのほうは死体の損傷が激しいぶん、死亡推定時刻の割り出しが難しいようです。しかし死んだのが昨日の夜であることは、ほぼ間違いないとのことでした」

「要するに、岡部兄弟が死んだのは、ともに昨日の夜ってことか」

呟きながら立ち上がると、課長は難しそうな顔で顎に手を当てた。「ふむ。同じ建物の中で、同じ夜に死人が二人か。そういえば密室とかいっていたようだが……だとすると、この兄弟はひょっとして……いや、まあいい。そんなことは後回しだ」

曖昧な思考を振り払うように顔を左右に振ると、課長はべっ甲縁の眼鏡を指先で押し上げた。

「とにかく、岡部兄弟の人となりを詳しく知りたいところだな」

「でしたら、隣の家に住む男性に話を聞いてみてはいかがでしょう?」

「あの白い家の住人だな。どういう人物なのかね?」

「名前は寺山政彦《てらやままさひこ》。保険会社に勤務する会社員だそうです」

下園課長は深々と頷き、そして私と黛刑事にいった。

「では私が直接話を聞くとしよう。君たちも一緒にきて、何かの参考にしたまえ」

5

なんの参考になるかは不明だが、隣人の話には興味がある。私と黛刑事は、下園課長とともに黒い家の玄関を出る。玄関のすぐ隣が駐車スペースになっており、白いワゴン車が停車中だった。岡部健二が釣り旅行に出かける際に用いた車だ。車の前を横切ると、すぐそこに白い家の玄関がある。こちらの玄関には呼び鈴もブザーもないようなので、黛刑事が拳でノックした。

「ちぃーっス! 誰かいないっスかー」

突然、若さを丸出しにする新米刑事を前に、課長は頭を掻《か》きむしりながら叫んだ。

「馬鹿か! 学生バイトの御用聞きじゃないんだぞ。もういい、退《ど》け!」

下園課長は黛刑事を押し退けると、自ら玄関扉の正面に立つ。

ほぼ同時に木製の扉が開き、背の低い小柄な男性が顔を覗かせた。年のころは三十代か。白いズボンに茶色のカーディガン。七三分けの髪に黒縁の眼鏡を掛けた顔は、いかにもお堅い職業を思わせた。

寺山政彦は私たちの姿を見るなり、「警察の方ですね」と先んじて聞いてきた。

「お察しのとおりです」課長は警察手帳を示しながら、ここに至る事情をかいつまんで説明した。「……といったわけですので、どうか捜査にご協力を」

「もちろんですとも。私でお役に立てることがあるなら、なんでも聞いてください」と協力的な台詞《せりふ》を口にはするが、寺山はけっして自宅に刑事たちを招きいれようとはしなかった。仕方がないので、寒風吹きすさぶ玄関口で課長が質問の口火を切る。

「寺山さん、あなたは岡部修一さんと健二さんの兄弟を、ご存知ですか」

「ええ、知っていますよ。弟の健二さんは、お隣に暮らしているし、修一さんは弟さんを訪ねて、よく隣にきていましたから。でも、べつに親しかったわけではありません。会えば立ち話ぐらいはしましたけど、べつに仲良くしたくなるような相手ではなかったので」

「というと？」

「あまり、評判のいい兄弟じゃなかったようですよ、あの二人。まあ、私も亡くなった兄弟のことを悪くいうのは気が引けますが」といって、寺山政彦は人目を憚《はばか》るように声を低くした。「あの二人、いい歳してロクに働きもせずに、昼間からパチンコ店や居酒屋なんかに入り浸《びた》っては問題を起こしていたって噂です。このへんじゃ有名なワルなんですよ」

なるほど。どうりで高橋巡査が岡部兄弟の顔をよく認識していたわけだ。私の中で、ひとつ疑問が解けた。一方、下園課長は新たに生じた疑問を寺山にぶつけた。

「ロクに働かない兄弟だとすると、彼らの遊ぶ金はいったいどこから？」

「彼らは死んだ父親が残した飲み屋を一軒持っていましてね。その店を女にやらせているんですよ。女っていうのは修一が一緒に暮らす相手なんですがね。要するに女が働いて得た店の売り上げが、彼らの遊び歩く資金ってわけです。いやはや、酷い話ですよねえ」

同情するようでいて、どこか面白がるような寺山の口調。すると、すかさず課長の質問が飛ぶ。「ならば、その彼女が岡部兄弟に強い恨みを持つ、ということは考えられそうですか」

「それは、まあ充分にあり得ること……」と、いったん頷いた寺山は少し喋《しゃべ》りすぎたと思ったのか、急に言葉を濁《にご》した。「でもまあ、なにかとトラブルの多い兄弟でしたからね。彼らを敵視していた人物は、ほかにも大勢いたんじゃないですか」

「なるほど。そうでしょうな。たとえば、あなただって岡部健二さんの隣人だ。隣り合って暮らしていれば、なにかと衝突することもあったことでしょうね」

　突然、自分に向けられた矛先《ほこさき》に対して、寺山は苦笑いを浮かべた。

「は、はは、やめてくださいよ、変な勘ぐりは。私はなにもしていませんよ」

「もちろんですとも。しかし、念のためにお聞かせ願えますか。寺山政彦さん、あなたは昨日の夜、どこで何をしてらっしゃいましたか？」

「いや、どこで何をって、急に聞かれても困ります。昨夜の私は、午後七時ごろには会社から家に帰り着いて、その後はずっとひとりだったんですからね。来客もなかったし、出掛けることもなかったし――あ、いや、ちょっと待ってください」

　寺山は玄関から見える路上の景色に目をやり、おもむろに口を開いた。

「そういえば、昨夜はこの家の前で、道路の陥没事故が起こったんでしたね。陥没が発見されて家の前が騒がしくなったのは、午後九時ごろだったはず。そのころ私も家を出て、少しの間、現場の様子を眺めましたっけ。その場にいた制服のお巡りさんに事情を聞いたりしてね。でもまあ、他人と会ったのは、その数分間だけ。それ以外はずっとこの家でひとりでしたから、アリバイなんてありません。だけど、そんなの当然ですよね。こっちは独身のひとり暮らしなんですから」

　なにか問題ありますか、というように寺山政彦は下園課長に視線で問い掛ける。

　課長は苦々しい口調で、「おっしゃるとおりですな」と頷くばかりだった。

白い家の玄関先を離れた直後、黛刑事は下園課長に向かって小声でいった。

「なんか、いまの寺山って男、怪しくなかったっスか。岡部修一の女に疑いが向くように、わざとペラペラ喋ってた。そんな感じだったっスよ」

「そんなことはないだろう。彼はただ私の質問に詳しく答えてくれただけだ」

真っ向対立する二人の見解。

するとそこに高橋巡査が小走りにやってきて報告した。

「元山聡子《もとやまさとこ》という女性がきていますが、どういたしましょうか」

「元山聡子？　誰なんだ、その女性は？」

「殺された岡部修一の同居人とのことです」

高橋巡査の言葉に、課長の表情が引き締まる。「そうか。話題に出ていた女だな。ちょうど話を聞きたいと思っていたところだ。その女、どこにいる？」

こちらです、といって高橋巡査が課長を案内する。

私は歩きながら、先ほどの寺山政彦の証言内容について高橋巡査に確認した。私の問いに高橋巡査はしっかりと頷いた。

「ええ、昨夜の午後九時ごろに道路の陥没が見つかって、私も急遽《きゅうきょ》、現場に駆けつけ交通整理に当たったんですが、ちょうどそのころ白い家の玄関が開いて、寺山さんが姿を現しました。『何かあったのか？』と彼が聞くので、私は『道路の陥没です』と答えました」

「それだけ？　ほかに何かいってなかった？」

「うーん、そういえば『いつ復旧するのか？』と聞かれましたね。こちらとしては『いつになるのか判らない』と答えるしかなかったんですが。結局、短い会話を交わしただけで、寺山さんは白い家に戻っていきました。昨夜、彼の姿を見たのは、そのときだけですね」

私は高橋巡査への質問を終えた。午後九時過ぎに寺山が白い家から姿を現したことは、どうやら事実らしい。だが、そのことが寺山のアリバイを証明するわけではない。犯行は午後九時より前におこなわれた可能性もあるからだ。もっとも、黒い家が密室状態である以上、寺山の犯行はどっちみち不可能なのだが……

そうするうちに私たちは高橋巡査に案内されて、一台のパトカーへと到着した。車体に寄り添うようにひとりの女性が立っている。同性の私がハッとするほど美しい女性だ。年齢は三十歳前後か。純白のニットにベージュのスカート。シックな紺色のコートを羽織っている。けっして派手さはないが、人目を惹《ひ》きつける魅力を湛《たた》えた女性だ。その表情にはどこか陰《かげ》りがあり、それもまた彼女の美貌《びぼう》に深みのある彩りを添えていた。

私の隣にいる底の浅い後輩刑事は、彼女の姿をひと目見るなり、「カーッ、いい女っスねえ」と身も蓋《ふた》もない感想を口にする。「ああ、俺もあんな女と二人でナニをナニして……」

「馬鹿！　なに変な妄想してんのよ」

不埒《ふらち》な後輩を黙らせるため、私は彼のふくらはぎに蹴りを一発お見舞いする。苦悶《くもん》の表情を浮かべる黛刑事をよそに、課長と私は彼女のもとへと歩み寄った。

「お待たせしました。横須賀署刑事課長の下園です。元山聡子さんですね。少々お話をお聞かせ願えませんか。ああ、寒いので車の中へどうぞ」

「ええ……あの、その前にあの人に会わせていただけませんか？」

「は！」瞬間、課長の顔が再びサーッと青ざめる。浴室の死体を思い出したのだろう。彼は嫌な記憶を振り払うように顔を振ると、目の前の女性に訴えた。「お気持ちは判りますが、およしなさい。お勧めできません。男の私でさえアレなんですから。あなたのようなか弱い女性の場合、下手すりゃ心臓止まりますよ」

「そ、そんなに酷いのですか……」女性の顔にも怖気づいたような表情が浮かぶ。

あらためて下園課長は元山聡子をパトカーの後部座席へと誘《いざな》った。私と課長が彼女を挟みこむように座る。黛刑事は助手席に座りながら、私たちの会話に耳を傾ける。

課長は隣の美しい女性の顔を覗きこむようにしながら、質問を始めた。

「死亡した男性のひとりが岡部修一さんであることは、ほぼ間違いありません。ただし、死体の損傷が激しいのも事実でしてね。そこで念のためにお聞きしますが、岡部修一さんの身体になにか目立つ特徴などありませんでしたか。背中に傷があるとか、足の指の形に特徴があるとか、なんでもいいのですが」

「さあ、特徴といえば大柄だったことでしょうか。身長は百八十センチほどもありましたし、胸板も分厚く肩幅も広いので、よくスポーツ選手と間違われていました。それと、そう、小さな刺青《いれずみ》が右肩の部分にありました。もっとも、途中で彫《ほ》るのをやめてしまって、まともな絵にはなっていませんが」

元山聡子の言葉を聞き、さっそく下園課長が私に目配せする。

私は無言のままに頷いた。

確かに浴室の死体は、隆々たる筋肉を誇る大柄な男性のものだった。その身体から切断された丸太のように太い右腕。その肩の部分に刺青があったことも、私の印象にしっかりと残っている。どうやらバラバラ死体の身許が岡部修一であることは、これで完全に確認されたようだ。

私がその事実を告げると、元山聡子は小さな声で、「そうですか」とひと言呟いて深く息を漏らした。それは落胆の溜め息なのか、それとも安堵《あんど》の吐息だったのか。少なくとも、私の目には後者のように映った。そんな彼女に課長の質問が飛んだ。

「あなたと岡部修一さんの関係は？」

「同居しております。ここから徒歩で十分ほどのところにあるアパートです」

「とするとお二人は同棲中の恋人同士？　それとも内縁関係というべきですかな？」

下園課長の遠慮のない問いに、元山聡子は「その判断は、ご自由に……」と如才なく答えた。

すると課長は、「では内縁関係ということにして……」と、いったい何を根拠としたのか知らないが、勝手にそう決め付けて話を進めた。「ところで岡部修一さんの職業は？」

「彼は弟の健二さんとともに飲食店を経営しておりました。私もそこで働いているのですが……」

「お店は、実質あなたひとりで切り盛りしている。そんな話を伺いましたが、事実ですか」

「え!?　ああ、はい、確かに。彼も健二さんも接客業には向かないタイプですから」

「ほう。では、あなたも大変だったでしょう。二人の分まで働かされて」

いえ、べつに……と曖昧に首を振る元山聡子。そんな彼女に強い視線を向けながら、課長は単刀直入に尋ねた。「ところで、岡部修一さんと健二さんの兄弟を恨んでいた人物などに心当たりは？　あるいは、どちらか片方でも構いませんが」

「さあ。二人とも荒っぽい性格でしたから、小さな喧嘩《けんか》などはしょっちゅうでしたが、殺すほど彼らを恨んでいた人がいたかどうか。私には心当たりがありません」

「ならば元山さん、あなた自身はいかがですか。岡部修一さんのことを恨んでいたのではありませんか。自分はロクに働きもせずに、内縁の妻であるあなたを働かせながら、そのカネで飲んだり遊んだり。そんな彼に対し、あなたは強い憎しみを抱いていたのでは？」

「そ、そんなことはありません。なにをおっしゃるんですか、刑事さん」

怯えるように身をよじる元山聡子。課長は、ここが勝負どころとばかりに質問を投げた。「昨日の夜、あなたはどこで何をしていましたか？」

強気な下園課長に対して、意外にも元山聡子は、それを上回るほどの強気な態度で応じた。

「昨日の夜ならば、決まっているじゃありませんか。私はお店でお客さんを相手にして忙しく働いておりました。開店時刻の午後六時から深夜までずっとです。なんなら、昨日来店したお客さんの名前を十人ばかり教えてさしあげましょうか」

堂々と言い放つ元山聡子。

その横顔は冷たくも神々《こうごう》しいほどの美しさに満ちていた。

元山聡子からの聞き取り調査を終えた私たちは、パトカーを出た。私たちの手許に残ったのは、紙に書かれた十名ほどの来店者リストだけだ。黒い家の玄関前。下園課長はそのリストを黛刑事に押し付けながら、「おまえ、念のために裏を取れ」と力なく命じた。

黛刑事は「ういっス」といってリストを受け取り、そして不満げに唇を尖らせた。

「でも課長、彼女はどう考えたってシロっスよ。アリバイだって十人のお客さんが証人じゃ、まず嘘ってことはあり得ない。いや、それよりなにより、岡部修一の死体はのこぎりでバラバラにされていた。女の力じゃ、そんな真似できないっスよ」

「そうです、課長。黛君のいうとおりだと思います」

この場面では私も珍しく後輩刑事の肩を持った。「確かに、元山聡子には岡部兄弟を殺す動機があるかもしれません。でも、彼女の力では無理です。共犯者がいれば、あるいは可能かもしれませんが……いや、それでもやっぱり無理でしょうね」

私は目の前の黒い家を見やりながら、あらためて今回の事件における重要なポイントを指摘した。「なにしろ現場は完全な密室だったのです。その点は見過ごせません」

すると下園課長は、うるさい蠅《はえ》を追い払うように大きく右手を振った。

「ああ、判った判った。確かに君たちのいうとおりだ。元山聡子は犯人ではない。もちろん隣に住む寺山政彦もだ。なにしろ現場は完全な密室だったんだからな。ふん、だったら簡単じゃないか。最初から、なにも難しく考える必要などなかったんだ。私は現場をひと目見た瞬間から、この事件の真相が判りすぎるほど判っていたよ」

「へえ、現場をひと目見た瞬間ってのは、トイレでゲロを吐く前っスか、それとも後っスか？」

「どっちでも、よろしい！」下園課長は部下のアホな問いを一蹴《いっしゅう》してから、べっ甲縁の眼鏡をぐっと指先で押し上げた。「密室状態の建物に死体が二つ。兄の修一は風呂場でバラバラに切断され、弟の健二は和室で血まみれ。この状況から導かれる結論は、ただひとつ。そう、犯人は弟の健二だ。彼が兄の修一を殺害しバラバラにした。それだけのことだ」

「…………」

私は無言のまま課長の説を聞いていた。やはりそうきたか、というのが率直な印象だ。想定の範囲内なので、別段の驚きはない。

一方、黛刑事はその程度の凡庸な結論さえ想定できていなかったらしい。慌てた様子で課長に尋ねた。「じゃ、じゃあ、その健二を殺したのは、いったい誰なんスか？」

するとと下園課長は高らかに宣言するように、自らの信じる答えを口にした——

6

「健二は自殺だ。彼は自分で自分の首を掻っ切った。それがこの密室の謎を解き明かす唯一の答えだよ、はっはっは——と下園課長はそういったのではありませんか、夕月刑事？」

純喫茶「一服堂」の店内。私の代わりに課長の台詞を口にしたのは、隣に座る南田五郎だ。売れないミステリ作家が横須賀署刑事課長の口ぶりを知るはずはないのだが、彼が真似した台詞は、偶然にも下園課長の口調をよく再現していた。私は感心しながら頷く。

「ええ。まさに南田先生がいったとおりのことを、課長はいったんです。さすが本職のミステリ作家だけあって、これぐらいの結末は簡単に見抜くものなんですね」

「いやなに、実は以前にこの手のアイデアをもとに作品を書いたことがあったんですよ。そりゃもう不評だったのなんの。『密室の結末が自殺ってのはナシだろ』『安易すぎる』とか散々にいわれましてね。まあ、確かに八百枚も費やすべきネタではなかったなあ！」

はっはっは、と豪快に笑う南田から顔をそむけた私は、「——なんだ、自分の創作体験なのね。褒《ほ》めて損した」と小声で呟き、あらためて彼に対して作り笑顔を向けた。「で、先生の目から見て、いかがですか、この事件？　下園課長の下した結論は正しかったのでしょうか？」

「ふむ、密室状態の建物の中、兄の修一を弟の健二が殺害して解体する。しかる後に健二が自殺を遂《と》げる。密室には二人の死体だけが残される。これなら犯人らしい人物が建物の中に見当たらないのも当然だ。犯人は死体のひとつとして転がっているのだから」

だがしかし――といって南田は眉間《みけん》に皺を寄せた。

「それでも、いくつかの疑問は残りますね。まず一つ目、なぜ健二は修一を殺害したのか。二つ目、なぜその死体をバラバラにしたのか。三つ目、なぜ健二は自殺したのか。これらの点について、下園課長はどう説明されたのですか、夕月刑事？」

「まず一つ目、健二が修一を殺害した動機は、要するに兄弟喧嘩。喧嘩の原因は様々なことが考えられますが、例えば健二が修一の女、元山聡子に横恋慕《よこれんぼ》した、なんてことが理由かもしれません。二つ目、死体をバラバラにする理由ですが、これは単純に考えて、死体を捨てやすくするため。三つ目、健二が自殺した理由ですが、要するに健二は兄の死体を切り刻むうち、まともな精神状態ではなくなってしまい、結局、死体を処分するに至らず、バラバラ死体を浴槽に放置したまま自ら命を絶った――というのが課長の見解でした」

「ふむ、一つ目と二つ目は、まあ良いとして、三つ目の理由は、相当こじつけっぽいですね。精神に異常を来したから、というのでは、なんだってアリになってしまう」

「ええ、確かに。それでも密室という状況が現にあるのですから、すべて健二がやったことと考えるしかない。でないと辻褄《つじつま》が合わないわけです」私はぬるくなった珈琲をひと口啜《すす》って、偽らざる心情を吐露《とろ》した。「正直、私は若干、納得いかない気持ちなのですが」

「では、犯人は他にいると？　例えば、誰が怪しいとお考えなのですか？」

「そう、敢《あ》えていうならば、やはり元山聡子でしょうか。これは後の調べで判ったことなんですが、元山聡子の父親は岡部兄弟に対して多額の借金を抱えていました。聡子が修一たちの金づるとなって働かされていた背景には、そういった事情があったわけです」

「では、岡部兄弟がこの世から消え去れば、彼女も彼女の父親も自由になれるというわけですね。なるほど、確かにそれは立派な動機にはなる。もっとも、仮に元山聡子に男の共犯者がいて、このバラバラ殺人を肩代わりしておこなったとしてもです、その男が犯行後いかにして黒い家から逃走できたのか、という疑問は残りますね」

「ええ。結局、何をどう考えても密室の壁が立ちはだかってしまうのです」

「ふむ、なかなか面白い。ならば、ちょっと真剣に可能性を探ってみましょうか。健二以外の男が犯人である可能性を」そういって、南田はあらためて要求した。「夕月刑事、黒い家の密室状況について、もう少し詳しく説明していただけますか」

「そうですね。では、少しお待ちください。図で説明したほうが早いでしょうから」

私はテーブルの上にあった紙ナプキンを広げると、持っていたペンで簡単な図面を描いていった。黒い家とその周辺の見取り図だ。現場の状況は捜査段階で何度も繰り返し検討されたので、考えなくても図面が描けるほど頭に入っているのだ。

黒い家の玄関は南側。二部屋ある和室も南を向いている。台所と風呂場とトイレは北側に並んでいる。窓は南側、西側、北側の壁に数箇所ずつあるが、東側の壁にはひとつもない。逆に白い家の西側の壁には窓がない。おそらく隣接する白い家は黒い家に対して鏡像対称の関係になっているものと思われるが、面倒くさいのでそっちの見取り図は省《はぶ》く。

二軒の家に挟まれた細長い空間には、一台分の駐車スペースがある。そこにはワゴン車が停まっている。健二の愛車だ。一方、寺山政彦の愛車は白い家の東側のスペースに停めてある。寺山が出勤に使う白いセダンだ。

そして私は黒い家の前の道路に黒い丸印を描いた。事件の夜に陥没があった場所だ。それは正確にいうと、黒い家の西側の端のあたり。その穴を挟むような位置に警

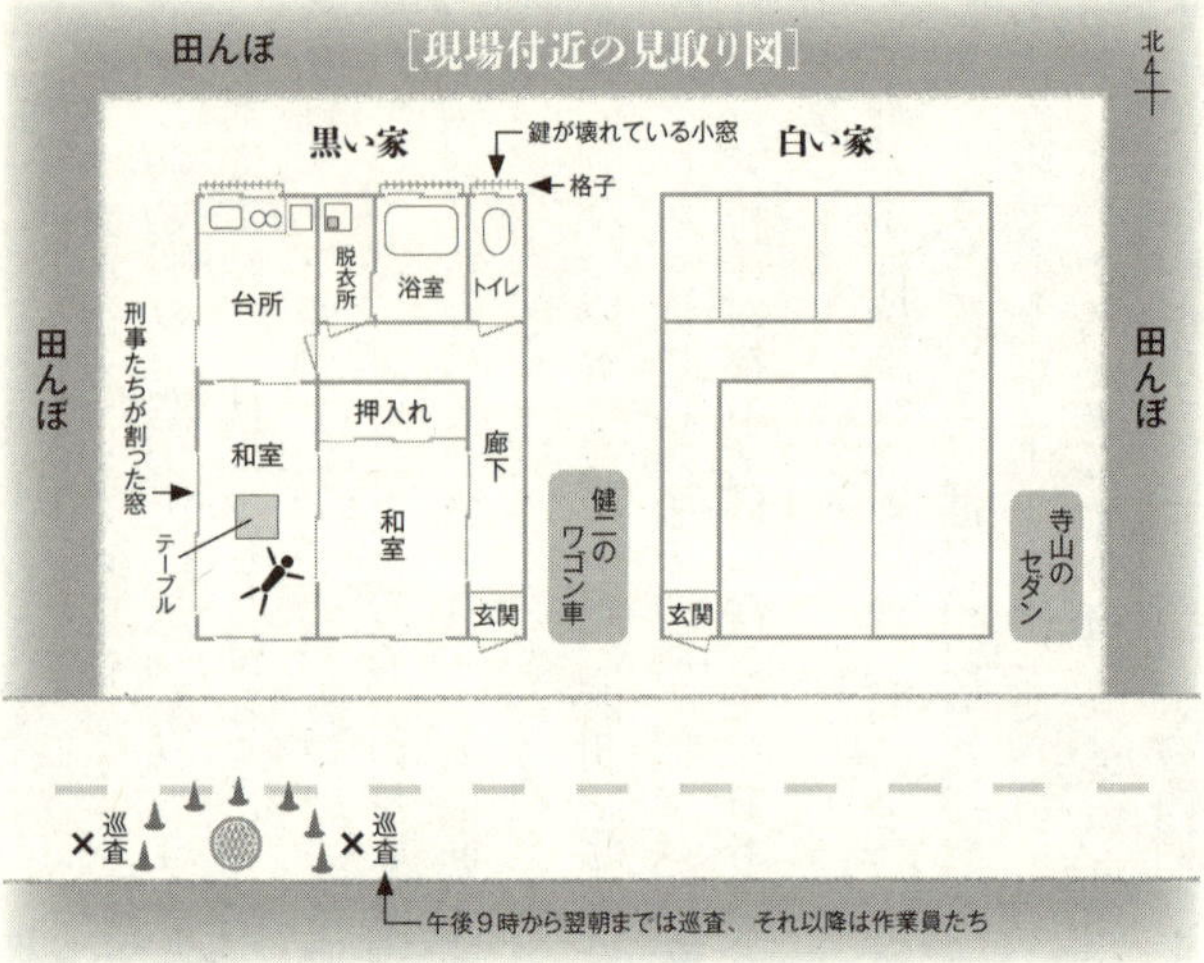

察官二名の位置を書き加えてから、私はペンを置いた。

「事件の夜の現場の状況は、だいたいこんな感じでした。どう思われますか、先生？」

「ふーむ、なるほど」南田は私の描いた図面をしげしげと眺めながら、「基本的に窓という窓は施錠されていたんですね。唯一の例外は鍵が壊れていたトイレの窓だが、その小窓の外には木製の格子が嵌まっていた。おや!?　この風呂場の窓や台所の流しの窓の外にも、似たような図柄が描かれていますが、ひょっとしてこれも格子ですか」

「ええ。格子はトイレの窓だけじゃなく、浴室や流しの窓にも嵌まっていました」

「要するに北側にも窓はあるけれど、実際にはそちら側から人が出入りすることは不可能ということですね。そして東側の壁には、もともと窓がない。つまり犯人の出入りは、南側にある玄関と窓、あるいは西側にある窓に限られるということですか。ふむ、しかしこの図で見ると、その南側と西側は交通整理の巡査から丸見えだな……」

「そのとおりです。いかがですか。このような状況にある建物の中から、犯人が脱出する方法というのは、果たしてあるんでしょうか？」

私の率直な問いに対し、南田は「あります」と答え、ひとつの可能性を示した。

「犯人は室内のどこかで息を潜めて隠れていたのかもしれない。隠れ場所は和室の押入れあたりでしょうか。まあ、押入れ以外にも家中探せば、どこかしら身を隠す場所はあるでしょう。そこへ第一発見者である刑事さんたちが窓ガラスを破って入ってきた。そして和室で健二の死体を発見し、それから風呂場でバラバラ死体を発見した。この隙を犯人は狙《ねら》ったんです。犯人は隠れ場所を出て、たったいま破られた窓から外へと逃げた。そういう可能性は考えられると思います」

「ああ、やはりそれですか。さすが本職のミステリ作家さんだけあって、これぐらいは簡単に見抜いて――って、ん⁉」ふと疑問を覚えた私は、ミステリ作家の顔を横目で見やった。「南田先生、もしかして、そのアイデアで……？」

「ええ、実は以前にそういうアイデアで密室ミステリを書いたことがありました。そりゃもう悪評フンプンでしてね。『千枚も読ませておいて、これか！』『さらに安易になったな！』とかブログに書かれたりして、いやもう散々でしたよ」

「…………」これも創作体験か。実際、安易すぎるな、この作家。

溜め息を吐く私の隣で、ミステリ作家は自信ありげに質問してきた。

「で、いかがですか、夕月刑事？　建物の中に隠れた犯人が、後から密かに逃走した可能性は？」

「いいえ、それはあり得ません。私、そういうふうに話したつもりだったんですが」

「というと？」

「つまり、浴室の死体を発見したのは黛刑事と私の二人だけ。このとき高橋巡査は死体の傍にずっといたんです。私と黛刑事が他の部屋の状況を調べて回っているときも、高橋巡査だけは和室にいました。なぜそうしたのかというと、まさしく先生がいったように、破られた窓から誰かが逃走する、そんな可能性を私も高橋巡査も考えていたからです」

「ふーむ、さすが夕月刑事。ちゃんと手を打っていたわけですね。となると、いよいよ完璧な密室ってことになるか。いやいや、待て待て。まだ最後の可能性があるぞ」

南田は自らを奮い立たせるようにいうと、私に顔を向けた。

「夕月刑事、その高橋巡査という警官は、本当に信用していいのですか。一見、善良な人間っぽく見えるけれど、実はその警官が裏で密かに犯人と通じていて、犯人の逃亡を手助けしていた。そんな話を僕は以前に書いたことがありますよ！」

「あるんですか！」

もはや自らの創作体験であることを隠そうともしない南田五郎。その横顔を見やりながら、私は思わず呆れ顔で呟いた。「いろいろ、ご苦労されているんですね、先生も……」

「まあね。他の作家が書いたような作品は、もうほとんど書き尽くしてしまいましたよ」と南田はオリジナリティの欠片《かけら》も感じさせない発言。「で、どうなんです、夕月刑事？　高橋巡査という人は信用していいのですか？」

「もちろんです。彼はいかにも真面目な警察官という感じの好青年でした」

だが、私の言葉に真っ向反旗《はんき》を翻《ひるがえ》すように、南田は盛んに首を振った。

「そういいますがね、夕月刑事。人間、見た目の印象では判りませんよ。高橋巡査だって、ひと皮剝《む》けば小ずるい悪党かもしれないじゃありませんか。あるいは百歩譲って、高橋巡査が真面目な好青年だとしてもです、彼には病気の母親がいたのかもしれない。借金に苦しむ父親がいたのかも。いや、なんなら海外留学を夢見る健気《けなげ》な妹も付けましょう」

「……なんの話ですか？」私は思わずキョトンだ。

「要するに、高橋巡査には纏まったお金が必要だったたってことです。そんな彼の前に完全犯罪を目論《もくろ》む人物が現れて、大金をポンと手渡しながら協力を求めたとしたなら、どうです？　いくら正義感の強い警察官だとしても、悪事に手を染める可能性ナシとはいえないのではありませんか？」

「うーん、高橋巡査に妹はいなかったと思いますが……」ポリポリと頭を掻きながら、私は困惑の表情を浮かべた。「それに、もし高橋巡査が買収されていたとしても、どっちみち破られた窓から犯人を逃がすことは不可能だったはずです。なぜなら、建物の外には工事中の作業員たちが大勢いたのですから。しかも彼らは私たちの様子を結構気にしていたんです。当然ですよね。制服巡査が建物の窓ガラスを警棒で叩き割れば、そこで何か異変が起こっていると、彼らにもハッキリ判るのですから」

「なるほど、大勢が注目する中、こっそり犯人を逃がすのは不可能ということですね。だったら、道路とは反対側に位置する窓から逃がしてやれば……ああ、駄目か。北側の窓にはすべて格子が嵌まっているんでしたね」

「ええ。しかも格子は木製とはいえ頑丈《がんじょう》なものです。簡単に取り外しできるようなものではありませんし、仮にそんなことをすれば確実にその痕跡が残ったことでしょう。実際には、格子にそのような痕跡はまったくありませんでした」

「つまり、作業員から死角になった窓には格子が嵌まっていて脱出は不可能。逆に、それ以外の窓や玄関から犯人が出ていこうとすれば、確実に作業員に見つかるってことですか」

「ええ、まさしく現場はそういう状況でした。念のためにいっておきますが、天井裏や床下に抜け道があったなんていう可能性は、考えなくて結構ですよ。そういう造りの建物ではありませんでした。そのことは断言しておきます」

「ふーむ。ということは、いままでの話を総合して考えるとですよ、死体の見つかった黒い家は、窓や扉を内側から施錠されていた。一箇所だけ開いていたトイレの窓には、格子が嵌まっていた。トイレに限らず建物の裏側に当たる窓には、すべて格子が嵌まっていた。人が出入りできるのは、建物の南側と西側のみ。しかも建物の前の道路には、前日の夜九時ごろからずっと人の目があった。夜の間は二人の巡査。その後は作業員や誘導員たち。この人たちにより、黒い家はいわば常時監視されたような状態にあった。そういうことですよね。——ううむ、物理的な密室であると同時に、監視された密室だなんて！　これほど強固で隙のない密室は初めてだ！　少なくとも僕は一度も書いたことがない！」

　その台詞、悲しすぎないか、南田五郎……

　哀れみの視線を向ける私の前で、ミステリ作家は渋面を作りながら、しきりに首を振る。だが結局、それ以上いくら脳みそを振り絞ってみても、彼の脳裏に新しい閃《ひらめ》きはなかったらしい。やがて、無念とばかりに肩を落とした南田は、私に向かって自らの敗北を認めるようにいった。

「確かにこれは完全な密室ですね。犯人の逃げ道はどこにもない!」

「やはりそうですか。プロのミステリ作家である南田さんならば、この手の密室殺人事件に違った解釈を与えてくれるのではないかと期待したのですが、結局そんなものはないようですね。判りました。ならば、結論はひとつしかないようです」

私は自らを納得させるように、あらためて下園課長の言葉をなぞった。

「やはり、すべては岡部健二がやったことなのでしょう。健二が修一を殺害し、バラバラに解体し、その後に自らの首を掻き切った。それがこの密室に対する唯一の答えだとしか考えようが――」

と、そのとき私の言葉を遮《さえぎ》るように、「一服堂」の店内に響く衝撃音。

――ガッチャーン!

驚きながら音のした方向に目を向ける。カウンターの中では、いままで沈黙を守っていたヨリ子が、「はあ、はあ、はあ」と肩で息をしながら、その表情を険しく強張らせていた。

若干、蟹股《がにまた》になったヨリ子の足許には、砕け散った珈琲カップの破片。

――ひょっとして、叩き割ったの!? ヨリ子が!?

思わず唖然とする私。隣の南田も椅子から腰を浮かせて驚愕《きょうがく》の表情だ。私はカウンター越しにまじまじと友人を見詰めた。

「ヨリ子、どうしたのよ、そんなに興奮して!?」

恐る恐る尋ねる私に、友人は栗色の髪の毛を振り乱しながら猛然と捲し立てた。

「浅い！　茜さんのお考え、あまりに底が浅すぎますわ！　まるでこの『一服堂』の珈琲のように！」

7

「おおっ、これは前回の事件でも見た光景！　自分の店の珈琲を貶《おと》しめながら、他人の推理を馬鹿にする、ヨリ子さん得意の意味不明な自虐的ツッコミ。――こりゃ面白くなってきた！」

ひとり勝手に盛り上がる南田は、何事かを期待するように目を輝かせる。

なるほど確かに彼の言葉どおり、ヨリ子には以前からそういう奇妙な癖がある。そのことは私もすでに了解済みなのだが――でも、わざわざ商売道具を叩き割ることないんじゃないの？

心の中で呟きながら、私は手許の珈琲カップを手にする。そしてカップの底に残る珈琲をひと飲みすると、興奮冷めやらぬ様子の友人にいった。

「確かに『一服堂』のブレンド珈琲は浅いわね。いわゆる浅煎《あさい》りとか深煎りとか、そういう意味じゃなくて、なんていうか飽きやすいというか、繰り返し飲む気がしないというか、要するに底の浅い珈琲だわ」

「ええ、茜さんのおっしゃるとおりですわ。底が浅くて飽きのくる味わい。それが『一服堂』のブレンド珈琲の最大の特徴――って、なにをいわせるんですの、茜さん！」ヨリ子は憤《いきどお》りを露《あらわ》にすると、小さな叫び声をあげながら、右足で何度も土間を踏みつけて、散乱するカップの破片をガシガシと踏み砕く。「――えいッ、えいッ、えいッ」

もはや、ほとんど錯乱状態だ。私もまた怒りの表情で友人に向かって叫ぶ。

「なにが不満なの、ヨリ子！　あんたが自分でいったんじゃないの。『一服堂』の珈琲は浅いって。文句があるなら、もっと根性入れて深みのある珈琲を淹れてごらんなさいよね！」

「ええ、よろしいですとも。望むところですわ。一生忘れられないような、味わい深い絶品珈琲をお見舞いして差し上げますわ。少々お待ちになってくださいましね、茜さん」

言うが早いか、ヨリ子は棚のいちばん奥から一個のガラス瓶を取り出した。瓶の中身は、いわずと知れた珈琲豆だ。ヨリ子はその豆を電動ミルで適当に「ガーッ、ガーッ」と雑に挽《ひ》いて粉にして、それをネル製のフィルターに投入。その一方で彼女はポットにお湯を沸《わ》かすと、それをフィルター上の豆に向かって、これまた案外適当な手つきで注いでいった。

すると、いったいどうしたことか。たちまち店内に満ち溢れる濃厚なアロマ。いままで嗅《か》いできた珈琲の香りとは明らかに違う、ワンランク上の香ばしさ。鼻腔《びこう》をくすぐるその香りだけで、いま目の前で抽出されているその珈琲が、並みの一品ではないことが判る。

やがてヨリ子は挑むような強気な視線とともに、二杯の珈琲を私たちの前に差し出した。「さあ、いざ勝負ですわ、茜さん。どうぞ覚悟してお飲みくださいな」

私と南田は思わず顔を見合わせ頷き合う。そして売られた喧嘩を買うような決意とともに、自分のカップを手にした。備前焼のカップの中には、こちらの顔が映るほどの濃厚な黒い液体。恐る恐るカップを口許に運び、ひと口啜る。

瞬間、私の口から零《こぼ》れる驚愕の声。「――こ、これは、なに！」

口の中に広がる深い味わいに、私は思わず絶句。それはまさに長い歳月によって熟成されたような奥行きのある一杯。隣に座る南田の口からも、たちまち賞賛の言葉が溢れ出す。

「し、信じられない！　店の雰囲気《ふんいき》はマアマアだけど、珈琲の味はイマイチ。それが『一服堂』の珈琲だったはず。それなのに、この珈琲はいままでのとは全然違う。美味《うま》い、美味過ぎる！」

「確かにこの珈琲は最高だわ。いままでに味わったどの珈琲よりも深い。ヨリ子、あなた、しばらく見ないうちに腕を上げたわね」

と私は友人に対して最上級の賛辞を送る。だが、ふと現実に戻った私は、冷静な目でカウンターの向こうの友人を見詰めた。「あ、だけど、よくよく考えてみたら、私はべつに深い珈琲が飲みたいわけじゃなかったわ。ええっと――」

本題はなんだっけか!?　そうだ、事件の話だ。そう、密室よ密室！

我に返った私は、あらためて友人に対して抗議の視線を向けた。「ちょっとヨリ子、さっきのあなたの言い草はなによ。私の考えが浅いですって!?　いったい、どういうことよ!?」

「あら、わたくし、浅いから浅いと申し上げただけですわ」

ヨリ子はあくまで強気な表情。私は彼女の生意気な鼻を見詰めながら言い返した。

「よーし、判ったわ。そこまでいう以上、あなたには別に考えがあるんでしょうね。だったらいいわ。聞かせていただこうじゃないの、ヨリ子。あなたの深ぁーい推理ってやつを」

「ええ、よろしくってよ、茜さん。納得いくまでわたくしの推理をお聞かせいたしますわ。ただしその前に、いくつか確認させていただきたいことがございますの」

「なによ。いってごらんなさい」

「まず、茜さんの話の中で判りにくい部分が一箇所ございましたわ。修一の肩には刺青があった。そして、その刺青は切断された死体の腕にあったと、そういうお話でしたわね。ということは、その腕は肩の部分から切断されていたと考えてよろしいのですね。つまり切断された胴体には肩がなかった。肩は腕のほうに付いていた。そういうことですわね？」

「そうよ。確かにヨリ子のいうとおりだけど、そんなことが重要なわけ？」

「ええ、大変重要ですわ。だって死体の腕を切り取るときには、二の腕の付け根あたりから切断するのが普通ではありませんこと？　それなのに、なぜこの犯人は肩の部分から切断したのでしょうか。そこには何か特別な意味があるとは思われませんか」

「さあ、どうかしら。死体を切断するのに、普通も特別もないと思うけど」

友人の疑問を私は一蹴する。ヨリ子はなおも質問を続けた。

「ところで、茜さんがお話しになった中で、愉快な活躍をされていた刑事さん――黛刑事といいましたかしら――そのお方は信用に足るお方と考えてよろしいんですの？　先ほど茜さんと南田先生は、高橋巡査が信用に足る人物か否かについて議論されていましたが、黛刑事については議論の対象になっておりませんでしたので、念のため伺っておきますわ」

「あら、ヨリ子、黛君のことを疑っているの？　ああ、そうか、判ったわ。きっとヨリ子は、あの場面を疑問に思っているのね。黛君が穴の開いたガラス窓から腕を差し入れて、クレセント錠を開けた場面を」

「ええ、まさしくそのとおりですわ。黛刑事はそのとき、本当にクレセント錠を開けたのでしょうか。本当はそのときクレセント錠はすでに開いていた。黛刑事は単に開けるフリをしてみせただけ。そういう可能性は絶対ないと言い切れますの、茜さん？」

「ヨリ子の疑いはよく判るわ。クレセント錠が最初から開いていれば、黒い家は密室ではなくなる。道路に巡査が立つより前に犯行を終えていれば、犯人は誰にも見られずに楽々と逃走できたでしょうね。だけど――」

私は友人の眸《ひとみ》を見詰めて、キッパリと断言した。「ヨリ子が疑うような可能性はないわ。ガラス窓は透明で、クレセント錠を開けようとする黛君の指の動きは、私の目にもハッキリと見えていた。クレセント錠が開く際のカチャリっていう音も、この耳で聞いたわ。黛君は確かにクレセント錠を自分の手で開けたの。つまり彼が錠を開ける瞬間まで、黒い家は確かに密室だった。間違いないわ」

「では、黛刑事のことは信用してよろしいんですのね。正直、まあまあ疑わしい人物に思えたのですが」

「ええ、信用してあげて。じゃないと彼が可哀想《かわいそう》よ。黛君は確かにアホだし間抜けだしスケベで軽率で、何かと欠点の多い人物だけど、根は善人なのよ。そりゃ、事件のころは刑事課に配属されて間もない新米刑事だったから、失敗も多かったわよ。けれど、その後は真面目に頑張《がんば》って、いまじゃ立派な横須賀署の署長さんだわ。《一日警察署長》ならぬ《万年警察署長》なんて揶揄《やゆ》されているけど、あれでも結構みんなから愛されているのよ」

「あら、そうでしたの。随分、出世なさったのですね。では黛署長に敬意を払って、彼を疑うのはやめておきますわ。――となれば、もはや真相は明白ではありませんこと？」

そういって、ヨリ子はカウンターに向かって大きく身を乗り出す。そして、そこに広げられた黒い家の見取り図の一箇所を、その骨ばった指先でズバリと示した。

「ここですわ。犯人の抜け道は、唯一ここしかございません」

8

「ここって……？」

私は図面の上に置かれた彼女の指先を見詰めながら、首を傾《かし》げる。

「ここですか……？」

隣に座る南田もまた、私と同様に納得いかない表情を浮かべる。

だが、それでもヨリ子の自信に満ちた態度は揺るがない。彼女は図面のその部分を指先でトントンと叩いて、繰り返した。「ええ、ここが犯人の抜け道ですわ」

私は首を左右に振りながら、慌てて友人の間違いを指摘する。

「駄目よ、ヨリ子。とっくに説明したはずでしょ。確かにトイレの窓は建物の中で唯一、施錠されていなかった。でも、その窓には木製の格子が嵌まっていたの。しかも、その格子には最近取り外されたような痕跡はなかった。トイレの窓から犯人は逃げられないわ」

「ひょっとしてヨリ子さん、犯人が格子の隙間からバラバラ死体を室内に運び込んだとか、そういったトリックをお考えなのでは？　だったら、それも不可能ですよ。格子の間隔なんて、せいぜい十センチ前後のはず。いくら六分割したって、そこまで死体は小さくならない。だいいち風呂場の窓ならいざ知らず、トイレの窓じゃ死体を運び込んだところで、その先がどうにもこうにも……」

「はあ!?　なにをおっしゃっているのですか、お二人とも」

ヨリ子は心底馬鹿にするような視線を私たちに向けた。「窓ですって？　格子ですって？　はん、馬鹿馬鹿しい。そのようなもの、わたくし最初から問題にしておりませんの。わたくしは単純明快に、密室の抜け道がここにあると申し上げているだけですわ。もっとも、これは抜け道というより、正確には密室の抜け穴と申し上げるべきかもしれませんわね」

ヨリ子の指先が再び図面を叩く。その爪の先は間違いなくトイレを示していた。

彼女の真意を計りかねて私は首を傾げる。

するとヨリ子は南田に対して、こう尋ねた。

「ところで先生は、この図面に描かれたトイレを、どのようなものだとお考えですの？　ヒーター付の便座を備えた最新式のシャワートイレだなどとは、まさか思われませんわよね」

「そ、そりゃあ、もちろん。夕月刑事とヨリ子さんの会話によれば、この密室バラバラ殺人事件は春の十字架事件が起こる、その少し前の事件ですよね。春の十字架事件といえば、天童美幸嬢が夏の十字架事件に遭遇するより、さらに十年前。確か一九八四年の四月に起こった事件だと聞いています。ならば、バラバラ殺人はその二ヵ月前、一九八四年の二月の出来事でしょう。いまが二〇一四年の二月だから、ピッタリ三十年前だ。その時代にはシャワートイレなんてまだなかったんじゃないかな。いや、八〇年代の半ばってことは、洋式便所ですらまだ少数派だったかも。大半の家庭のトイレは和式の水洗便所……いやいや、待てよ、場所が三浦半島の片田舎ってことは、ひょっとするとまだ水洗式じゃなかった可能性もあるか……え!?」

そのとき、南田の顔色がふいに変わった。「ちょ、ちょっと待ってください、ヨリ子さん……あなたがいう《密室の抜け穴》というのは、まさか、まさか……」

「ええ、その《まさか》ですわ」

ヨリ子は堂々と顔を上げ、なんら恥じらうことなく、衝撃の真相を口にした。

「この施錠され監視された密室の中の唯一の抜け穴。それはトイレの穴ですわ。いいえ、トイレという言葉さえ、どこか気取った言い回しに聞こえますわね。この場合はトイレではなく便所と申し上げるのが、より実態に即しているというべきでしょう。もちろん、この便所は水洗式ではございません。便器の下に真っ暗な糞壺《くそつぼ》が備わっていて、そこにウンコや小便を溜めていくだけの汲《く》み取り式便所。いわゆる、《ぽっとん便所》だったはずですわ。そうではありませんこと、茜さん？」

9

「ええ、まさしく、あなたのいうとおりよ。黒い家のトイ……便所は汲み取り式だったわ」

気取った奴と思われるのも癪なので、とりあえず《便所》という言葉を用いた私は、その一方で、友人の大胆すぎる話し振りについて、やんわりと抗議した。

「――にしても、ヨリ子、あんたよく糞壺とかウンコとか、そういう言葉を平然と口にできるわね。なんていうか、もうちょっと女としての恥じらいや抵抗はないわけ？　ひょっとして女、捨ててるの？」

「あら茜さんこそ、なにを気取ってらっしゃいますの？　いまさらウンコやシッコ程度の言葉で頬を赤らめる年齢でもないはずですわよ。だってバラバラ殺人の当時は横須賀署にその人ありと呼ばれた美人刑事夕月茜も、いまでは還暦間近のオバサン刑事。きっと黛署長からも一目置かれるお局《つぼね》様的な存在ではないかと、そのように推察するのですが……」

「いわないでちょうだい！　私、心はあのころのままなんだから！」

女としての大事な何かを守ろうとするように、私は自分の両手で自分の肩を抱きしめた。

するとと隣に座る南田が愉快そうに表情を緩《ゆる》めながら、私たちの話に割って入る。

「まあまあ、五十を過ぎた女同士、言い争うこともないでしょう。そういう私だって十年前の首なし殺人事件のころは四十代だったのが、いまや売れない作家のまま五十代なんですから」

「そうですわ。ここにいる三人、全員五十代なんですから、遠慮などいりませんわ。だいいち、ウンコもシッコもわたくしたちの身体から出ているもの。どれも大切なものですわ」

完全に開き直ったヨリ子の態度。これにはさすがの南田も微妙な表情を浮かべた。

「いや、あの、大切か否かはさておくとして——。やはり僕も、ウンコという単語は喫茶店でバリスタが口にする言葉じゃないと思いますよ。だって珈琲が不味《まず》くなる」

「いいえ、ウンコで珈琲は不味くなりませんわ」

断固とした口調で言い切ったヨリ子は、なおも意外な発言を続けた。

「むしろ、ウンコで珈琲は格段に美味《おい》しくなりますのよ。現に先生方がいま飲んでいるその珈琲、特別な香りと味わい深さがありますでしょ。なんのウンコだかお判りになりますか？」

「なんのウンコって……え、ウンコなんですか、これ!?」南田が目を白黒させる。

「ええ、ジャコウネコのウンコから作られる『コピ・ルアク』と呼ばれる貴重な珈琲ですのよ。珈琲農園で熟した珈琲豆をジャコウネコが食べて、それを消化しきれないまま排泄《はいせつ》する。そのウンコから豆を取り出して、洗浄して焙煎《ばいせん》したものですわ。早い話が、お二人はジャコウネコのウンコの濾《こ》し汁を飲んで、その深い味と香りを絶賛されていたわけですわね。そのことを棚に上げて、ウンコという言葉がよろしくないなどと、いったいどの口がおっしゃっているのかと、わたくし耳を疑いますわ」

「………」ヨリ子の辛辣《しんらつ》な言葉に、南田はグウの音も出ない様子だった。

「それに、今回のこの特殊な密室事件を説明するのに、ウンコや糞という単語を使わずに済ますことは、ほとんど不可能だと思われますの。ですから、わたくし前もって断っておきますわ。『お食事中の方は、お気をつけあそばせ』と」

「そ、そうですか。まあ、ここには食事中の人はいないから、大丈夫ですけどね」

南田はヨリ子に気合負けしたように引き下がる。私は「ハァ」と溜め息を吐いた。

「まあ、いいわ。話を元に戻しましょ。要するにヨリ子は、汲み取り式便所の穴を通って犯人が逃走したって、そういいたいわけね」

「そうですわ。黒い家での犯行を終えた人物は、建物を内側から施錠した。その後、便器の穴を通り、いったん糞壺へと入る。糞壺の構造がどのようなものだったかは判りませんが、おそらく便所のすぐ外にはマンホールのようなものがあって、そこが汲み取り口になっていたはずです。犯人はその汲み取り口から簡単に外へ出ていけたはずですわ」

「いやいや、待ってくださいよ、ヨリ子さん。口でいうのは簡単ですが、それは現実には相当困難なことではありませんか。なんというか、物理的にも心理的にも……」

「物理的にも心理的にも！　ええ、まさしく、そこですわ！」

我が意を得たりとばかりに、ヨリ子は眸を輝かせた。「要するに南田先生が懸念されているのは、こういうことですわね。糞壺の中は大量のウンコやら小便やらが溜まっているはずだ。犯人は便器の穴からその糞壺の中に自らの意思で入っていき、そこに溜まっている糞尿《ふんにょう》にどっぷりと浸かった挙句《あげく》に、マンホールを押し上げて、そこから這《は》い出なくてはならない。そんなことをおこなうのは大変なことだし、現場の周辺をウンコまみれにする危険もある。犯人の取る行動として、およそ現実的ではない。そうおっしゃりたいのではありませんこと、南田先生？」

「え、ええ、まさしく、そのとおりですよ」

南田は苦い顔で頷く。「誰だって嫌でしょう、糞尿のプールで泳ぐような真似は」

「ええ、もちろんですわ。ならばその邪魔な糞尿は、前もってどこかに退かしておけば問題ないのではありませんこと？」

「どこかに退かしておく!?　可能ですか、そんなことが。他人の家の糞壺に溜まった、他人のウンコですよ。そんなものをいったいどうやって……？」

「時間的には充分可能だったはずですわ。なぜなら黒い家の住人、岡部健二は殺される直前、数日間の旅行に出ていたとのこと。その間、黒い家には誰もいない。ならば、犯人は便所の外にある汲み取り口を開けて、そこに溜まっている糞尿を勝手に汲み取ることができたはずです。作業は夜中にやれば、人目にはつきません。汲み取りはバケツ一個あれば可能でしょう。後は体力と忍耐力の勝負ですわ」

「なるほど、バケツを何往復もさせれば、やがて糞壷はカラッポになる。当然の理屈です」

「…………」なんといったらいいのやら。ヨリ子と会話を交わすうちに、南田もウンコや糞という単語に対する抵抗がなくなってきたらしい。その会話を黙って聞いていた私は、恐る恐る二人の話に割って入った。「でも、ちょっと待って。その汲み取った汚物は……」

「ああ、駄目ですわ、茜さん。汚物などという洒落《しゃれ》た言い回しなど、それこそ糞喰《く》らえですわ。ウンコとハッキリおっしゃってくださいな。そのほうがスッと気持ちが楽になりますわよ」

「…………」確かに楽にはなるだろう。だがその分、大切な何かを確実に失うような気がするのだが。「わ、判ったわよ。じゃあハッキリいうけど、その汲み取ったウンコ、きっと相当な分量よね。それはどうするのよ。退かすといっても、机や椅子を退かすようなわけにはいかないわよ」

「おっしゃるとおりですわ。臭いが強烈でべとつくウンコを、迂闊《うかつ》に放置しておくことはできません。一時的にでも保管しておく場所が必要ですわね。ならば、それに相応しい場所は一箇所のみではございませんこと? そう、お隣に建つ白い家の糞壺ですわ」

ヨリ子の鋭い指摘に、南田が嬉しそうに手を叩く。

「なるほど。木の葉は森に隠せ。ウンコは糞壺に隠せ——というわけだ!」

「使い方、間違ってないかしら、その格言?」私は思わず眉を顰める。

ヨリ子はなおも熱っぽい口調で説明を続けた。

「そう、犯人は黒い家の糞壺から糞尿を汲み取り、それを白い家の糞壺に移し替えたのですわ。そうやってカラッポになった糞壺を隠れた通り道として、犯人はこの密室を完成させたのです。もう、お判りですわね。このような密室殺人を計画し、それを密かに実行に移せる人物は、ただひとり。白い家の住人だけですわ。そう、この密室殺人を成し遂げた真犯人は、寺山政彦その人だったのですわ」

10

岡部兄弟を殺害したのは寺山政彦。その言葉を聞いて、私は三十年前、白い家の玄関先で対面した彼の姿を脳裏に思い描いた。保険会社に勤める真面目そうな男。そういえば彼は小柄な身体つきだった。あの体格なら、便器の穴もすんなり通れそうだ。

そんなことを思う私をよそに、ヨリ子の熱気あふれる説明はなおも続いた。

「犯人は寺山政彦ですわ。動機のことは、わたくし重視いたしませんので、脇に置いておくといたしますわね。とにかく寺山は岡部兄弟に対する殺意を抱いておりました。そこで知恵を絞った寺山は、ひとつの密室殺人を思いつきます。鍵の掛かった建物の中で、岡部兄弟の死体が発見される。兄は首を絞められ、弟は首筋から血を流して死んでいる。現場の状況から見て、弟が兄の首を絞めた後、思い余って自ら頸動脈《けいどうみゃく》を掻き切って自殺したとしか思えない。そんなふうに見せかけるための、これは巧妙かつ大胆な密室殺人計画ですわ」

そういってヨリ子は計画の概要《がいよう》を説明した。

「まず寺山は岡部健二の旅行中を利用して、黒い家の糞壺をカラッポにしておきます。その間、白い家の糞壺は逆に満タンだったわけですが、まあ、それは仕方ないことと我慢しながら、寺山は犯行当日を迎えます。寺山はまず岡部修一の首を絞めて、これを殺害します。犯行の場所は正直判りません。寺山の自宅に修一をおびき出して殺害したのか、それとも暗い夜道で襲いかかって殺害した後に、車で自宅に運び込んだのか。とにかく修一の死体は、いったんは白い家にあったものと思われます」

「その後で、寺山は岡部健二のほうをナイフで殺害したっていう順番ね。犯行現場は黒い家の和室。そのことは血まみれになった現場の様子を見ても明らかだわ」

「ええ、おっしゃるとおりですわ。寺山はお酒を手土産《てみやげ》に、岡部健二の家を訪ねたのでしょう。そして、たらふく飲ませて相手が酔っ払った隙を衝くように、ナイフで頸動脈を掻き切って殺害した。ナイフには健二の指紋を残しておく。もちろん、自分の指紋は拭《ふ》き取っておく。あとは、白い家にある修一の死体を黒い家に運び込み、窓や玄関扉を内側から施錠した後、カラッポの糞壺を通って外に出る。そういう手順だったはずですわ。ところが――」

「ところが、そのシナリオは狂ったのね。岡部修一の死体はバラバラに解体されている。なぜ寺山は修一の死体を六分割する必要があったの？」

「それはもちろん、犯行の夜に起こったハプニングのせいですわ。おや、茜さんは、まだお気付きにならないのですか。あったはずですわよ、突発的な出来事が」

「ハプニング!?」その言葉に私はようやくピンときた。「あ、ひょっとして道路の陥没事故!?」

「そうですわ。犯行の夜、黒い家の前で道路の陥没が発見された。駆けつけた巡査たちが穴の両側に立ち、交通整理を始めます。このとき、寺山はどこにいましたかしら?」

「寺山は自分の家にいたわ。彼は白い家の玄関から姿を現し、道路に立つ高橋巡査と会話を交わしている。その会話の中で、寺山は道路がいつ復旧するのかを気にしていた。会話を終えた後、寺山はまた白い家へと戻っていったはずよ」

「おそらく、その時点で寺山は岡部兄弟の両方をすでに殺害していたのでしょう。あとは、修一の死体を黒い家に運び込んで、密室を作り上げるばかり。道路の陥没は、そのようなタイミングで突然に起こった想定外の出来事でした。寺山が高橋巡査に聞きたかったのは、いつまで道路上に巡査や作業員たちが立ち続けるのか、ということだった はずです。目の前の道路に誰かが立ち続けている限り、白い家にある修一の死体を黒い家に運び込むことは不可能になる。だから寺山は高橋巡査にその点を確認したのですわ」

「しかし、高橋巡査の答えは『いつになるのか判らない』だった」

「ええ。ここで寺山は決断を迫られました。修一の死体を白い家に置いたまま、工事が終了するのをジッと待つか。それとも当初の計画を諦《あきら》めて、修一の死体を別の場所に捨てにいくか。しかし密室殺人計画にこだわる寺山は、ここで第三のやり方を思いついたのですわ。カラッポの糞壺という抜け道はすでに用意されているのです。それは寺山自身が通るために用意した抜け道ですが、死体を通すことだって出来ない話ではない。しかも道路から見た場合、便所は建物の裏側に位置している。しかも二軒の家の間にはワゴン車が停車中で、恰好の目隠しになっている。建物の裏側での作業は、道路に立つ巡査の目には留まらない。そう考えた寺山は、計画を急遽変更いたしました。普通に玄関から運び込むはずだった修一の死体を、便所の穴から運び込むことにしたのですわ。ただし、これにはひとつ重大な問題がありますの。茜さんは、お判りになって？」

「ひょっとしてサイズの問題？　寺山は小柄な男だからいいけど、修一は確か……」

「ええ、まさに問題はそこですわ。元山聡子の話によれば、岡部修一という男は身長百八十センチほどもあるスポーツマン体型だったとのこと。きっと肩幅も広かったことでしょう。体重だって八十キロ程度あったかもしれませんわね。たとえ糞壺という抜け道を用いるとしても、果たしてそのような巨大な物体が丸ごと糞壺から便器の穴を通るかどうか。いや、おそらくは無理でしょう。寺山は自宅の便器と、修一の死体とを見比べながら、そういう結論に達したのですわ。そこで寺山は死体を解体することにいたしました。大柄な死体も分割すれば、サイズ的にも重量的にも、うんと運びやすくなりますものね」

「なるほど。それが死体をバラバラにした理由だったってわけね」

「そのとおりですわ。死体の解体は白い家の浴室でおこなわれたのでしょう。解体に用いたのこぎりは、寺山自身の持ち物だったはずです。腕を切断する際、肩の部分から切断したのは、胴体の幅を狭くするためですわ。アスリート体型の男性を考えた場合、最も幅があって便器の穴に引っ掛かりそうな部分は、やはり肩でしょうからね」

「そっか。それで、ヨリ子は腕の切断箇所を気にしていたのね」

「ええ、細かいことではありますが、犯人にとっては、ちゃんと意味のある行動だったのですわ」

　そういってヨリ子はさらに続けた。「寺山は六分割したパーツを、それぞれビニール袋に入れます。六個のビニール袋は白い家の東側の窓から——つまり、巡査たちの立つ位置からは死角になっている窓から——外へと運び出されたのでしょう。そして寺山は自宅の裏側を通りながら、密かに六個の袋を黒い家の裏側に運び込みます。あとは、もうお判りですわね。寺山は六個の袋を汲み取り口から糞壺に投げ入れ、自らも糞壺から便器の穴を通って黒い家に侵入します。そして糞壺の中から六個の袋を引き上げると、それを浴室に運び込みます。そこで袋を開けて、中にあるパーツを浴槽に放り込んだのですわ」

「うーん、凄いわね。いくら建物の裏側が死角になっているからといっても、すぐ目の前の道路には警官が立っているんでしょ。そんな中で、よくそんな大胆な行動を取れたわね」

「ええ、まさに糞度胸があると申し上げなければなりませんわね」

「ちょっと、ヨリ子！　そこでわざわざ糞って言葉を使う必要はないでしょ！」

私は思わず非難するような視線を友人に向けた。「どうも、さっきから気になってたけど、あなた糞とかウンコとか面白がってわざと使っているわよね。必要以上の使用頻度《ひんど》だわ」

「そんなことありませんわ。わたくし、必要に迫られながら用いているだけです」

ヨリ子はとぼけるように店の天井を見やる。私は「さあ、どうだかね」といって溜め息を吐いた。「で、死体の運搬をやり終えた寺山は、それからどうしたの？」

「まずは、黒い家の浴室が死体の解体に使われたと、偽装する必要がありますわね。要するに、黒い家の浴室は綺麗《きれい》すぎるのです。死体が切断された現場らしく、もっと血で汚れてなければ不自然ですわ。そこで寺山は、死体の血を浴室の床や壁に擦《こす》り付けて、それらしく現場を汚しました。その一方で、死体のパーツの入った浴槽に水を溜めて、その水を流しっぱなしにしました。死体から流れた大量の血液は浴槽から溢れる水とともに排水口に流れていったと、そう思わせるためですわ」

「実際には、死体の血液の大半は、白い家の浴室で流れている。そのことを誤魔化《ごまか》すための小細工ね。血の付いたのこぎりを浴槽に沈めたのも、偽装の一種よね」

「ええ、もちろん死体と一緒に持ち込んだのですわ。さて、浴室の偽装を終えたら、今度は掃除をする必要がありますわね。どう気を付けたとしても糞壺を通る際に、ビニール袋にはウンコやら小便やらが付着することは避けられないはず。それらの糞尿が便器回りや廊下を汚していたら、警察の不審を招くことでしょう。ですから、この掃除は念を入れておこなわれたはずですわ。まさに、付いたウンコが運の尽きとならないように」

「…………」完全に面白がっているわね、ヨリ子。

「さて、掃除が終われば、後は当初の計画に戻るだけですわ。寺山は建物を内側から施錠した状態にして、糞壺を通って建物の外へと脱出します。それが済んだら最後の仕上げです。寺山は白い家の満タンになった糞壺の中から、バケツで糞尿を汲み取り、黒い家の糞壺へと再びそれを戻したのです。寺山は二軒の家の汲み取り口の間を何往復もしたことでしょう。やがて黒い家の糞壺は、再び糞尿で満たされます。もはや、ここが人間の通り道だとは誰も思いません。こうして黒い家の密室は、当初の予定とは違った形ながらも見事に完成したのでした」

ヨリ子の表情には、まるで自分が密室を作り上げたかのような達成感が浮かんでいる。気が付けば私も思わず感嘆の溜め息を漏らしていた。

「なるほどね。そして翌日の夜、密室となった黒い家で、私たちが岡部兄弟の死体を発見した。そういう流れだったわけね」

「そうですわ。茜さんたちは、バラバラ死体と密室の謎に首を捻《ひね》ります。下園課長は便器に向かってゲロを吐きます。それでも彼は目の前にあるウンコでいっぱいになった糞壺が、犯人の通り道だなどとは夢にも思いません。見た目上は、密室の中に岡部兄弟の死体があるばかり。この状況を合理的に解釈するなら、弟のほうが兄を殺し、その死体を解体した後、自ら頸動脈を掻っ切って死んだ。そういうふうに考えられますわ」

「ていうか、そういうふうにしか考えられないわね」

「ええ。そのような都合の良い解釈が目の前に用意されているのです。ならば警察だって、『殺人犯は便器の穴から逃げたのでは……？』などという突飛《とっぴ》なことを考える必要もないでしょう。もともと嫌われ者の兄弟です。通り一遍の捜査がおこなわれた後、警察はこの事件を『すべて健二がやったこと』と結論付けました。これこそまさしく、糞壺をトリックに用いた寺山政彦の思う壺、というわけですわ」

「なるほど、うまいな、ヨリ子さん！」南田が愉快そうに手を叩く。

「うまくない！　汚いわ。なんて汚い密室なの！」私は髪を掻きむしりながら叫ぶ。

「あら、汚いだなんてとんでもない」ヨリ子は両手をエプロンドレスの胸に押し当て、心底ウットリするような目で遠くを眺めながら呟いた。「……とても美しい密室ですわ」

その視線の先に、いったいどのような綺麗な色をした密室が浮かんでいるのだろうか。それを知る由《よし》もない私は、やれやれとばかりに肩をすくめる。

すると私の横で南田が突然、抗議の声をあげた。「でも、ちょっと待ってください、ヨリ子さん。密室密室といいますが、厳密にいうと、この黒い家は密室とは呼べないのでは？　だって便所の穴が抜け道だったというのでは、それはもはや密室ではないのであって……」

密室を偏愛するミステリ作家は、密室の厳格な定義にこだわりがあるらしい。だがヨリ子は引き締まった表情を南田に向けると、「あら、そうでしょうか」といって舌鋒《ぜっぽう》鋭く反論した。

「ひょっとして南田先生は、密室というものを頑丈な鍵や堅い壁によって閉ざされた空間だと思い込んでいらっしゃるのでは？　しかし、密室とはそういった堅牢《けんろう》なものばかりとは限りませんわ。この事件において、黒い家は確かに密室でした。それは大量のウンコという柔らかい壁に閉ざされた密室です。その色、臭い、感触、それにまつわる様々な記憶とイメージ、それらが物理的にも心理的にも巨大な壁となって、当時の捜査員たちの前に立ちはだかり、彼らの目から真実を遠ざけていたのですわ」

そしてヨリ子は穏やかな笑みを浮かべながら、私のほうに顔を向けた。

「ねえ、そうではありませんこと、茜さん？」

ヨリ子の言葉に、私は黙って頷くしかなかった。

三十年の時を経たいま、ようやくあの冬の密室は開かれたのだった。

11

「ところで、わたくし茜さんに対してひとつ質問がございますの」

ヨリ子は頬を膨《ふく》らませながら、私に向かって責めるような視線を投げた。

「なぜ茜さんは、三十年という長きにわたって、この可愛い親友をほったらかしにされたのですか。なぜ『一服堂』においでいただけなかったのですか。『一服堂』の珈琲がイマイチ甘くてぬるくて薄くて浅い珈琲だからですか。茜さんがいらっしゃらない間に、珈琲の味も多少はマシになりましたのに。——あ、さては他の喫茶店に浮気していらっしゃったのですね。いいえ、きっと喫茶店ですらありませんわね。カフェですわ。いま流行のカフェに入り浸って、カフェ飯やらパンケーキやらを頬張りながら、この鎌倉にある時代遅れの喫茶店のことなど、すっかりお忘れになっていたのですわね。酷い、なんて薄情なんですの、茜さん！」

一方的に言い募《つの》る友人を、私は苦笑いしながら見詰めた。

「ゴメン、悪かったわよ。でも、これでも私は地方公務員なの。判る、ヨリ子？　公務員っていうのは異動があるの。三十年前、春の十字架事件の直後に私、横須賀を離れて相模原《さがみはら》に異動になったのよ。だから、それっきり『一服堂』とは疎遠になってしまって。十年前の首なし死体事件のころには横須賀に戻っていたんだけれど、そのころはもう……」

「もう……なんですの？」

「もう、私の中でカフェブームが起こっていて、『一服堂』はもういいかなって……」

「ひ、酷い！　やっぱり薄情者ですわ、茜さん！」

ヨリ子はエプロンドレスの裾《すそ》をたくし上げながら、靴底で土間を何度も踏みつけて、やり場のない怒りを露にした。「じゃあ、逆に聞きますけど、なぜ今日は三十年ぶりに『一服堂』にいらっしゃっていただけたんですの？　単なる気まぐれではありませんわよね？」

「ああ、それにはちゃんとしたキッカケがあったの。まあ、落ち着いて聞いてよ」

私は真面目な顔に戻って、友人に説明した。「実は先日、横須賀の市街地で轢き逃げ事件が発生したの。還暦を過ぎた初老の男性が、車に撥《は》ねられて死んだ事件よ。男性を撥ねた車は現場から逃走。でも車はすぐに特定され、犯人も無事に逮捕されたわ。それは良かったんだけど、私が驚いたのは、車に撥ねられて死んだ被害者の名前なの。初老の男性の名は寺山政彦。三十年前のあの事件で白い家に住んでいた彼だったのよ」

あらまあ、というようにヨリ子と南田がカウンター越しに顔を見合わせる。

私は一拍おいて、話の先を続けた。「寺山は勤めていた保険会社を定年まで勤め上げて、すでに悠々自適の生活を送っていたみたいね。子供はいなかったけれど、奥さんがいたわ。その奥さんは夫の訃報《ふほう》を聞いて自宅から駆けつけてきた。だけど彼女の姿を見た瞬間、私はハッとなったの。彼の奥さんの名前は寺山聡子。旧姓元山といった、あの薄幸の美女よ」

「なんですって！」隣で南田が素っ頓狂な声を発した。「元山聡子は内縁の夫が殺された後、寺山と一緒になっていたんですか」

「ええ。私も初めて知ったときは驚きました」

南田に向かって頷いた私は、すぐさま友人へと視線を戻した。「それでね、ヨリ子、私はいまさらながら三十年前のあの事件について、疑惑を抱くようになったの。ひょっとすると寺山は事件当時すでに元山聡子と恋仲だったのかもしれない。だとすれば、彼女を苦しめる元凶ともいうべき岡部兄弟を、寺山が自らの意思で殺害し、彼女を手に入れたとも考えられる。あるいは岡部兄弟を殺害するように、彼女のほうから寺山をそそのかした可能性もあるわ。いずれにしても三十年前の事件は、当時の私たちが思ったような事件ではなかったのかもしれない。そう思った私の脳裏に、ふと昔の光景が蘇《よみがえ》ったのよ。『一服堂』の薄暗い店内で猟奇殺人の謎を解く安楽椅子探偵、安楽椅子の姿が。――そうだ、ヨリ子だ！　彼女に聞いてみよう！　そう思った私は居ても立ってもいられず、ついに三十年ぶりにこの店を訪れたってわけ」

そして私は意地悪《いじわる》な笑みを浮かべながら、友人を見やった。

「だけど確かに時間が経ちすぎたみたいね。私ここにくる途中、道が判らなくて迷っちゃった。ヨリ子も私が店に入ったとき、誰だか判らなかったみたいね。私のこと初めての客だと思って、あなた、壁を向いて震えてたでしょ？」

「そ、そんなことありませんわよ。薄暗くて、お顔がよく見えなかっただけですわ。わたくしが茜さんの顔を忘れるはずありませんもの。近くで見れば一瞬で判りましたわ」

必死で強がるヨリ子の姿に、私は苦笑する。

そんな私に南田が不思議そうに聞いてきた。

「夕月刑事は僕の顔はすぐに判ったようですね。首なし死体事件からでもすでに十年が過ぎているというのに、なぜ僕の顔を覚えているんです？　やはり警察官は記憶力がいいのかな？」

「それもありますが、私、十年前の事件で南田先生を取り調べて以来、先生の作品を何冊か読みました。八百枚とか千枚とかいう問題作ではない、もう少し普通の作品を。その本には先生の顔写真が載っていました。だから、すぐに判ったんです」

「ああ、著者近影ね。そうか、それでか」と納得した表情で頷くミステリ作家。

するとヨリ子が興味を抑えられないといった顔つきで、猛然と私に聞いてきた。

「ではでは、わたくしは、どうでしたの？　茜さんは、三十年ぶりにわたくしのことをご覧になって、どう思われました？　すぐにわたくしだとお判りになりました？」

カウンターの向こうで自分を指差しながら、眸を輝かせるヨリ子。私はそんな彼女のエプロンドレス姿をあらためて眺める。三十年前、少女の面影を残しながら可愛らしいメイドさんのような雰囲気を醸《かも》し出していたヨリ子。だが、いまやそんな彼女も古いお屋敷に長年勤めるベテラン家政婦といった印象だ。かつて瑞々《みずみず》しい輝きを放っていた黒髪も、いまは栗色に染めてある。陶器のように白く滑《なめ》らかだった肌にも、年齢相応の衰えが見られる。確かに時間は流れたらしい。だが深い知性をたたえた眸と、回転の速い頭脳。なにより極度の人見知りと、時折見せるエキセントリックな振る舞いは昔の彼女そのままだ。

私は目の前に佇むヨリ子の姿を、三十年前の彼女と重ね合わせながら、真っ直ぐに頷いた。

「ええ、あなたは全然変わらないわ、ヨリ子。私はひと目見た瞬間、あなただと判ったわよ」

「まあ、嬉しい！　そういう茜さんも昔のまんまですわ！」

ヨリ子は両手を胸に押し当てながら、私に向かってにっこりと微笑むのだった。

12

こうして三十年前の密室の謎には解決が与えられ、私とヨリ子は三十年間変わることのない友情を確かめ合った。南田五郎は念願だった冬の猟奇殺人事件のネタを手に入れたものの、「しかし、この話をこのまま小説にしていいものやら……」と早くも頭を抱えている。

そんなこんなで「一服堂」での懐かしくも楽しい時間を過ごした私は、腕時計の針をちらりと見やり、おもむろに席を立った。カウンターの向こうでヨリ子が慌てて声をあげる。

「あら、まだ、よろしいじゃありませんか。ゆっくりしていってくださいな」

「そうしたいところだけど、実はこの後、人と会う予定があるの。ゴメンね」

すると南田が冗談っぽい口調で私にいう。「さては、これから誰かとデートですか」

ああ、ここにも黛君と同様に進化を止めた男がひとり……

だが嘘を吐きたくない私は、彼の言葉を否定せずに、ただ曖昧な笑みで応える。

そんな私の姿に不審を抱いたのだろう。ヨリ子は穏やかだった表情をキッと引き締めて、カウンター越しに私を鋭く睨み付けた。「まあ、茜さん、まさか本当にデートですの!?」

「…………」私はとぼけるように黙って天井の梁を見上げた。「さあ、どうかしらね」

「どうかしらね、ですって!」ヨリ子の声が裏返る。彼女の靴底が再び土間を踏み鳴らす。友人は身をよじりながら、烈火のごとく憤りを露にした。「く、くやしい！　許せませんわ。親友のわたくしを差し置いて、いったいどこの馬の骨と夜遊びなさるおつもりですの！」

「まあまあ、そう怒らないでよ。また珈琲飲みにくるから」

ヨリ子はカウンターを飛び出して、私に激しく詰め寄りながら、「本当ですね？　本当にきてくださいますね？　まさか、また三十年後ではありませんわよね。そのときはわたくし、灰になっているかもしれませんわよ」と全然洒落にならない不安を口にした。

「大丈夫。あんたは百十歳まで生きるわよ」私は彼女を勇気づけると、コートを羽織ってバッグを手にする。「近いうちにまたくるわ。そのときは夜遊びでも何でも付き合うから」

そして私は嫌がる友人に無理やり珈琲代を押し付け、「じゃあ、またね」と手を振った。

涙目になりながら、「毎度あり〜」と見送るヨリ子。その視線を背中に感じながら、私は引き戸を開けて、「一服堂」の玄関を勢いよく飛び出した。

すると次の瞬間、「――わ！」

路上へ駆け出す私の前に偶然立ちはだかったのは、赤いダウンジャケットを着た茶色い髪の女。危うくおデコとおデコで挨拶《あいさつ》するところだ。私が慌てて「ごめんなさい」と頭を下げると、四十代と思しきその女性は手にしたスマホを軽く振りながら、人懐っこい笑みを浮かべた。

「ええの、ええの。あたしもヨソ見してたんやから」

彼女の繰り出す流暢《りゅうちょう》な関西弁に、思わず私は「ん!?」と引っ掛かりを覚える。

そんな私をよそに、彼女は「――ほな」といって軽く右手を上げる仕草。そして目の前の引き戸をまるで自分の家の玄関のように開けると、ひとり「一服堂」の店内へと消えていった。

閉じられた引き戸に顔を寄せて、私は店内の様子に耳を澄ます。先ほどの四十代女性が一方的にしゃべくり倒す関西弁が、引き戸の向こうから鮮明に聞こえてきた。

「なあなあ、いまこの店から女の人が出ていったけど、あんまり見かけん人やったなあ。さてはヨリ子はん、また初対面のお客さんを怒らせて帰らせてしもうたん？　あんたの人見知りも大概にせんと、この店ホンマに潰れるでえ——って、そう言い続けて、もう二十年やなあ。最初にこの店にきたときは、あたしもピッチピチやった。いまじゃ、すっかり大阪のオバハンや——え、なになに!?　いまの女の人も昔の常連さん!?　ええッ、夕月刑事やて!?　夕月刑事って横須賀一の美人刑事と噂になってた、あの夕月茜刑事かいな。ふーん、あの人がそうやったんかあ。まあ、あの年齢にしては頑張ってはるほうやけど、正直あたしがイメージしてたほどではないなあ。あれやったら、あたしのほうが勝ってるわ。ハッキリいって圧勝やな。——なあ、そう思うやろ、南田センセ。あれ、なんで黙り込んでんねん!?　返事しーや、南田センセ」

困惑する南田センセの顔が目に浮かぶようだ。

私は不満の声と笑い声を両方噛《か》み殺しながら、ひとり引き戸の前を離れた。

夜の道を鎌倉駅へと早足で進む。約束の時刻は午後九時だ。到着してみると駅前は帰宅ラッシュも過ぎて、閑散とした印象。道行く人はコートの襟《えり》を立て、帰りの道を急いでいる。

そんな中、赤い鳥居の陰に黒いコートを着た男の背中を発見し、私はすぐさま駆け寄った。三十年前にこの鎌倉で出会い、十年前の横須賀で再会し、やがて一緒に暮らすようになった私のパートナー。私は彼の肩をぽんと叩いて、その名を呼んだ。

「――お待たせ、蓮司《れんじ》君」

私のパートナー村崎《むらさき》蓮司は驚いたように肩をすくめ、くるりと後ろを振り返る。そして私の顔を確認すると、ガッカリしたように私の名を呼んだ。「なんだ、茜さんか」

「なんだ、じゃないわ。もう少し嬉しそうにしなさいよね。あなたのほうから誘ったんでしょ」

「べつに嬉しくないわけじゃないけど、でも、もう一緒に住んで十年近いしな」

いまさら甘い顔ができるか、とばかりに蓮司は表情を引き締める。「今日だって、君が用事で鎌倉にいくってメールで連絡してきたから、じゃあついでに食事でもって、そう思って誘ったんだ。ちょうど僕も鎌倉で取材があったんでね。ついさっき鎌倉に住んでいる人間国宝の画家の先生に話を伺ってきたところだ」

「その偉い先生、何か勘違いして取材を引き受けたんじゃないの？　挨拶した瞬間に文句いわれなかった？　名刺を叩きつけながら、『畜生！　講談社《こうだんしゃ》じゃなくて放談社《ほうだんしゃ》かよ！』って」

「そういや昔、南田五郎って男が、まさにそんな態度だったな。あと天童美幸っていう女の子も……」

「さっき会ったばかりよ、その二人に。実は『一服堂』にいってきたの」

「なんだ、鎌倉に用事があるって、『一服堂』のことだったのか。——ん、待てよ！」

瞬間、蓮司の表情が抜け目のない雑誌編集者のそれに変わった。「横須賀署のベテラン刑事夕月茜が、わざわざ安楽椅子探偵ヨリ子さんの店を訪れるってことは、きっとなにかある。さては事件だな。それも、ありふれた事件じゃない。猟奇殺人だ。そうだろ、茜さん？　そうか、やっぱりそうなんだな。で、ヨリ子さんはその事件を解き明かしたんだな。おお、それは素晴らしい。ならば、その猟奇殺人の記事、ウチの雑誌にぜひ載せたいところだな」

「それはいいけど、人間国宝の画家さんの記事は？」

「ああ、そうだった。偉い画家の先生から話を伺ったばかりだった。猟奇殺人の記事など載せる余裕はどこにも——って、はん、『週刊現代』かよ！」

蓮司はいきなり吐き捨てるように叫ぶと、自らの胸を親指で指しながら宣言するようにいった。「馬鹿にしてもらっちゃ困る。こっちは現代の一歩先行く『週刊未来』だ。人間国宝のインタビューなんかより、猟奇殺人のほうを百倍大事にするのが、ここ三十年以上続く『週刊未来』の基本スタンス。その方針はこの村崎蓮司が編集長になった現在も変わることはない！」

「むしろ余計にそっち寄りになっているような気がするわよ、編集長さん」

「うむ、確かにその傾向はあるかもな」

蓮司は重々しく頷くと、すぐさま私に顔を向けた。「とにかく茜さん、その事件の話を詳しく聞かせてくれ。どこかそこらのレストランで飯でも食いながら、ゆっくりと……」

「え!?　食事しながら、あの事件の話を!?」私はゾッとして首を左右にブンブン振った。「駄目よ。それだけは絶対無理。いや、猟奇的とか血生臭いとか、そういうレベルじゃなくて、とにかく食事しながらできるような話じゃないんだってば！」

「茜さん……」一瞬キョトンとした表情の蓮司。だが彼はすぐさま満面の笑みを浮かべて、私の両手を取った。「なんだなんだ、滅茶苦茶面白そうな話じゃないか！　どんな話なんだよ、いったい？　よーし、判った。レストランが駄目なら別の場所にしよう。うってつけの場所がある」

「うってつけの場所!?」

「そうさ。誰にも邪魔されずに猟奇殺人の話が心おきなく楽しめる素敵な店だ。つれていってくれるかい、茜さん？　なにしろ僕も随分長い間、あの店にはご無沙汰でね。いまとなっては、あの小さな看板を見つけられる自信がないんだ」

彼の意外な提案を聞いて、私は自分の脳裏にひとつの光景を思い浮かべた。

四つの事件を通じて繋《つな》がった四人の客、村崎蓮司、天童美幸、南田五郎、そして私、夕月茜。四人の客が四つのカウンター席を埋める前で、エプロンドレス姿のヨリ子が珈琲を淹れる。私たちは彼女の振る舞う珈琲を片手に会話を交わす。話題はもちろん猟奇殺人だ。

ヨリ子は私たちの推理に文句をいい、私たちは彼女の珈琲にケチをつける。

なんと素敵な光景だろうか。あの「一服堂」に四人の客が集うなんて！

私はワクワクする気分で彼の提案に頷いた。

「判った。つれていってあげる。いまならみんな揃っているはずよ」

そりゃ楽しみだ、と嬉しそうに呟く彼。

私は彼の手をしっかり握りながら、小さく微笑む。

そして私たちは肩を並べながら純喫茶「一服堂」への道を歩き出した。

解説　立役者の華麗なる《凱旋《がいせん》》

岡崎琢磨（作家）

近年の文芸界隈《かいわい》における、あるひとつの潮流において、作者の果たした功績は計り知れない——と、私は考える。

ここ五年ほどで、書店の文庫売り場は大きく様変わりしたように感じる。最大のきっかけとなったのはやはり、三上延《みかみえん》「ビブリア古書堂の事件手帖《てちょう》」シリーズ（メディアワークス文庫）だろう。その成功を皮切りに、《イラスト表紙》《文庫オリジナル》《殺人などの重犯罪を扱わないミステリ》《ライトなタッチ》といった、複数の特徴を備えた作品が各社から矢継ぎ早に刊行され、売り場を席巻するようになったのだ（何を隠そう、私もその流れに乗ってデビューした作家の一人である）。

このムーブメントに合致した作品群は初め《人が死なないミステリ》と称されたが、すぐに《ライトミステリ》という言葉に取って代わられた。そこからさらに範囲を広げた《ライト文芸》なる呼称が定着して久しく、ほぼ同義のジャンルとしてキャラクターが映《は》える小説であることを表す《キャラクター文芸》という言葉も使われている。またライト文芸には、前出の古書店や喫茶店といったお店を舞台とする作品が多かったことから、それらを指して《お店モノ》という言い方もしばしば聞かれるようになった（これに関してはライト文芸に限らない）。出版各社はライト文芸を含む文庫オリジナル作品を中心としたレーベルを新たに立ち上げ、数々のベストセラーを世に送り出した。

ところでここまでの説明を見ると、この潮流は文庫だけで完結しているように見える。しかしながらライト文芸は突発的に生まれたわけではなく、前夜ともいうべき社会現象があった。その立役者となったのが、作家・東川篤哉《ひがしがわとくや》その人なのである。二〇〇二年、単著としては第一作となる『密室の鍵貸します』（光文社文庫）を刊行。優れたユーモアと魅力的なキャラクター、そして良質の本格ミステリを兼ね備えた作風で注目され、各種ミステリ・ランキングにもランクインするなど好評を博してきた。

そんな、ミステリ界では早くから支持されてきた作者を不動の人気作家の地位に押し上げた作品といえば、やはり『謎解きはディナーのあとで』（小学館文庫、以下『ディナー』）だろう。

二〇一〇年九月に第一作が刊行されるや瞬《また》く間にベストセラーとなり、わずか半年後には百万部を突破。そのままの勢いで翌年、第八回本屋大賞を受賞すると、同じ年にはオリコンの文芸部門売上部数歴代一位に到達するなど、文字どおり空前の大ベストセラーとなった。本作はシリーズ三作が刊行、さらに連続ドラマ化及び映画化されたほか、作中に登場する台詞《せりふ》が流行語になるなど社会現象を巻き起こした。

そこまでヒットした以上、『ディナー』の読者の中にはこの作品で初めてミステリに触れたという人や、それまでミステリに好印象を抱いていなかった人も数多くいたに違いない。そうした人々に支持されたのは、きっと『ディナー』が彼らに次のような新鮮な驚きをもたらしたからだろう。

「ミステリって、こんなに読みやすくて楽しいものなんだ！」

それほどまでに、『ディナー』が世に与えたインパクトは絶大だったのだ。

となるとそれら読者が、同じように読みやすく楽しいミステリを求めたことは想像に難くない。そうして先述の『ビブリア古書堂の事件手帖』（第一作の刊行は『ディナー』が第八回本屋大賞を受賞する十八日前であった）に、さらには後続のライトミステリ作品に手を伸ばしたというケースは、きわめて多く見られたはずだ。

『ディナー』は単行本であり、また殺人事件を扱ったミステリであるなど、いくつかの点でライト文芸（ライトミステリ）とは趣を異にしている。それでも私が、東川篤哉という作家をライト文芸の偉大なる立役者として敬愛しているのは、これが理由である。

さて、そんな東川氏が二〇一四年に上梓《じょうし》したとある作品を知った際、私はひとつの言葉を思い浮かべた——凱旋、である。

『ディナー』やその他の東川作品同様、単行本かつ殺人を扱ったミステリであるという点において、ライト文芸とは一線を画していた。しかし同時に、メイド服を着てコーヒーを淹《い》れるかわいらしい女性の姿を描いた表紙イラストや、純喫茶の店名を盛り込んだタイトルなどは、ライト文芸の中でもお店モノと呼ばれる作品群を彷彿《ほうふつ》とさせた。私は思ったものだ、ライト文芸の潮流を生み出した東川御大が、ついにお店モノの作品を引《ひ》っ提《さ》げてライト文芸に凱旋なさったのか、と（もっと言えば、喫茶店を舞台にした作品でデビューした自分などは居場所を追われてしまうのではないか、と慄《おのの》きさえした）。

その作品こそが、本作『純喫茶「一服堂」の四季』である。

舞台は鎌倉《かまくら》の路地にひっそりと、とてもわかりづらく構えられた純喫茶「一服堂」。店主の安楽椅子、と書いてアンラクヨリコと読ませる女性は、その名に恥じない安楽椅子探偵。新規の客が来ると震えが止まらなくなり、隙《すき》あらば追い返そうとするほどの度外れな人見知りであるが、事件の話を聞いたとたんにたぐいまれなる推理力（と、毒舌）を発揮する。彼女のもとに女刑事やライターといった客たちが事件を持ち込み、その謎を解明してもらう、という形式で物語は進む。

タイトルが示すとおり、春夏秋冬四つの事件が起きる。密室の中で十字架に磔《はりつけ》にされた死体の謎に挑む「春の十字架」。農家の納屋で、こちらも磔にされたむごたらしい死体が発見される「もっとも猟奇的な夏」。女性の死体から頭と両手首が失われた理由を解明する「切りとられた死体の秋」。そして、出入りのできない家屋での兄弟の死に迫る「バラバラ死体と密室の冬」。猟奇殺人を共通のテーマとし、すべての話が異なる人物の視点から語られる、本格ミステリ連作短編集だ。

魅力あふれるキャラクターたちがコミカルな掛け合いをする、いつもの東川節は健在だ。とにかく探偵役を務めるヨリ子の造形がニクい。彼女が淹れるコーヒーは決してうまくはないが、それは彼女がバリスタすなわちコーヒーの専門家として未熟だからではない。みずからのコーヒーについて甘すぎるだの薄味だのと自虐を放ちつつ、実はその気になれば上質のコーヒーを淹れられるのだ。では、どういうときに《その気》になるのか。そのあたりの演出に、いかにも名探偵らしく風変わりな、それでいて読者をワクワクさせるヨリ子の愛らしさがあふれている。いやはや、彼女の淹れるコーヒー、ぜひとも飲み比べてみたいものだ。

本作は独創的なトリックを用いたミステリ作品としても評価が高く、二〇一五年版の本格ミステリ・ベスト10では十六位にランクインしたほか、第一話「春の十字架」は第六十七回日本推理作家協会賞短編部門の候補作に選出された。言うまでもなくすべての猟奇殺人にはある種の目的が潜んでいるのだが、それらが明かされたときの衝撃は、ユーモアミステリでありながらどこか心胆寒からしめるものがある。誰かを死に至らしめるために、人はここまでのことをやるのか——本格ミステリとして優れているからこそ、そういった角度からも楽しめる作品となっている。

ところで話は戻るが、ライト文芸にはシリーズ化されたものが多い。そのような作品に親しんできた読者が本作を終盤まで読み進めたとき、作中に隠されたある秘密に触れて驚愕《きょうがく》するとともに、こんなことを思ってとまどうかもしれない——もしかして、もうヨリ子さんには会えないのかしら、と。

だとしたら、私も正直ちょっと残念だ。だけどその場合でも心配は無用だろう。前出の『ディナー』だけでなく、『密室の鍵貸します』に始まる「烏賊川《いかがわ》市」シリーズ、映画化及びテレビドラマ化もされた「鯉ヶ窪《こいがくぼ》学園探偵部」シリーズ（実業之日本社、文庫は光文社文庫と実業之日本社文庫）、本物の魔法使いの少女が活躍する「魔法使いマリィ」シリーズ（文春文庫）、美人探偵と天然ボケの助手のコンビを描いた「平塚《ひらつか》おんな探偵の事件簿」シリーズ（祥伝社）など、作者は多数の人気シリーズを手掛けている。もちろんノンシリーズ作品も含め、いずれも本作に勝るとも劣らない、愛すべきキャラクターたちと質の高い本格ミステリに出会えること請け合いだ。たとえすべてを読みつくしたって、作者はきっとまた新しい物語で私たちをワクワクさせてくれることだろう。

たとえ東川作品がライト文芸ではなくとも、そのジャンルで活動する作家として作者を慕う気持ちは揺るぎない。東川先生、あなたが拓《ひら》いてくださった道を、私は通ってきましたよ。そんな思いも込めて、僭越《せんえつ》ながら解説を書かせていただいた。読者には偉大なる立役者による神髄を、本作で心ゆくまで味わってもらいたい。

本書は二〇一四年一〇月に小社より刊行されました。

|著者|東川篤哉　1968年、広島県尾道市生まれ。岡山大学法学部卒業。2002年、カッパ・ノベルスの新人発掘プロジェクト「KAPPA-ONE登龍門」で第一弾として選ばれた『密室の鍵貸します』で、本格デビュー。'11年、『謎解きはディナーのあとで』で第8回本屋大賞を受賞、大ヒットとなる。「烏賊川市」、「鯉ヶ窪学園探偵部」、「魔法使いマリィ」、「平塚おんな探偵の事件簿」各シリーズほか著書多数。近著に『かがやき荘アラサー探偵局』、『さらば愛しき魔法使い』など。

純喫茶《じゅんきっさ》「一服堂《いっぷくどう》」の四季《しき》

東川篤哉《ひがしがわとくや》

講談社文庫

定価はカバーに
表示してあります

2017年4月14日第1刷発行

発行者——鈴木　哲
発行所——株式会社　講談社
東京都文京区音羽2-12-21　〒112-8001
電話　出版 (03) 5395-3510
　　　販売 (03) 5395-5817
　　　業務 (03) 5395-3615

Printed in Japan

デザイン—菊地信義
本文データ制作—講談社デジタル製作
印刷———凸版印刷株式会社
製本———株式会社若林製本工場

ISBN978-4-06-293630-9

講談社文庫刊行の辞

二十一世紀の到来を目睫に望みながら、われわれはいま、人類史上かつて例を見ない巨大な転換期をむかえようとしている。

世界も、日本も、激動の予兆に対する期待とおののきを内に蔵して、未知の時代に歩み入ろうとしている。このときにあたり、創業の人野間清治の「ナショナル・エデュケイター」への志を現代に甦らせようと意図して、われわれはここに古今の文芸作品はいうまでもなく、ひろく人文・社会・自然の諸科学から東西の名著を網羅する、新しい綜合文庫の発刊を決意した。

激動の転換期はまた断絶の時代である。われわれは戦後二十五年間の出版文化のありかたへの深い反省をこめて、この断絶の時代にあえて人間的な持続を求めようとする。いたずらに浮薄な商業主義のあだ花を追い求めることなく、長期にわたって良書に生命をあたえようとつとめるところにしか、今後の出版文化の真の繁栄はあり得ないと信じるからである。

同時にわれわれはこの綜合文庫の刊行を通じて、人文・社会・自然の諸科学が、結局人間の学にほかならないことを立証しようと願っている。かつて知識とは、「汝自身を知る」ことにつきていた。現代社会の瑣末な情報の氾濫のなかから、力強い知識の源泉を掘り起し、技術文明のただなかに、生きた人間の姿を復活させること。それこそわれわれの切なる希求である。

われわれは権威に盲従せず、俗流に媚びることなく、渾然一体となって日本の「草の根」をかたちづくる若く新しい世代の人々に、心をこめてこの新しい綜合文庫をおくり届けたい。それは知識の泉であるとともに感受性のふるさとであり、もっとも有機的に組織され、社会に開かれた万人のための大学をめざしている。大方の支援と協力を衷心より切望してやまない。

一九七一年七月

野間省一

講談社文庫 最新刊

朝井リョウ　スペードの3
元スター女優のファンクラブ。新メンバーの参加で、均衡が乱れ、ある事実が明るみに。

松岡圭祐　黄砂の籠城(上)(下)
一九〇〇年北京、この闘いで世界が日本を認めた。著者乾坤一擲《けんこんいってき》の勝負作。〈文庫書下ろし〉

葉室　麟　山月庵茶会記
茶室という戦場では、すべての真実が見抜かれる。刀を用いぬ〝茶人の戦《いくさ》〟が始まった!

東川篤哉　純喫茶「一服堂」の四季
推理力と毒舌冴える喫茶店の美人店主が四つの殺人事件を解決。極上ユーモア・ミステリ。

浜口倫太郎　22年目の告白〈—私が殺人犯です—〉
編集者の川北が預かった原稿は22年前に起きた連続殺人の犯行告白だった。〈書下ろし〉

森　博嗣　ムカシ×ムカシ〈REMINISCENCE〉
大正期に女流作家を世に出した百目鬼《どうめき》家で老夫妻が殺された。Xシリーズ、待望の第4弾!

香月日輪　地獄堂霊界通信⑧
妖《あや》かしどもと渡り合い、悩み成長してきた三人悪の冒険譚。大人気シリーズ、ここに完結!

田中芳樹　タイタニア4〈烈風篇〉
宇宙を統《す》べるタイタニア一族に深刻な亀裂。謀略渦巻く中、ついに開戦へ。シリーズ完結目前。

織守《おりがみ》きょうや　霊感検定〈春にして君を離れ〉
霊に悩む者を、打算無き高校生が秘めやかに救う。癒し系青春ホラー。〈文庫オリジナル〉

黒木　渚　壁の鹿
「孤独」に交感する声の主は。黒木渚の魂の叫び。戦慄の処女小説。〈解説　山田詠美〉

野口　卓　一九戯作旅
十返舎一九が「膝栗毛」で流行作家となるまで。人は何を面白いと思い、何に笑うのか。

講談社文芸文庫

吉本隆明
写生の物語
古代歌謡から俵万智までを貫く歌謡の本質とはなにか？　読み手として和歌に寄り添いつづけた詩人・批評家が、その起源から未来までを広く深い射程で考察する。
解説＝田中和生　年譜＝高橋忠義
よB8
978-4-06-290344-8

徳田秋声
黴　爛
自身の結婚生活や紅葉との関係など徹底した現実主義で描いた「黴」と、その文名を不動のものにした「爛」。自然主義文学の巨星・秋声の真骨頂を示す傑作二篇。
解説＝宗像和重　年譜＝松本　徹
とC3
978-4-06-290342-4

三木　清
三木清大学論集
大澤　聡編
吹き荒れる時代の逆風の中、真理を追究する勇気を持ち続けた哲学者、三木清。時代の流れに対し、学問はいかなる力を持ち得るのか。「大学」の真の意義を問う。
解説＝大澤　聡　年譜＝柿谷浩一
みL3
978-4-06-290345-5

講談社文芸文庫ワイド
不朽の名作を一回り大きい活字と判型で

白洲正子
古典の細道
古典に描かれた人々の息吹の残る土地を訪ね、思いを馳せた名随筆集。
作家案内＝勝又　浩　年譜＝森　孝一
（ワ）しA1
978-4-06-295513-3

講談社文庫　目録

芥川龍之介　藪の中
有吉佐和子　新装版 和宮様御留
阿川弘之　七十の手習ひ
阿川弘之　春風落月
阿川弘之　亡き母や
阿刀田高　ナポレオン狂
阿刀田高　新装版 ブラック・ジョーク大全
阿刀田高　新装版 食べられた男
阿刀田高　新装版 最期のメッセージ
阿刀田高　新装版 猫の事件
阿刀田高　新装版 妖しいクレヨン箱
阿刀田高　新装版 奇妙な昼さがり
阿刀田高編　ショートショートの広場18
阿刀田高編　ショートショートの広場19
阿刀田高編　ショートショートの広場20
阿刀田高編　ショートショートの花束1
阿刀田高編　ショートショートの花束2
阿刀田高編　ショートショートの花束3
阿刀田高編　ショートショートの花束4
阿刀田高編　ショートショートの花束5
阿刀田高編　ショートショートの花束6
阿刀田高編　ショートショートの花束7
阿刀田高編　ショートショートの花束8
安房直子　南の島の魔法の話
相沢忠洋　「岩宿」の発見〈幻の旧石器を求めて〉
安西篤子　花あざ伝奇
赤川次郎　真夜中のための組曲
赤川次郎　東西南北殺人事件
赤川次郎　起承転結殺人事件
赤川次郎　冠婚葬祭殺人事件
赤川次郎　人畜無害殺人事件
赤川次郎　純情可憐殺人事件
赤川次郎　結婚記念殺人事件
赤川次郎　豪華絢爛殺人事件
赤川次郎　妖怪変化殺人事件
赤川次郎　流行作家殺人事件
赤川次郎　ABCD殺人事件
赤川次郎　狂気乱舞殺人事件
赤川次郎　女優志願殺人事件
赤川次郎　輪廻転生殺人事件
赤川次郎　百鬼夜行殺人事件
赤川次郎　四字熟語殺人事件〈ベスト・セレクション〉
赤川次郎　三姉妹探偵団
赤川次郎　三姉妹探偵団2〈キャンパス篇〉
赤川次郎　三姉妹探偵団3〈珠美・初恋篇〉
赤川次郎　三姉妹探偵団4〈怪奇篇〉
赤川次郎　三姉妹探偵団5〈復讐篇〉
赤川次郎　三姉妹探偵団6〈危機一髪篇〉
赤川次郎　三姉妹探偵団7〈駈け落ち篇〉
赤川次郎　三姉妹探偵団8〈人質篇〉
赤川次郎　三姉妹探偵団9〈青ひげ篇〉
赤川次郎　三姉妹探偵団10〈父恋し篇〉
赤川次郎　死が小径をやってくる〈三姉妹探偵団11〉
赤川次郎　死神のお気に入り〈三姉妹探偵団12〉
赤川次郎　次女と野獣〈三姉妹探偵団13〉
赤川次郎　心地よい悪夢〈三姉妹探偵団14〉
赤川次郎　ふるえて眠れ、三姉妹〈三姉妹探偵団15〉

我孫子武丸　人形はライブハウスで推理する
我孫子武丸　新装版 8の殺人
我孫子武丸　眠り姫とバンパイア
我孫子武丸　狼と兎のゲーム
有栖川有栖　ロシア紅茶の謎
有栖川有栖　スウェーデン館の謎
有栖川有栖　ブラジル蝶の謎
有栖川有栖　英国庭園の謎
有栖川有栖　ペルシャ猫の謎
有栖川有栖　幻想運河
有栖川有栖　幽霊刑事《デカ》
有栖川有栖　マレー鉄道の謎
有栖川有栖　スイス時計の謎
有栖川有栖　モロッコ水晶の謎
有栖川有栖　新装版 マジックミラー
有栖川有栖　新装版 46番目の密室
有栖川有栖　虹果て村の秘密
有栖川有栖　闇の喇叭《らっぱ》
有栖川有栖　真夜中の探偵

有栖川有栖　論理爆弾
有栖川有栖 二階堂黎人 篠田真由美 法月綸太郎　「Y」の悲劇
有栖川有栖／恩田陸 加納朋子／貫井徳郎 法月綸太郎　「ABC」殺人事件
明石散人 佐々木幹雄　東洲斎写楽はもういない
明石散人　二人の天魔王〈「信長」の真実〉
明石散人　龍安寺石庭の謎〈スペース・ガーデン〉
明石散人　ジェームス・ディーンの向こうに日本が視える
明石散人　謎ジパング〈誰も知らない日本史〉
明石散人　アカシックファイル〈日本の「謎」を解く！〉
明石散人　真説 謎解き日本史
明石散人　視えずの魚《うお》
明石散人　鳥玄坊〈根源の謎〉
明石散人　鳥玄坊〈時間の裏側〉
明石散人　鳥玄坊〈ゼロから零へ〉
明石散人　大老猫《だいろうびょう》の外交術〈鄧小平秘録〉
明石散人　日本国大崩壊〈アカシックファイル〉
明石散人　七つの金印〈日本史アンダーワールド〉
明石散人　日本語千里眼
姉小路祐　刑事長《デカチョウ》

姉小路祐　刑事長《デカチョウ》四の告発
姉小路祐　刑事長《デカチョウ》越権捜査
姉小路祐　刑事長《デカチョウ》殉職
姉小路祐　東京地検特捜部
姉小路祐　仮面官僚〈東京地検特捜部〉
姉小路祐　汚職捜査〈警視庁サンズイ別動班〉
姉小路祐　合併裏頭取〈警視庁サンズイ別動班〉
姉小路祐　首相官邸占拠399分
姉小路祐　化野《あだしの》学園の犯罪〈教育実習生 西郷大介の事件日誌〉
姉小路祐　法廷戦術
姉小路祐　司法改革
姉小路祐　「本能寺」の真相
姉小路祐　京都七不思議の真実
姉小路祐　密命副検事
姉小路祐　署長刑事《デカ》〈大阪中央署人情捜査録〉
姉小路祐　署長刑事《デカ》 時効廃止
姉小路祐　署長刑事《デカ》 指名手配
姉小路祐　署長刑事《デカ》 徹底抗戦
姉小路祐　監察特任刑事《デカ》

秋元 康 伝染歌
浅田次郎 日輪の遺産
浅田次郎 勇気凜凜ルリの色
浅田次郎 勇気凜凜ルリの色 四十肩と恋愛
浅田次郎 地下鉄《メトロ》に乗って
浅田次郎 霞町物語
浅田次郎 勇気凜凜ルリの色 福音について
浅田次郎 満天の星 勇気凜凜ルリの色
浅田次郎 ひとは情熱がなければ生きていけない〈勇気凜凜ルリの色〉
浅田次郎 シェエラザード(上)(下)
浅田次郎 歩兵の本領
浅田次郎 蒼穹の昴 全4巻
浅田次郎 珍妃の井戸
浅田次郎 中原の虹 (一)(二)
浅田次郎 中原の虹 (三)(四)
浅田次郎 マンチュリアン・リポート
浅田次郎 天国までの百マイル
浅田次郎 原作 ながやす巧 漫画 鉄道員《ぽっぽや》/ラブ・レター
青木 玉 小石川の家

青木 玉 帰りたかった家
青木 玉 上り坂下り坂
青木 玉 底のない袋
青木 玉 記憶の中の幸田一族〈青木玉対談集〉
芦辺 拓 時の誘拐
芦辺 拓 怪人対名探偵
芦辺 拓 時の密室
芦辺 拓 探偵宣言〈森江春策の事件簿〉
浅川博忠 小説角栄学校
浅川博忠 小説池田学校
浅川博忠 「新党」盛衰記〈新自由クラブから国民新党まで〉
浅川博忠 自民党幹事長〈三百億のカネ、八百のポストを握る男〉
浅川博忠 小泉純一郎とは何者だったのか
浅川博忠 政権交代狂騒曲
荒 和雄 預金封鎖
阿部和重 アメリカの夜
阿部和重 グランド・フィナーレ
阿部和重 A B C〈阿部和重初期作品集〉
阿部和重 ミステリアスセッティング

阿部和重 IP/NN 阿部和重傑作集
阿部和重 シンセミア(上)(下)
阿部和重 ピストルズ(上)(下)
阿部和重 クエーサーと13番目の柱
阿川佐和子 あんな作家こんな作家どんな作家
阿川佐和子 恋する音楽小説
阿川佐和子 いい歳旅立ち
阿川佐和子 屋上のあるアパート
阿川佐和子 マチルデの肖像〈恋する音楽小説2〉
麻生 幾 加筆完全版 宣戦布告(上)(下)
麻生 幾 奪還
青木奈緒 うさぎの聞き耳
青木奈緒 動くとき、動くもの
赤坂真理 ヴァイブレータ 新装版
赤尾邦和 イラク高校生からのメッセージ
浅暮三文 ダブ(エ)ストン街道
安野モヨコ 美人画報
安野モヨコ 美人画報ハイパー
安野モヨコ 美人画報ワンダー